KB034646

이름 없는 화가의 노발리스 초상화.

왼쪽) 노발리스 아버지.
오른쪽) 노발리스 어머니와 손자 에라스무스.

위) 어린 시절의 노발리스.
아래) 노발리스 부모와 함께 살던 집.

위) 소피 폰 퀸. / 소피와의 약혼반지. 바이센펠스 박물관에 있다.

아래) 노발리스에게 보낸 소피의 편지.

II. Blüthenstaub.

Freunde, der Boden ist arm, wir müßen reichlichen Samen Ausstreun, daß uns doch nur mäßige Erndten gedeihn.

Wir suchen überall das Unbedingte, und finden immer nur Dinge.

Die Bezeichnung durch Töne und Striche ist eine bewundernswürdige Abstrakzion. Vier Buchstaben bezeichnen mir Gott; einige Striche eine Million Dinge. Wie leicht wird hier die Handhabung des Universums, wie anschaulich die Konzentrizität der Geisterwelt! Die Sprachlehre ist die Dynamik des Geisterreichs. Ein Kommandowort bewegt Armeen; das Wort Freyheit Nazionen.

Der Weltstaat ist der Körper, den die schöne Welt, die gesellige Welt, beseelt. Er ist ihr nothwendiges Organ.

왼쪽) 1797년 5월 19일자 일기.

오른쪽) 단상집 「꽃가루」 표지.

위) 노발리스.
아래) 루트비히 티크.

위) 프리드리히 슐레겔.
아래) 요한 고틀리프 피히테.

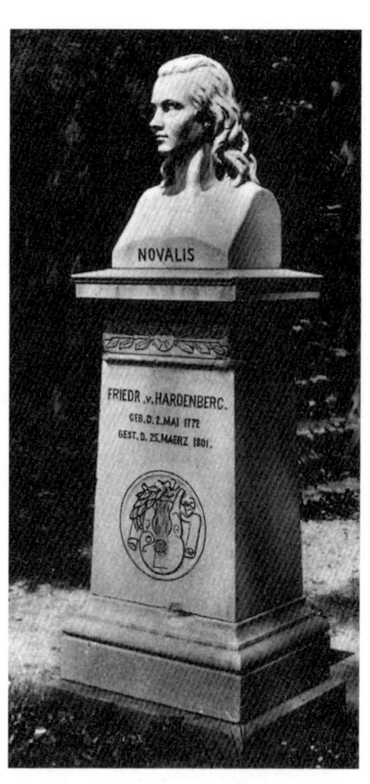

위) 바이센펠스에 있는 노발리스의 묘비석.
아래) 노발리스 작품 낭독 테이프.

노발리스

현대의 지성 170

ROMANTIK CHRISTENTUM MÄRCHEN NOVALIS

낭만주의 기독교 메르헨

노발리스

김주연 지음

문학과
지성사

현대의 지성 170
낭만주의 기독교 메르헨
노발리스

제1판 제1쇄 2019년 1월 31일

지은이 김주연
펴낸이 이광호
주간 이근혜
편집 최대연 김현주
펴낸곳 ㈜문학과지성사
등록번호 제1993-000098호
주소 04034 서울 마포구 잔다리로7길 18(서교동 377-20)
전화 02)338-7224
팩스 02)323-4180(편집) 02)338-7221(영업)
전자우편 moonji@moonji.com
홈페이지 www.moonji.com

ISBN 978-89-320-3511-6 93850

이 도서의 국립중앙도서관 출판예정도서목록(CIP)은 서지정보유통지원시스템 홈페이지(http://seoji.nl.go.kr)와
국가자료공동목록시스템(http://www.nl.go.kr/kolisnet)에서 이용하실 수 있습니다.(CIP제어번호: CIP2019000132)

진실로 규범적인 인간의 삶은

한결같이

상징적이어야 한다.

— 노발리스, 『꽃가루*Blütenstaub*』

들어가며

노발리스는 이미 낭만주의의 상징이다. 그의 소설 『파란꽃』 또한 상징을 실어 나르는 꿈마차가 되었다. 꽃과 꿈은 손길에 의해 헤쳐지는 걸 싫어한다. 어쩌면 분석과 연구를 탐탁찮게 여기는 낭만주의의 오래된 생리도 이러한 기질 탓일지 모른다. 노발리스는 그 내면이 훨씬 많이 밝혀져야 할 필요에도 불구하고 오랜 시간 저쪽에서 그저 이름만으로 머물러온 감이 있다. 특히 노발리스의 낭만주의가 기독교와 깊은 관계에 있고, 다른 한편으로는 계몽주의와도 반드시 대척점에 서 있는 것은 아니라는, 다소 복잡한 양상은 꽤 흥미롭다. 무엇보다도 막연하게 전승되어온 메르헨이 노발리스에 의해 확고한, 새로운 양식으로 정립되었다는 점은 이 기회에 확인된 아주 소중한 소득이라고 할 수 있다.

노발리스에 관한 책을 결국 이렇게 쓰게 되었다. 부족한 것이 많은 작은 책이지만 책을 쓰고 싶다는, 나중에는 써야 하겠다는 의무감 비슷한 욕망으로 나가기까지는 여러 해의 시간이 지나갔다. 20여 년 전 한 일간

지와의 인터뷰에서 노발리스 책을 쓰고 싶다는 말을 무심코 내뱉은 다음 그 희망은 희망으로만 맴돌았다. 이처럼 노발리스의 조용한 머무름은 나 자신의 머무름이기도 했다. 이제 작은 발걸음을 노발리스의 동굴 안으로 옮겨놓는다. 어차피 깊이 들어가지 못하는 내 발길을 딛고 후학의 발걸음들이 잦아지기를 바란다. 오랜 세월 내 어설픈 원고들을 훌륭한 책들로 만들어준 문학과지성사의 이근혜 주간이 이번에도 많은 배려를 해준 것을 기억하고 싶다. 아울러 김현주 씨, 조슬기 씨, 특히 최대연 씨의 세심한 노고에 따뜻한 감사의 말씀을 드린다.

2019년 새해 첫머리에

지은이 씀

차례

노발리스에게

어두운 지상에 성스러운 이방인이 쉬고 있다
그의 부드러운 입에서 신의 한탄이 새어나오네
한창때에 그가 침몰했으니.
파란꽃 한 송이
고통스러운 밤의 집에서 노래로 살아가고 있구나.

—1912년 울름에서 게오르그 트라클

ROMANTIK
CHRISTENTUM
MÄRCHEN

NOVALIS

제1장

철학에서 문학을 찾다

1

1795년 5월이었다. 예나에서 피히테와 횔덜린이 만났다. 여기에 또 한 사람, 그들과 아주 뜻이 잘 통하고 횔덜린보다 두 살 아래인 매혹적인 정신과 모습을 한 젊은이가 있었는데, 그의 이름은 프리드리히 폰 하르덴베르크Friedrich von Hardenberg(1772~1801)였다. 그 당시 텐슈테트 근처의 지방관서 서기로 있었던 그는 나중에 "노발리스"라고 불리게 된 젊은이였다. 하르덴베르크의 옛날식 라틴어 이름이 노발리스였는데, 그 의미는 새로운 나라를 개척하는 자라는 것이었다. 그는 얼마 안 가서 북부 독일의 초기 낭만파 가운데 가장 중요한 작가가 되었다. 이 만남을 주선한 사람은 이 대학의 철학 강사인 이마누엘 니트하머Immanuel Niethammer로서 튀빙겐 시절부터 횔덜린의 친구였다. 니트하머는 이날 저녁의 만남에 대하여 일기장에 이렇게 기록하였다. "종교와 신의 계시에 대하여 많은 이야기를 나누었고, 철학에 대해서 많은 의문을 제기한 채 헤어졌다."[1]

세계적인 신학자 한스 큉Hans Küng 교수가 묘사하고 있듯이 노발리스는 시 자체에만 함몰된 시인은 아니었다. 그렇기는커녕 동시대의 철학자, 지식인들과 왕성한 교류를 했던 활동가였다. 시인 노발리스—그것도 낭만주의 시인 노발리스가 던져주는 짧고도 강렬한 이미지와는 사뭇 달라 보이는 이러한 증언과 더불어 노발리스의 삶과 문학은 예상치 못한 풍성한 자산을 함축하고 있어 보인다. 노발리스는 죽기 열세 달 전인 1800년 2월 23일 친구 티크Ludwig Tieck(1773~1853)에게 다음과 같은 편지를 써 보냈다.

> 철학은 이제 내 서가에 조용히 놓여 있다네. 순수한 이성의 정점을 통해서 내가 존재한다는 사실, 그리고 다시금 감각의 다채롭고도 생기 있는 땅에서 육체와 정신을 함께 누리며 살고 있다는 것이 기쁘군. 모두 소진된 피로를 추억하는 일이 나를 기쁘게 해. 그것은 성숙의 세월에 속하지. 통찰력과 성찰을 연습하는 것은 불가결한 일일 수밖에 없다네.[2]

낭만주의 작가이면서 동시에 이론가이기도 했던 노발리스의 진술한 이 진술은 매우 중요한 전언을 담고 있다. 노발리스는 여기서 감각이나 육체가 아닌, 순수한 이성reine Vernunft, 통찰력Scharfsinn 그리고 성찰Reflexion을 중시한다고 말한다. 이러한 생각은 시Dichten와 사상Denken

---

1) Walter Jens and Hans Küng, *Dichtung und Religion*, München, 1985; 발터 옌스·한스 큉, 『문학과 종교』, 김주연 옮김, 문학과지성사, 2019, p. 208.

2) Eckhard Heftrich, *Novalis: Vom Logos der Poesie*, Frankfurt, 1969, p. 15.

이라는 18세기적 사유 구조의 대립에 있어서 그가 어느 한쪽에 기울지 않은 통합의 면모를 지니고 있었음을 우선 보여준다. 그리하여 그는 심지어 "철학자인가, 시인인가?"[3] 하는 물음마저 불러일으킨다. 그러나 노발리스에게 양자는 상호대립의 명제로 이해되지 않았고 오히려 상호보완으로 작용하였다. 그는 철학의 사색적 측면이 가져오는 추상성을 문학의 구체적 현장성으로 극복하고자 했다. 이른바 "과학적 성경die szientifische Bibel"이라는 생각이다. 1799년 1월 20일 카롤리네 슐레겔Caroline Schlegel에게 보낸 편지에 그 생각의 기본이 담겨 있는데, 리터Johann Wilhelm Ritter, 셸링Friedrich Wilhelm Joseph Schelling(1775~1854), 바더Franz Xaver von Baader의 자연철학 이론을 열거하면서 그는 이렇게 진술한다.

> 이 사람들은 자연에서 가장 좋은 것을 똑바로 보지 못하고 있습니다. 피히테도 자기 친구들을 부끄러워할 겁니다—헴스테르하위스Frans Hemsterhuis(1721~1790, 네덜란드 철학자)는 물리학에 대한 이 성스러운 길을 충분히 예감하였지요. 스피노자에게서도 이미 자연이해의 신적인 기능이 살아 있습니다. 플로티노스Plotinos(205~270)는 아마도 플라톤에게 자극을 받아서인지 최초로 신성의 진정한 정신에 입문하였고, 그 뒤로는 다시금 어느 누구도 그렇듯 광범위하게 여기에 몰입하지 않았습니다. 많은 고대 문헌에는 신비한 맥박이 뜁니다. 그리고 보이지 않는 세계와의 접촉점을 보여줍니다—생기가 되는 것이지요. 괴테는 이러한 역학의 사제가 되는 것 같습니다—그는 사원에의 봉사를 온진히 이해하시

---

3) 같은 곳.

요. 라이프니츠의 변신론은 항상 이 분야에서 훌륭한 시도였습니다. 이와 비슷한 것은 미래의 역학이 되지요—하지만 물론 괴테는 최고의 문체를 통해서 그렇게 합니다.[4)]

노발리스의 이러한 진술은 그가 얼마나 체계적으로 고대 이후 자기 시대에 이르기까지의 사상에 대해 깊이 있는 사고를 하고 있는지 여실히 보여준다. 에크하르트 헤프트리히Eckhard Heftrich에 의하면 그것은 최소한 "구성원리의 구상Entwurf der Konstruktionsprinzipien"이다. 여기서는 자연을 존중하는, 자연유추적인 구상에 입각한 비판적인 문학성, 철학과 신학이 어울리는 학문적인 접근이 엿보인다. 그는 살아 있는 힘, 사람과 함께하는 문학이 언제나 그의 마음에 든다고 말한다. 문학의 세계는 인간의 둘레에서 형성되어야 하고 그것이 작품 속에 살아 있어야 한다는 인간중심론이다. 그러나 보다 정확히 말한다면 문학과 철학을 동일하게 바라보는 삶의 문학, 삶의 철학이었다. 퀑의 진술이다.

지칠 줄 모르고 "피히테가 되고 있던" 하르덴베르크는 철학을 폭군으로 본 것이 아니라 정반대로 애인으로 보았다. (……) 피히테와 횔덜린을 만나기 바로 얼마 전에 몰래 약혼했던, 자기의 디오티마라고 일컫던 이 소녀가 반년 뒤면 치명적인 병으로 쓰러지게 되어 있다는 사실도 모른 채, 당시(1796년 7월 8일)의 그는 사랑의 행복, 학문에 대한 행복으로 가득 차서 프리드리히 슐레겔에게 이렇게 썼다. "내가 좋아하는 공부는 근본적으로 나의 신부와 같다네. 소피라는 여자이지—철학이 내 삶의 영

4) 같은 책, p. 38에서 재인용.

혼이며 나 자신에 대한 열쇠이지. 그녀를 알게 된 다음 나는 이 서재와 완전히 하나가 되었다네."[5]

휠덜린과 피히테에 깊이 경도되어 있던 노발리스는 두 선배 시인, 철학자와 마찬가지로 원래 경건한 집안 출신이었다. 엄부자모의 전통적인 가정에서 자랐으며, 프랑스 혁명과 같은 세상의 변화에도 민감한, 말하자면 모범생이었다. 그러나 그는 가정교육과 학교교육에만 충실한 보수주의자는 아니어서 자유정신의 기수처럼 여겨진 실러Friedrich Schiller(1759~1805)를 모범으로 삼기도 했다. 그러면서도 인생행로를 결정하는 직업을 선택할 때는 의외로 평범한 길로 들어섰다. 신학이나 철학 대신 법학을 공부했고 실제로 작센 지방의 관리가 되었다. 물론 그는 환상적이며 발랄한 성격에 비범한 재주를 타고났지만 동시에 내면적으로는 불안한 면이 적지 않았다. 노발리스는 자신의 이러한 성정을 잘 알고 있어서 피히테를 통해 자기통합과 극복의 길을 배우고자 했던 것이 아닌가 싶다. 예컨대 그는 피히테에게서 대립을 통해 통일로 가는 변증법적 사고를 익혔다. 그리하여 그는 헤겔처럼 '종합명제'라는 끝, 즉 절대자까지 바라보는 철학적 시학의 소유자가 된다. "스피노자는 자연의 상태에까지 올라섰다. 피히테는 자아의, 혹은 개인의 상태에까지 갔다. 나는 신이라는 명제에 이르렀다"[6]는 발언은, 말하자면 거대한 자아, 즉 종합명제로서의 신을 발견했다는 말일 것이다. 근대와 더불어 인식되는

---

5) Max Preitz (ed.), *Friedrich Schlegel und Novalis: Biographie einer Romantikerfreundschaft in ihren Briefen*, Darmstadt, 1957, p. 59; 옌스·큉, 『문학과 종교』, pp. 209~10에서 재인용.

6) Novalis, *Werke*, ed. Gerhard Schulz, München, 1981, p. 300.

이러한 신의 문제는 앞으로 진지한 검토의 대상이 될 것이다.

철학적 시인이라기보다는, 철학에 큰 관심을 보이면서 많은 지식을 획득한 시인이라고 노발리스를 일단 규정한다면, 그러한 정황은 구체적으로 몇 군데에서 확인될 수 있다. 앞서 살펴본 일련의 교류활동은 가장 눈에 띄는 상황이다. 다음으로 가장 주목되는 것은 이른바 예술적 무신론이라고 부를 수 있는 어떤 상황인데, 노발리스가 『기독교 혹은 유럽*Die Christenheit oder Europa*』이라는 대작의 저자라는 점을 상기할 때 이 문제는 꽤 심각하다. 대체 기독교에 대해서 그는 어떤 생각을 가졌기에 이런 에세이를 썼으며, 이와 더불어 오히려 예술적 무신론이라고 할 만한 분위기가 어떻게 해서 그의 시대를 지배했는가. 이에 대해서 큉과 함께 『문학과 종교』를 저술한 저명한 문학평론가 발터 옌스Walter Jens 교수는 다음과 같이 말한다.

> 노발리스의 논문 『기독교 혹은 유럽』은 충분히 자주 거론되지 못하고 있다. 이것은 축복을 독점하는 교회에 유리하게 세심한 계산과 역사상 요인들의 엄밀한 해석에 의해 규정된 경향문헌이 아니다. 신성동맹을 미리 점치는 선취문헌도 아니다. 『기독교 혹은 유럽』은 오히려 예언과 명령과 명령적으로 떠오르는 비전을 통해서 강조된 종교적 담론예술의 걸작이다. 우의가 깃든 실습이요 이념이 담긴 동화인 이 작품에서는 모든 것이 읽혀 나오는 것이나 다름없다. 단연코 개종문헌은 아니다.[7]

옌스에 의하면, 노발리스는 프로테스탄트, 즉 개신교 신자다. 그러나

---

7) 옌스·큉, 『문학과 종교』, pp. 231~32.

그는 제도권 교회에 나가지 않았고 오히려 가톨릭을 포함한 기독교 전반을 인식의 대상으로 삼았다. 엔스는 노발리스가 동시대의 슐라이어마허Friedrich Ernst Daniel Schleiermacher(1768~1834)와 함께 경건주의 자유교회의 교육을 받았다고 말하고 있는데, 이 교육이 낭만주의 운동과 직결된 것으로 본다. 그 연결고리는 18세기 말 유럽 사회의 전체적인 분위기였던 평화와 자유라는 화두였는데, 프랑스 등 다른 나라들보다 아직 여명기였다고 할 수 있는 독일에는 종교라는 부분이 훨씬 중요한 요소로 첨가된 것으로 생각된다. "그대들에게 임할 신에게 기도하기를 주저하지 맙시다"라고 슐라이어마허가 『종교에 대하여: 종교 경멸자에 속하는 교양인들에게 말함』이라는 강론을 행할 때, 노발리스는 이렇게 응수하였다.

믿음의 친구들이여, 시간의 위험 속에서 밝게 힘을 냅시다. 말과 행동으로써 신의 복음을 알리고 죽을 때까지 참되고 무한한 믿음에 충실합시다.[8)]

그러나 그의 신앙이 삼위일체 하나님에 대한 믿음인지는 분명치 않다. 무엇보다 그의 단짝이었던 슐라이어마허의 경우 스스로 프로테스탄트 설교가를 자처했지만, 다른 한편 마리아를 찬양하는 모순을 보이는데, 이것은 모순이라기보다 "혼합주의적 비전"[9)]이라는 해석도 있다. 노발리스의 경우 그의 교회는 "평화를 세워가는 오두막과 같은 가톨릭

8) 같은 책, p. 233.
9) 같은 책, p. 234.

성당"[10]이라는 해석이 있으니, 혼합주의라는 지적은 일단 정당해 보인다. 그리하여 『기독교 혹은 유럽』은 가톨릭 정신의 아가雅歌가 아니냐는 질문까지 가능해진다. 사실 노발리스는 기독교 신자였는지 아니었는지, 그리고 만일 신자였다면 가톨릭이었는지 프로테스탄트였는지조차 분명치 않다. 많은 연구가들, 심지어는 동일한 연구가의 견해에서도 이 부분은 일치하지 않는다. 그 결과 종합될 수 있는 결론이 있다면, 그는 종교-기독교를 철학적으로 관찰하고 인식하였다는 사실이다. 이러한 결론은, 그 결과가 낭만주의적 인식과 다르지 않다는 점과도 부합한다. 이 사실은 옌스의 다음 진단에서도 명백해진다.

> 그것이 효력이 있었다면, 프랑스 혁명의 파탄 이후 이 지상에서 더 이상 끌어낼 것이 없어졌다는 사실이 명백해졌으므로 시인, 철학자, 종교가들의 오락가락하는 비전들은, 하늘 아래에서 무언가를 세워보고자 하는 일에 얼마나 유용한 것이었던가!…… 거대한 구원의 약속, 예컨내 예술의 절대적 혁명, 진실한 교회, 시의 전면적 세계, 황금시대의 이성의 나라와 같은 것들을 (뒤에 뷔히너와 하이네가 행했듯이) 지상으로 이끌어 내리는 데에 얼마나 유용했으며, 이상주의적 성향의 정신들이 그 과도한 개념들을 통해 이 지상의 비극을 보상하고자 하는 곳에서 거창하고도 자질구레한 질문을 하는 데에 얼마나 유용했으랴.[11]

요컨대 당시로서는 모든 좋은 것이 망라된 이상주의적 지향과 태도,

10) 같은 곳.

11) 같은 책, p. 239.

그 실천상의 방법까지 한꺼번에 아우르고자 하는 천상, 지상의 사고가 혼합되어 종교로 나타났고, 또 문학으로 나타났다. 사회현실의 모든 세목을 뛰어넘고자 했기에 당연히 현실주의/리얼리즘을 넘어서는 낭만성으로 포장될 수밖에 없었다. 종교와 낭만주의는 비현실적인 시/공간을 지향한다는 점에서 동일한 지평을 바라보는 친연적 동지 관계일 수 있었다.

2

노발리스가 단순한 시인이 아니라 철학자이기도 했다는 사실이 의미하는 것은 무엇일까? 여기에는 당시의 독일 내지 유럽의 지적 풍토에 대한 지식과 더불어 '철학자'라는 것이 지니고 있는 당대의 함의와 위상에 대한 고찰이 필요하다. 18세기 후반, 곧 노발리스의 시대는 바로 '철학의 시대'였다. 철학의 시대에 대한 정밀한 탐구는 당연히 '철학'에 대한 정확한 연구를 전제로 하겠지만, 여기서 그것은 아리스토텔레스나 플라톤과 같은 서양철학 출발 이래의 철학사적 리뷰나 분석을 반드시 요구하는 것은 아니다. 우선 그것은 노발리스 시대가 단순한 의미에서 모든 사상이 종합적으로 소용돌이치는 시대였다는 정도의 의미다. 그러나 이러한 종합은 예감의 수준일 뿐 본격적으로 대두되지는 않았던 '낭만적 질서'라는 새로운 선풍의 등장으로 인하여 불가피하게 그 색깔과 용량이 증가될 수밖에 없었던 '종합'이다. 말하자면 계몽주의 사상과 철학의 지배가 대세였던 17, 18세기에 불어닥친 '낭만'으로 인하여 생겨난 '종합'이었던 것이다. 노발리스는 그 스스로 이 시대의 특징과 관련하여 다음과 같은 주목할 만한 발언을 한다.

> 오늘날의 하늘과 오늘날의 땅이 지닌 산문적 성격. 공리성의 시대. 최후의 심판—새로운, 교양 있는, 시의 시대의 시작.[12)]

무슨 뜻인가. 자신이 등장하기 이전까지, 혹은 그 자신의 시대까지 포함하여 노발리스는 그 시대를 공리성이 지배하는 산문시대라고 규정하면서 마침내 최후의 심판이 도래하였다고 선언하는 것이다. 그 결과 나타나는 것이 시의 시대라는 것 아닌가. 최후의 심판이라는 어마어마한 용어까지 쓰면서 등장한 시의 시대는 그러므로 산문시대의 잡다한 철학에 예봉을 가하면서 새로운 철학으로 편입되지 않을 수 없었을 것이다. 낭만주의의 이러한 충격적 등장은 시라는 옷을 입고 현실화되었는데, 노발리스 자신의 묵시록적인 표현과 인식 때문에 이러한 변화는 자연히 철학적인 양상에 포함된다. "진정한 낭만적 질서는 멜로디를 통하여 발생하는바, 그것은 새로운 오르페우스를 통해 수립되는 것이기 때문"[13)]이라는 해석이 이에 대한 설명이다. 아무튼 시를 신격화하는 한편, 산문을 시대적으로 종언에 부치는 상황의 급격한 대두는 문학 내부적인 변화 이상의 철학적 파동이라고 할 수 있다. 물론 이때 출현한 구체적인 작품이 바로 『파란꽃*Die blaue Blume*』(원제: 『하인리히 폰 오프터딩겐*Heinrich von Ofterdingen*』)이었고, 이로 인해 괴테의 『빌헬름 마이스터』가 상대적으로 전면에서 물러가는 모습이 되었다.

---

12) *Novalis Schriften* (이하 *NS*로 약칭) 3, eds. Paul Kluckhohn and Richard Samuel, Stuttgart, Berlin, Köln and Mainz, 1983, pp. 312~13.

13) Heftrich, *Novalis*, p. 26.

그러나 이 상황을 철학적으로 보이게 만드는 더 큰 요인은, 거듭 이야기하지만 종교, 즉 기독교로부터 왔다. 기독교는 18세기 독일, 더 나아가 유럽 문화에 지배적인 영향을 끼치고 있어서, 그 자체 혹은 기독교와의 관계가 철학의 내용이 되기도 했다. 그 가장 전형적인 보기는 슐라이어마허에서 볼 수 있다. 가령 백과사전은 그를 이렇게 설명한다.

> 슐라이어마허: 복음주의 신학자이자 철학자. 헤렌후트파 경건주의의 교육을 받았고, 1809년 삼위일체교회의 목사가 되었으며, 1810년엔 베를린에서 교수가 되었다. 낭만주의파에 속했고 슐레겔 형제와 친교를 가졌다. (……) 그는 복음주의 교회연맹에 상당한 영향을 끼쳤다. 슐라이어마허의 의미는 내면적 경건성, 예리한 사고와 생생한 현실감각의 상호 침투에 기초하고 있다. 그의 철학은 정신적 현실과 소재적 현실의 상호연관성(이상적 현실주의)을 어디에서나 지향하였다. 그에게 있어서 종교란 절대적인 의존의 감정이었는바, 기독교는 예수를 통해서 수행된 역사적 구원, 그리고 신과의 유대 안에서의 새로운 삶의 종교인 것이다. 신학과 이상주의적 철학을 합일하려는 그의 시도는 19세기 전반에 강한 영향을 끼쳤다. 물론 그의 노력엔 모순도 있었다. 플라톤의 대화를 번역(1804~1810)한 일도 의미 있다.[14]

슐라이어마허가 이렇듯 신학과 철학을 통합하고자 하는 학자였다면, 그와 절친한 사이였던 노발리스는 여기에 문학까지 함께 보태었던 욕망

14) *Der neue Brockhaus: Allbuch in fünf Bänden und einem Atlas* 4, Wiesbaden, 1959, p. 504.

의 인물이었다고도 볼 수 있다. 슐라이어마허와 노발리스의 관계에 대해서는 옌스의 다음과 같은 진술이 흥미롭다.

> 슐라이어마허와 노발리스, 경건주의 자유교회의 교육을 받은 이 두 사람은 (제3의 인물인 한 철학자, 곧 『단순이성의 한계 내에서의 종교』에 대해 글을 쓴 칸트와 아울러) 낭만주의 운동의 길을 마련했다. 한 사람은 자선병원의 설교가, 또 한 사람은 쿠어작센 지방 암염광산의 감독자인 그들은 열띤 어조로 동터오는 평화와 종교와 자유의 나라를 알렸다(프리드리히 슐레겔처럼 "황금시대와 신의 나라에서는 싸움이란 없다"고). 두 사람은 환상적인 공동체에 대해 호소해야 한다는 의무감에 매여 있었다. "그대들에게 임할 신에게 기도하기를 주저하지 맙시다."[15)]

슐라이어마허와 노발리스의 공통점을 적시한 이 글에는 두 사람이 기독교 경건주의에 속해 있다는 사실이 들어 있다. 경건주의Pietismus란 17세기에 싹튼 개신교 운동으로서 루터파의 한 지파로 불리는데, 경건한 삶을 위한 교회의 개혁과 삶의 쇄신을 내세운다. 두 사람은 동시에 낭만주의 운동에도 동참했다. 경건주의와 낭만주의가 한 길을 걸었다는 점은 얼핏 기이하게 느껴지지만, 바로 이 지점이 노발리스가 시인이자 동시에 철학자로 지칭될 수 있을뿐더러 이 시대가 철학의 시대였다는 사실을 반증한다. 이에 대해서는 노발리스에 관한 앞으로의 연구 전반이 모든 사실을 입증할 것이다. 다만 우선 분명하게 드러나고 있는 점은 경건주의와 낭만주의 모두 평화와 종교와 자유를 역설했다는 것인

15) 옌스·큉, 『문학과 종교』, pp. 232~33.

데, 그중 종교, 즉 기독교가 거기에 들어 있다는 점이 주목된다. 평화와 자유가 인류 보편적인 이상적 가치라면 시대와 관계없이 어느 때, 어떤 사상과도 그 연계는 자연스럽고 이해 가능하다. 그러나 종교의 개입은 특이하고, 일반적인 상상력에서도 다소 벗어나는 것이 사실이다. "그대들에게 임할 신에게 기도하기를 주저하지 맙시다"—이것이 과연 낭만주의 선언과 접근된 기원일 수 있는가 하는 것이다. 위에 인용된 진술은 슐라이어마허가 『종교에 대하여』에서 한 말이다. 그런가 하면 노발리스는 실천을 통해 믿음에 충실할 것을 역설했다.

선교의 일선에 있는 그 어떤 전도인보다 강하고 설득력 있는 이러한 설법에는 추호의 의심도 없어 보인다. 소박한 경건주의자의 면모로 충만해 있다. 그러나 노발리스는 곧 종교의 도그마에서 벗어나 자유로운 정신으로 자연과 역사, 인간의 관습과 개성에 대해 유연한 개입을 보이면서, 종교와의 관련성을 오묘하게 모색한다. 이러한 상황은 그 자체가 힘든 추구이기에 얼핏 모순되어 보이는 적잖은 현상을 노정시킨다. 무엇보다 종교에 있어서도 그는 프로테스탄트 같은 발언과 행동을 취하면서도 스스로 가톨릭 신자를 자칭하기도 했으니까. 또한 슐라이어마허는 프로테스탄트이면서도 동정녀 마리아를 매우 중시한다. 이러한 혼란은, 그러나 역설적으로 이 시대를 철학의 시대로 몰아간다. 많은 것을 깊이 생각할 수밖에 없기 때문이다. 즉 이 시대가 철학의 시대라는 뜻은 지적·종교적으로 정립되지 않은 혼란의 시대였다는 사실을 의미한다. 노발리스는 그 속에서 어떤 단일성-종합화를 꿈꾸었다고 할 수 있는데, 그 철학적 병립, 혹은 모순의 다원성을 철저하게 인시한 상대에서 그 극복으로서의 종합이었는지는 확실치 않다. 그보다는 오히려 그 자신의 시인적 기질 내지 태생적 본질이 원래 극적 모순성을 품고 있었던 것은 아니었는지 의심되는 부분이 적지 않다. 가령 그의 대표 시 『밤의 찬가*Hymnen an die Nacht*』의 끝부분은 이 점에서 많은 것을 시사한다.

저 아래 감미로운 신부
애인이신 예수에게로—
황혼이 깃들자 사랑하는 자,
상심하는 자가 위로받는다.
꿈이 우리의 끈을 풀어버리면서
우리를 아버지의 자궁으로 가라앉힌다.[16]

Hinunter zu der süßen Braut,
Zu Jesus, dem Geliebten —
Getrost, die Abenddämmrung graut
Den Liebenden, Betrübten.
Ein Traum bricht unsre Banden los
Und senkt uns in des Vaters Schooß.

이 시에서 신부와 예수, 그리고 애인은 동격으로 나란히 그 자리를 같이하고 있다. 그러나 널리 인식되고 있듯이 이 세 사람의 인격들은 결코 동일하지 않으며, 그 성격은 아주 판이하다. 우선 신부는 신랑과 짝을 이루는 부부의 개념을 출발시키는 용어다. 이 용어는 세번째 등장하는 "애인"이라는 용어와 유사하며 동일한 인격선상에 있다고 할 수 있

16) *NS* 1, p. 157.

다. 그러나 그 둘과 예수는 아주 다르다. 예수는 사람의 몸으로 이 땅에 태어났고 또 살았으나, 그의 인격은 사람이면서 동시에 하나님이 되는, 이른바 신인神人이라는 것이 기독교의 기초적인 지식이다. 흔히 인간의 사랑을 에로스, 하나님의 사랑을 아가페라고 부를 때, 전자를 인간적인 욕망의 발현이라고 한다면 후자는 바로 그 욕망의 내려놓기라고 하지 않는가. 이렇게 볼 때 이 시는 인간적인 그리움의 욕망으로써 애인을 노래하고 있으면서도 그 절정의 표현으로 예수를 부르는 엉뚱한 모순을 보여준다. 더욱 심각한 것은 "아버지의 자궁"이라는 말 속에 숨어 있다. 아버지에게 자궁이 어디 있느냐는 일반적인 물음을 넘어서서 이 표현은 애인과 예수 사이의 혼동 그 이상의 신학적인 질문을 야기한다.

기독교의 문맥 안에서 아버지der Vater는 바로 하나님을 뜻한다. 그러나 만일 이 아버지가 복수가 되어 '아버지들die Väter'로 나타난다면 기독교의 신이 아닌 그리스 신화의 제신諸神, die Götter이 되는 것이다. 말하자면 히브리 문화의 기독교와 헬레니즘 문화의 그리스 신화가 이 시 속에서 함께 혼류하고 있는 것이다. 그렇다면 이것은 우연한 무지일까, 아니면 의도적인 혼합을 통한 종합일까. 이에 대한 탐구는 종교와 문학에 관한 것이라기보다 모든 상황을 감싸 안는 철학적 질문이라고 할 수밖에 없다. "아버지의 자궁"은 인류의 출생을 통한 우주창조론의 궁극에 닿아 있는 원초적 질문을 환기시킨다. 그것은 바로 인간은 하나님의 자식인가, 사람의 자식인가 하는 문제로 환원된다. "아버지"는 곧 하나님이고, 하나님의 창세기 말씀대로 인간을 창조한다. 더하거나 뺄 것 없는 말씀 그대로의 방법, 즉 창조론이다. 그러나 "자궁"은 인간이 인간의 자식임을 말해준다. 모든 인간은 10개월의 자궁 내 생성 기간을 거친 자궁의 산물이다. 이른바 진화론의 기반이 거기에 있다. 다위니즘이 등장하기 약 반세기 이전의 작품으로서, 이 시 속에는 그 시대를 예감하는 어떤 징조가 있었던 것일까. 아버지 하나님을 부인하지 못하는, 아니 철저한 믿음 속에서도 그 구체적 방법의 모습을 그려보고자 하는 구체적인 탐색의 노력이 시 속에 담겨 있다고도 볼 수 있다. 시인 노발리스로서는 종교와 문학을 넘어서는 관심일 수 있었으며, 어쩌면 그 관심의 목표가 시일 수도 있었을 것이다. 철학이 문학을 만나는 순간인 것이다.

> 철학은 내 삶의 영혼이며 나 자신에 대한 열쇠라네. 이런 것들과 돈독해지면서 나는 이 공부와 융합이 되었지. 자네는 날 시험할 걸세. 글을 쓰고 결혼하는 일은 거의 내 소망의 목표가 되었다네.[17]

그 밖에도 노발리스가 곳곳에서 표명한 글들의 요체는 '종합'인데, 그 자신은 그것을 "신기한 전체ein wunderbares Ganze"라고 불렀다.[18] 피히테를 흠모하고 또 그의 영향을 많이 받았던 노발리스는 그러한 융합, 즉 종교와 문학, 글쓰기와 결혼의 합일로 자기 자신이 성숙해질 뿐만 아니라, 철학적으로도 피히테를 넘어설 수 있다고 믿었다. 그러나 이 편지 이후 여덟 달 뒤, 1797년 3월 애인 소피는 저세상으로 떠나갔다. 2년 뒤 1799년에는 두번째 애인 율리 폰 샤르팡티에Julie von Charpentier에 대한 자세한 정보를 프리드리히 슐레겔에게 보냈는데, 거기서 노발리스는 살아 있는 인물을 시화詩化하는 일을 신비적인 형상의 시화와 교묘하게 짜 맞추었다. 결혼과 글쓰기는 예컨대 다음과 같은 식으로 진술되었다.

---

17) 1796년 7월 8일 노발리스가 프리드리히 슐레겔Friedrich Schlegel에게 쓴 편지; Heftrich, *Novalis*, p. 40에서 재인용.

18) 같은 곳.

말하자면 소피를 뒤따라 죽는 일과 같은 거창한 계획을 수행하든가 아니면 두번째 새 애인과 시민적이면서도 시적인, 그러니까 흥미로운 삶을 살기 시작하든가 둘 중의 하나를 해본다는 식이었다. 노발리스의 이런 구상을 헤프트리히는 "과학적 성경"이라는 말로 불렀다.[19] 한쪽은 현실 혹은 합리이며 다른 한쪽은 그리스도라는 뜻이다.

노발리스는 이렇듯 소피와 그리스도의 합일을 갈구하였다. 그러나 이러한 합일은 원초적인 어떤 세계, 혹은 '밤'이나 '절대' 공간에서만 가능한 일이었다.[20] 또한 그것은 완전한 사랑의 일치라는 형태로만 가능할 것이다. 그것은 계기이자 동시에 목적이다. 그것이 완수되기 위해서는 지상의 모든 것으로부터 벗어나야 할 터인데, 현실적으로 그 지점은 죽음일 수밖에 없다. 절대적인 밤의 세계로서의 시인가, 아니면 죽음이라는 현실의 수용인가 하는 양자택일의 문제가 그러므로 노발리스에게는 지속되며, 시 내부에서 그것은 모순으로 충돌한다. 일치로의 갈망은 충돌이라는 모순을 결과로 내놓는 것이다. 가령 『밤의 찬가』의 끝부분이 보여주는 모순은 결국 에로스가 죽음에 도달함으로써 수행되는 것 같지만, 그 죽음은 종점이 아니라 완전한 합일을 위한 관철 그 자체라는 것이다. 요컨대 노발리스 시에 나타나는 모순은 그 자체가 그의 철학인 것이다. 소피와 그리스도를 하나로 묶고자 하는 열망은 절대를 향한 동경 속에서 용해된다. "아버지의 자궁"이라는 표현도 기독교의 신과 헬레니즘 신화에 바탕을 둔 인본주의의 혼합을 상기시키지만, 보다 근원적으로는 창조의 근원을 향한 도저한 인식이라는 해석[21]도 있다. 절대

19) 같은 곳.

20) Ernst-Georg Gäde, *Eros und Identität*, Marburg, 1974, p. 131.

21) 같은 곳.

적 인식이라는 점에서는 종교적 색채가 문제시되지 않는다는 설명이다. 계기는 소피에 대한 사랑, 그녀와의 합일을 향한 동경, 즉 에로스였다. 동시에 이 계기는 노발리스의 철학을 문학으로 전환시키는 매개의 지점이 되었다.

다른 한편 노발리스의 통합을 향한 모순의 몸부림은 시대의 위화성이라는 차원에서도 인식되고 이해될 수 있다. 가령 옌스에 의하면 노발리스는 "문학이 종교에 대해서, 종교가 문학에 대해서 하고자 했던 예의 마술적 이상주의의 검찰관"[22]이 된다. 말하자면 그는 시인에게 사제의 옛 권위를 재현시키고자 했던 것이다. 그럼으로써 시인은 두 세계의 중재자가 되며 구원의 기능을 감당하는데, 이것을 그는 당시의 시대적 요청이라고 생각했다. 뒤집어서 말한다면, 그의 문학은 그 시대의 분열된 두 세계를 담고 있는 것이다. 르네상스 이후 세계는 계몽화의 길을 걸었고 신과 인간은 멀어져갔다. 시인은 이 현상이 가장 안타까웠다. 인간과 자연, 영적인 것과 동물적인 것을 화해시켜주는 중재자로서 시인은 살아야 했던 것이다. 그 삶이 죽음의 형태로 나타난다 하더라도, 그것은 거룩한 통합의 길이며, 신성과도 통하는 성지다. 날로 희미해져가는 신성을 일깨우고 쾌락까지 포함하는 세속성을 더불어 껴안으면서 초월의 높이로 끌어올리고자 했다고 할까. 이러한 세계는 철학을 넘어 문학으로 나아갈 때만 가능한 영역이다.

"끝없는 이해, 사랑하는 마음의 영원한 합일, 대체 종교란 무엇이겠소? 두 사람이 모인 곳에서 신은 그들 사이에 있는 것이오. 나는 영원히

---

22) 옌스·큉, 『문학과 종교』, p. 239~40.

당신 옆에서 숨 쉬리다. 내 가슴은 당신을 끊임없이 잡아당기리다. 당신은 훌륭한 신이며, 최고로 사랑스러운 몸에 담긴 영원한 삶이오."[23)]

노발리스는 철학적으로 피히테Johann Gottlieb Fichte(1762~1814)를 존경하면서 따랐는데, 그러면서도 피히테를 넘어서고 싶어 했다. 피히테 철학은 형이상학적 이상주의에 대한 칸트식의 비판론을 발전시키는 것이 그 근본이었는데, 관념론으로서의 신중심주의에 어떻게 현실적으로 대응하느냐는 문제에 깊은 관심을 가졌다. 칸트가 개인과 개성의 문제를 확립해나갔다면 피히테는 여기서 더 구체적으로 "자아의 자기확립Selbstsetzung des Ich"이라는 명제로 발전시켜나갔다. 노발리스는 이러한 명제를 만나면서 흥분했고 자아와 신을 엮어보고자 했다. 신 자체가 거대한 자아라는 것이다. 이 거대한 자아에서 모든 개개의 자아는 삶의 바탕을 획득한다. 신과 자아는 실존적으로 동일체로 연계되어 있는 것이다. 근대에 이르러 신은 소멸되거나 약화되는 것이 아니라 이 세상 속에 편재하게 되며, 우리 자신과 우리 양심 속에 나타난다는 인식이 노발리스가 피히테를 넘어 발견한 신과 자아의 자리이다. 그러므로 신의 사랑은 인간의 육신과 동떨어진 곳에서 관념적인 경건으로만 존재하지 않는다. 마찬가지로 인간의 사랑 또한 에로스적인 쾌락 그 자체만으로 끝나지 않는다. 에로스 안에는 신성이 명백히 존재하며 그 절대적 가치는 초월을 통해 신성에 이르게 되는 것이다. 철학적인 절대성, 종교적인 초월 모두 문학적인 현재화를 통해 구체적 현현과 입증이 가능하게 된다. 피히테 철학의 문학적 구현이 노발리스 문학이라는 해석이 여기서

23) Novalis, *Heinrich von Ofterdingen*, in: *NS* 1, p. 288.

성립된다.

피히테 철학에 기반을 두고 노발리스의 낭만주의가 출발하였다는 사실은 매우 의미심장하다. 무엇보다 낭만주의, 그리고 노발리스 문학의 골격이 현실적으로 튼튼하다는 근거를 형성한다. 피히테 철학은 동시대의 다른 철학자, 문인들의 사상과 함께 계몽주의의 산물이라는 점을 유의할 필요가 있다. "계몽주의와 초기 낭만주의는 편견·미신·위선·압제·화형에 대한 거부, 요컨대 인간 그 자체의 해방으로 가는 길목에서 절대 영주와 성직자 중심주의에 대해서 실천을 통해 반대한다는 입장을 취함에 있어서 완전히 하나였다."[24)]

낭만주의가 현실도피적이라거나 병적이라는 힐난과 비판은 적어도 노발리스에 관한 한 어불성설이다. 낭만주의는 계몽주의와 몇 가지 요소들, 즉 인간 영혼, 자연과 역사 속에 있는, 의식으로도 충분치 않은 어떤 것, 이성의 맹목적 신뢰 너머에 존재하는 힘들을 둘러싼 믿음이라는 면에서 대비될 뿐, 양자는 역사적 계승과 비판의 노선을 함께 걸어갔다. 특히 노발리스는 그 철학에 대한 역사적 이해의 과정을 밟음으로써 낭만주의의 역사성을 공고히 하고 낭만주의 문학의 거장 자리에 그 짧은 생애에도 불구하고 확실히 앉을 수 있었던 것이다. 노발리스! 과연 그는 누구인가.

24) 옌스·큉, 『문학과 종교』, p. 213.

ROMANTIK
CHRISTENTUM
MÄRCHEN

NOVALIS

제2장

기독교 혹은 유럽

1

유럽이 기독교의 땅이었을 때, 하나로서의 기독교가 인간적 형상을 한 이 세계의 일부에 살고 있었을 때, 정말이지 빛나는 시대였다. 하나의 공동체적 관심이 이 넓은 정신세계의 가장 후미진 곳을 묶어주었다—세상적인 큰 소유주 없이 하나의 수령이 거대한 정치적 힘을 조종하고 통일시켰다. 무수한 종파 누구에게나 문을 열어주고 그 사이에 직접 서 있으면서 열심히 그 선한 권력을 견고히 하고자 노력했다. 이러한 사회의 모든 지체들은 도처에서 존경을 받았고 보통 사람들은 거기서 위로와 도움, 보호와 조언을 얻고자 했다. 그 다양한 요구에 대해 충분한 배려가 있었으며 힘 있는 자들에게도 보호, 주시, 그리고 경청이 필요했던 것이다. 또한 하늘나라의 아이들, 그들의 현존과 마음 쓰기에 여러 가지 축복이 준비되듯이 선택받은 놀라운 힘으로 무장된 사람들이 모든 이들을 돌보았다. 어린아이 같은 신뢰가 사람들을 복음 전도에 접속시켰다. 이렇듯 거룩한 사람들을 통하여 확실한 미래가 보장되었으므로 누구든지 신나게 세속의 일상사를 돌볼 수 있었다. 모든 과오는 그들을 통해서 없어졌고, 삶의 모든 잘못된 곳들은 그들을 통해서 소멸되고 씻겨졌다. 그들은 미지의 큰 바다에 떠 있는 노련한 항해수들로서, 그들의 보호 아래 온갖 폭풍이 잠재워진 것이다. 그리하여 원래의 조국 땅 해안에 안전하게 도착하여 상륙할 수 있도록 신뢰가 이루어졌다.[1)]

1799년에 쓰인 노발리스의 『기독교 혹은 유럽』은 이렇게 시작한다. 문학작품 이외의 글로서 노발리스의 대표작처럼 인식되는 이 에세이풍의 논문은 다음 몇 가지 점에서 당대의 지적 풍토에서 중요하게 받아들여졌으며 오늘날까지도 그 역사적 의미가 음미된다. 첫째, 유럽 땅의 정신적 구심점으로서 기독교의 현실적 세력을 그가 주목하고 있다는 것이다. 둘째, 노발리스는 그 힘을 자신의 시대 이전의 어떤 시대의 것으로, 즉 과거형으로 바라보고 있다는 사실이다. 셋째, 그는 특히 기독교 지도자 및 성직자의 힘과 영향력이 일반사회에 엄청나게 뻗쳐 있다는 점을 강조함으로써, 노발리스 당대 혹은 미래에 미칠 어떤 운명에 대한 예감을 은연중 내비치고 있다는 점이다. 이 사실은 노발리스, 더 나아가 낭만주의가 단순히 환상 추구의 문학 장르에만 머무는 것이 아니라, 현실사회, 그리고 기독교와 깊은 관계에 있음을 보여주면서 노발리스의 사려 깊은 철학적 면모를 일깨워준다.

그러나 무엇보다 궁금한 것은, 낭만주의 작가 노발리스가 왜 이런 글

---

1) Novalis, *Die Christenheit oder Europa*, in: *NS* 3, p. 507.

을 썼을까 하는 점이다. 18세기 말의 유럽이 기독교의 강력한 영향 아래 있고, 한편으로 그 입지가 동요하고 있었다는 사실을 감안하더라도 그 의문이 명쾌하게 풀리지 않는다. 왜? 결론을 앞당겨 말한다면, 그것은 유럽사 비판이다. 이 글에 대한 탁월한 해석을 한 한스 큉의 분석은 매우 예리하다. 다소 길지만 핵심 부분을 인용해본다.

> 『기독교 혹은 유럽』, 이 글은 정말이지 종교가 성 모럴에서부터 국가의 권리에 이르기까지 사회를 전체적으로 지배하는 기독교를 유럽은 또 다시 (중세 전성기처럼) 필요로 하지 않는다는 것을 말하고 있다. 둘째로 유럽은 한편으로는 종교와 교회, 다른 한편으로는 사회와 정치와 국가라는 두 나라로 나란히 형성되는 기독교를 필요로 한다고 주장한다. 셋째로 유럽은 (아우슈비츠와 히로시마와 굴라크 군도 이후로) 종교가 없는 (그리고 사실상 대체로 모럴도 없는) 사회가 (근대에서처럼) 선포되는 체계를 필요로 한다는 것이다. 낭만주의에 의해서 남겨진 것은 사회와 종교의 위대한 종합이라는 비전이다.[2)]

큉의 이러한 견해는 이 에세이에 대한 섬세한 분석을 요구한다. 그러나 우선 논의될 수 있는 것은 첫번째로 거론된 전반적인 상황, 즉 유럽에 과연 기독교가 필요치 않다고 노발리스는 생각한 것일까 하는 의문이다. 물론 큉은 괄호를 통하여 중세 전성기처럼 필요하지는 않다고 생각했다는 단서를 달았는데, 이러한 조건부라면 그 해석이 대체로 타당

2) Walter Jens and Hans Küng, *Dichtung und Religion*, München, 1985; 발터 옌스·한스 큉, 『문학과 종교』, 김주연 옮김, 문학과지성사, 2019, pp. 229~30.

해 보인다. 왜냐하면 에세이에서 노발리스는 어떤 신학자나 종교학자도 능가하는 비판을 가톨릭과 프로테스탄트 양쪽에 날카롭게 가하고 있기 때문이다.

가톨릭에 대한 노발리스의 비판은 역사적인 공과를 균형 있게 바라보는 수준에서 시작되었다. 그는 가톨릭이 기독교의 구원의 교리를 실현하였고 지상에서도 어려운 자들을 위로하고 돕는 일에 헌신하여온 것을 인정하는 데 인색하지 않았다. 무엇보다 유럽을 정신적·영적으로 통일시킴으로써 신께 영광을 돌렸다고 보았다. 그러나 근본적으로 모든 사람들이 이 일을 이해하고 참여하는 일에 한계가 있었으며, 참여한 자들도 미성숙하거나 훈련되지 못하였다고 보았다.[3] 영적 생활보다는 사무적인 일에 더 바쁜 '첫사랑'의 모습이었다는 것이다. 그럼으로써 이기적인 염려, 망상과 기만 등의 내면적인 갈등이 표출되기도 하였다. 여기에 덧붙여 간헐적으로 발생하는 파괴적인 전쟁은 기독교가 지배하고 있는 세상에서도 여전한 악성 문화의 표징으로서 사라지지 않고 있었다. 가톨릭이 지닌 불멸의 의미가 없어질 수 없는 것이 아니라면 적어도 퇴색하거나 마비되거나 위축되지 않았느냐는 것이 노발리스의 지적이었다. 이러한 지적은 더 발전하여 유럽의 역사를 사실이 아닌 "복음으로서의 역사Geschichte als Evangelium"[4]라는 입장에서 관찰하는 경지로 나아간다. 고통과 꿈, 과장, 도취와 연민이 뒤섞인 인간들 삶의 잡다한 총체로서 그는 역사를 이해하였다. 역사가 역사로부터 이탈하는 지점에 노발리스의 역사관이 있었는데, 이로부터 역사는 그의 환상의 내

3) *NS* 3, p. 509.

4) 옌스·큉, 『문학과 종교』, p. 241.

용—그 실체가 되고 종교와 성경은 자연스럽게 그 골격이 되었으며, 역사와의 동일화를 위해 전진한다. 그에게 사실 자체는 별로 중요하지 않으며, 그보다는 영감을 얻은 자아가 중요하다. 따라서 기독교, 그것도 제도로서의 종교가 아닌, 정신으로서의 종교가 그에게 크게 인식될 수밖에 없었으며 기독교와 낭만주의는 환상성을 매개로 공감대를 형성할 수 있었다. 이것이 바로 노발리스가 『기독교 혹은 유럽』을 집필한 이유이며, 그 불가피성이 수긍된다. 현실 아닌 가능성을 바라보는 그는 낭만주의 시인과 사제 앞에서 위안과 구원의 약속을 이루는 의미가 바로 진정한 역사라고 생각한 것이다. 가톨릭에 저항하여 이른바 종교개혁을 일으킨 루터Martin Luther, 그리고 그 이후의 프로테스탄티즘에 대하여도 그의 근본적인 사상은 바뀌지 않는다.

> 반항자들은 당연히 프로테스탄트들이다. 왜냐하면 그들은 양심에 대해 불편하고 부당하게 보이는 권력의 월권에 장엄하게 항거하였기 때문이다. 그들은 주어진 종교적 조사권, 투표와 선거권을 당분간 공석으로 묵묵히 거둬들였다. 그들은 많은 정당한 원리를 내세웠으며 많은 칭찬받을 만한 일들을 했고, 많은 몹쓸 일들을 버려버렸다. 하지만 그들은 그러한 과정의 필요한 결과를 잊어버리고 분리할 수 없는 것을 분리하였으며 나눌 수 없는 교회들을 나누었다. 그리하여 진정한, 지속적인 재생이 가능한 보편적 교회일치로부터 찢겨 나왔다. 종교적 무정부 상태는 일시적이어야 하는데 말이다. (……)
>
> 프로테스탄티즘에서는 이렇듯 순수한 개념만이 압도적으로 기본을 이루고 있는 것은 아니다. 그보다는 루터가 기독교를 자의적으로 다루었고 그 정신을 오해하였다. 다른 문자, 다른 종교를 이끌어온 것이다. 말

하자면 성경의 거룩한 보편타당성을 잘못 인도하였다. 유감스럽게도 매우 낯선 다른 세속적 학문—문헌학—을 종교 행위에 혼합시킨 것이다. 그 소진된 영향력이 이때부터 명백해졌다. 그 영향력은 대부분의 프로테스탄트들에게서 실수라는 어두운 감정 자체로부터 유래하여 복음주의자의 자리로 올라갔고 번역되었다.[5)]

이러한 선택은 종교적 의미를 아주 우습게 만들었는데, 그도 그럴 것이 그 자극적인 의미가 없어지지는 않기 때문이다. 프로테스탄티즘의 역사를 보더라도 초지상적인 어떤 대단한 현상도 보여주지 못했다는 것이 노발리스의 판단이다. 단지 초기에 일시적인 불이 빛났을 뿐이라고 그는 말하면서 그 섬광은 곧 사그라들었다고 본다. 기본적으로 가톨릭에 비해 프로테스탄티즘은 세속적이라는 것이다. 예술에 대한 이해력도 미흡하였고, 견고하고 영원한 삶의 불꽃이 타오르는 일은 매우 드물었다고 그는 비판한다.

2

그러므로 프로테스탄티즘의 역사도 초지상적인 어떤 엄청난 현상을 보여주지 않았고 〔……〕 세속적인 것이 우세하였으며 예술 감각은 연민에 의해서 교감되었으니 〔……〕[6)]

---

5) *NS* 3, pp. 511~12.
6) *NS* 3, p. 512.

프로테스탄티즘을 루터의 자의적 기독교 해석 위에 기초하고 있다고 비판한 노발리스의 기독교 해석이야말로 도리어 자의적 경향이 농후하다. 그는 기독교와 철학(그리스 신화에 기반을 두거나 그 전통의 영향을 받은 철학)의 통합, 혹은 문학의 통합을 공공연하게 공언함으로써 기독교의 새로운 방향을 모색하였다. 그 방향은 근본적으로 평화를 향한, 평화를 위한 방향이다. 그는 부르짖었다.

> 기독교는 생기와 활력을 되찾아야 한다. 국경에 대한 고려 없이 눈에 보이는 교회를 다시 세워야 한다. 초세속적인 것에 목마른 모든 영혼들을 품에 안는, 낡은 세상과 새로운 세상의 매개자가 되는 교회를. 〔……〕 존경스러운 유럽 공의회의 거룩한 품 안에서 기독교는 소생할 것이다. 그때는 아무도 저항하지 않을 것이고, 모든 필요한 개혁이 교회의 지도 아래 평화롭고 적법한 국가의 과정으로서 이루어질 것이다.[7]

평화를 향한 그의 이러한 외침을 발터 옌스는 "포연 어린 전장의 평화대동제"[8]라는 말로 부르고 있는데, 바로 이러한 열정이 일종의 혼합주의의 혐의를 받는 기독교관을 낳게 된다. 노발리스의 혼합주의는 매우 복잡하다. 가톨릭과 프로테스탄티즘을 하나로 묶을 뿐 아니라 기독교와 철학, 기독교와 문학을 뒤섞는 다양하면서도 잡다한 시도로 구성되고 있는데, 옌스가 노골적으로 못마땅해하고 있는, 섹스를 내용으로

7) *NS* 3, p. 524.
8) 옌스·큉, 『문학과 종교』, p. 255.

하는 자못 이단적인 분위기의 자의적인 해석은 이 가운데서도 특히 주목된다. 옌스의 비판적인 논평이다.

> 예수 그리스도의 생애와 죽음을 목가적으로 묘사한다든가, 일회적·구체적인 모든 일을 감상주의 분위기로 묘사하는 것, 또 고통스러운 어머니이기를 그친 성모 마리아의 변용 역시 이런 식으로 묘사하는 것에서 뿐 아니라 〔……〕 아가雅歌에서 친첸도르프에 이르는 종교상의 사랑의 문학 전통에서 노발리스가 이런 식으로 기독교의 전승을 주관화함으로써 생겨나게 되었다. 결국 무모한, 죽음의 신비와 특정 구경거리가 된 범섹스주의자라는 것만 남게 되었다. 성찬례가 홍겨운 성교의 특징을 보여주는 구경거리, 육체적으로 결합된 한 쌍이 하늘의 핏속을 헤엄치는 그런 구경거리에서 유월절은 영원에서 영원으로 계속되는 광란의 축제로 변모한다.[9]

이 정도면 기독교라기보다, 엘리야와 신을 놓고 내기를 하면서 제사장들이 섬겼던 바알과 아세라의 이방신들이 연상된다. 그 밖에도 종교들 가운데에는 풍년과 번성을 기원한다는 명분으로 문란한 성행위를 제사로 생각하는 경우가 많은데, 노발리스의 시도는 얼핏 이에 근접한 인상을 주기도 한다. 그러나 성을 예배의 내용으로 하는 일부 비교와 노발리스의 그것은 본질적으로 완전히 구별된다. 무엇보다 노발리스에게서 성은 그 자체가 목적도 예배도 아니기 때문이다. 그의 성은 매우 독특한 세계를 구성한다. 그의 성은 신비의 핵심을 이루는 에로스와 상통

9) 같은 책, pp. 248~49.

하며 이는 노발리스 연구의 대가 게르하르트 슐츠Gerhard Schulz의 말대로 "시적 기독교주의"[10]를 형성하는 기묘한 통로가 된다. 슐츠는 특히 이와 관련하여 이 글이 노발리스 사후 25년이 지난 이후에 발표되었다는 점에 주목하였는데,[11] 이 사실은 이 글이 쓰인 당시의 초기 낭만파의 종교적 열정과 25년 뒤의 냉각된 열정을 비교하는 관점이 된다. 말하자면 25년 뒤 조금 더 객관적·비판적으로 노발리스의 성/신비의 문제를 기독교와 관련해서 바라볼 수 있었다는 것이다. 이 문제는 노발리스 문학 전체와 관계되는 중요한 테마이므로 별도의 깊은 연구가 요구되는데, 우선 짚고 넘어갈 것은 그것이 신비적 환상성 안에서만 해석되고 이해되는 종교적/관념적인 이미지만은 아니라는 점이다. 육체적인 관능성의 차원에서 이 문제를 파헤치는 옌스의 지적은 매우 놀랍다.

> 사랑의 잔치 때의 섹스의 승리요, 천상계에서도 벌어지는 그것(남녀의 결합)이다. "아! 바다가 이미 붉어졌고 향내 나는 살에서 바위가 솟도다!" 사랑의 비밀을 아는 자만이, 섹스의 신비를 아는, 아니 더 나아가 오르가슴이라는 것을 경험한 자만이 노발리스의 원리를 안다. 끝없는 허기와 갈증의 진정제로서, 세속적인 것과 천상적인 것의 합병이라는 아날로지를 내세우고 성찬례의 의미는 신과 인간 사이의 거대한 성찬으로 이해된다—죽음의 문지방에 있는 사랑의 행위 말이다.[12]

여기서부터 노발리스의 기독교 수용, 그리고 철학적 접근은 경계를

10) Gerhard Schulz, *Novalis*, Hamburg, 1969, p. 127.
11) 같은 곳.
12) 옌스·큉, 『문학과 종교』, p. 249.

넘어 문학으로 흘러간다. 생각해보자, 오르가슴을 경험한 자만이 노발리스의 원리를 안다고 엠스가 지적했을 때, 그는 이미 기독교 연구자나 철학도로서의 노발리스 읽기를 포기한 것이 아닐까. 노발리스 지론을 뒷받침할 객관성을 그는 찾기 힘들었고, 그 대신 강한 자아-시적 자아의 돌출을 볼 수밖에 없었을 것이다. 시인 노발리스는 이처럼 섹스/오르가슴과 더불어 탄생하는데, 그것은 갈증과 욕망의 진정제로서 작용한다. "세속적인 것과 천상적인 것의 합병"을 받아들이는 곳은 오직 문학밖에 없기 때문이다. 섹스와 더불어 어둠, 잠을 찬양하는 노발리스의 관념적 형이상학은 리얼리티가 실현되지 않는 예술적 형상물에 이렇게 머물러 있다.

3

여기서 주의 깊게 살펴보아야 할 중요한 부분은 역사에 관한 노발리스의 잦은 언급이다. 그는 자신의 강한 주관을 합리화하기 위하여 곳곳에서 역사, 그리고 역사가를 끌어들인다. 모든 인간의 역사는 성서가 되어야 한다고 주장할 뿐 아니라, 그렇게 될 것을 확신하는 노발리스는 역사 속에서 일어나는 파도와 저항 같은 것은 일절 고려하지 않는 단선적인 역사관의 소유자다. 그는 역사가는 연설자와도 같다는 생각을 갖고 있는데, 그 까닭인즉 역사가는 역사의 해석이나 그것의 집필과 저작에 머무르지 않고 직접 청중 앞에서 자신의 역사관을 개진, 주장하여야 한다고 보기 때문이다. 역사 혹은 역사관의 강조는 노발리스가 회고적인 복고주의자, 혹은 환상적인 미래주의자임을 뜻하지는 않는다.

여기서 그의 '역사'가 차지하는 독자적인 중요성에 대한 이해가 필요하다. 무엇보다 이 시대 지식인들을 휩싸고 도는 이른바 '황금시대'에 대한 이해가 선결적이다. 가령 동시대의 작가 실러Friedrich Schiller에게 '황금시대'란 그리스 문화를 가리키는 것이었다. 말하자면 실러의 생각은 이렇다.

> 우리 시대엔 낯선 우직성을 통해서만 그리스 사람들이 우리를 부끄럽게 하는 것은 아니다. 그들은 동시에 우리의 적수다. 자연에 거슬리는 우리 습관에 대해 위로받곤 하는 선례 속에 깃든 우리 자신의 전범들이 자주 그렇다. 동시에 형식에 있어서도 그런 것들이 가득하고, 철학적인 생각에 있어서나 교양에 있어서도 그렇다. 동시에 우리는 온화하면서도 정력적으로 환상의 젊음을, 탁월한 인간성을 지닌 이성적 남성상과 결부시킨다.[13)]

그리스적 인간성과, 인간상이 지닌 모범을 '황금시대'와 연결시킨 언급이다. 작가이자 역사가이기도 했던 실러의 이러한 견해에 대해서는 여러 가지 논란이 존재한다. 예컨대 「천년주기설의 역사철학Chiliastische Geschichtsphilosophie」이라는 제목의 글에서 실러와 더불어 레싱Gotthold Ephraim Lessing, 그리고 노발리스를 한데 묶어서 살펴본 에크하르트 헤프트리히에 의하면, '황금시대'라고 생각하고 명명한 그 바탕에는 도덕적인 품위와 미적인 성취가 들어 있다는 것이다. 그런가 하면 레싱에게

13) Friedrich Schiller, *Schillers Werke*, Weimar, 1945; Eckhard Heftrich, *Novalis: Vom Logos der Poesie*, Frankfurt, 1969, p. 56에서 재인용.

역사는 3세대의 연속으로 이해된다. "세상의 그 3세대는 결코 공허한 변덕의 시간은 아니다."[14] 그러나 그것은 그리스로부터 전승되고 실러에 의해서 변증법적으로 포착된, 몰락의 도식으로 전도된 연속의 시간이다. 그러므로 레싱에게서는 그리스가 처음부터 황금시대였던 것은 아니고, 오히려 몰락하면서 은이나 동의 시대가 된 것으로 파악된다. 오히려 역사란 구약의 동銅시대에서 신약시대를 거쳐 정신의 나라로 발전해왔으며, 이 나라가 사실상 황금시대라고 레싱은 이해한다. 역사에 대한 시선을 일깨워야 할 어떤 의문이 발전에 대한 믿음을 위협할 수도 있기 때문이다. 기독교적 계몽주의자였던 레싱은 그리하여 "새로운, 영원한 복음의 시대"가 반드시 오리라고 확신한다. 그러나 실러와 레싱에 비하면 노발리스의 역사관은 매우 독특하다. 레싱에 대답하는 형식으로 그는 실러의 견해에 맞선다.

> 대체 언제 그랬는가? 이에 대해서는 물어볼 필요도 없다. 참고 기다리자. 그것은 올 것이다. 영원한 평화의 성스러운 시간은 반드시 온다. 새로운 예루살렘이 이 세계의 수도가 되는 시대가 말이다.[15]

아테네가 아니라 예루살렘이 새로운 수도가 되고 있다는 점에서 현존하고 있는 제도권 교회—가톨릭이든 프로테스탄트든—와 관계없이 기독교의 복음과 예수의 재림을 노발리스는 확신하고 있는 것이다. 그러나 그는 얼핏 레싱과 비슷한 재림의 역사관을 갖고 있는 듯하지만 미

---

14) Heftrich, *Novalis*, p. 63에서 재인용.

15) *NS* 3, p. 524.

학적인 가치가 구현되고 있는 나라, 인간 교육의 도덕성과 결부된 역사의 목표가 레싱처럼 단순한 도식 위에 올라가 있지 않다. 어떻게 보면 실러의 발전된 변증법이 보여주는 새로운 신앙에 맞춘 듯한 인상도 없지 않다. 그러나 노발리스는 레싱의 구약시대에 대한 이해를 바탕으로 그리스적 인간성에 대한 실러의 자연원리에는 반대하고 있는 모습이다. '황금시대'에 대한 노발리스의 독자적인 견해는, 그리하여 이미 앞서 인용하였듯이 에세이 앞머리에 나온 다음 진술과 정확하게 부합한다. 다시 한 번 확인한다.

> 유럽이 기독교의 땅이었을 때, 하나로서의 기독교가 인간적 형상을 한 이 세계의 일부에 살고 있었을 때, 정말이지 빛나는 시대였다. 하나의 공동체적 관심이 이 넓은 정신세계의 가장 후미진 곳을 묶어주었다.[16)]

이 시절은 "진짜 가톨릭 혹은 진짜 기독교 시대의 정말 본질적인 모습이 있었던"[17)] 시절이었다. 그런데 어떻게 되었는가. 그 시절은 몰락의 길을 걷는다. 인간성이 성숙하지 못하고, 교양 있게 성장하지 못한 제국은 계몽이 요구되는 상황에 처하게 된다. 한때 황금시대로까지 평가되었던 시기의 몰락과 함께 시작된 새로운 역사로 말미암아 역사철학적인 명제가 대두될 수밖에 없다. 여기서 노발리스는 종교개혁과 같은 문제에 앞서서 역사 자체에 대한 지극한 관심을 나타낸다. 교육과 교양은 레싱에게서나 실러에게서나 모두 기본적인 명제였고 그 자체로서 구체화

---

16) 주 1 참조.
17) *NS* 3, p. 509.

되기도 했다.

물론 노발리스에게도 이런 문제들은 자주 거론되는 대상이었다. 그러나 그의 실체화된 본질은 역사였다. 『기독교 혹은 유럽』에서 그는 분명히 두 번씩 이를 명제화하고 있다. 우선 한때 황금시대였던 시기, 진짜 기독교 시대였던 시절로부터 몰락과 분열로 넘어가는 역사에 대한 인식이 그것이다. 다음으로는 현재와 미래의 접합점에 대한, 거울을 보는 듯한 상응 관계와 같은 역사인식이 뒤따른다. 예컨대 그는 이렇게 말한다.

> 그 교훈적인 연관 관계를 연구해보도록 나는 당신에게 역사를 돌보기를 권고한다. 유사한 시기를 보기 바란다. 그리고 유추라는 마술지팡이 사용법을 배우기 바란다.[18]

현재를 통해서 미래를 통찰하는 역사인식의 방법은, 오늘날 흔히 사용되는 이른바 역사적 아날로지, 즉 유추인데 이 시절 이러한 방법론 위에 있었다는 사실은 동시대의 레싱이나 실러 같은 이상주의자들보다 오히려 훨씬 분석적·복합적이었던 그의 특성을 전해준다. 황금시대를 막연히 동경했던 낭만주의자였다는 평가는 그러므로 지나치게 단순하다.

그럼에도 노발리스는 신비한 것을 지키기 위해서는 계몽주의와 맞서는 역사관을 보였는데, 이 점에서 낭만주의와 계몽주의를 적대적이지 않은 것으로 파악하는 퀑의 견해는 재음미될 필요가 있다. 거룩한 신성은 흘러가는 역사 속에서도 연면히 잠복해 있다는 노발리스의 생각은

---

18) *NS* 3, p. 518.

에세이에서 다음과 같이 표출된다.

> 독일에서 이 일은 훨씬 철저하게 행해졌다. 교육도 개혁되었고, 옛날 종교에 꽤 새로운, 이성적이며 보편적인 의미를 주고자 했다. 그리하여 모든 기이하고 신비에 가득 찬 것들을 거기서 조심스럽게 씻어내었다.[19]

"이 일"이란 계몽, 혹은 계몽주의를 가리키는데, "신비에 가득 찬 것"들을 씻어내는 일은 못마땅하였으나 모든 다른 개혁은 노발리스도 지지하는 쪽이었다. 그에게 계몽과 낭만이 반드시 대립적으로만 인식되지 않는 이유다. 노발리스는 "역사로의 도피die Zuflucht zur Geschichte"[20]라는 표현을 썼는데, 그것은 교양과 교훈을 위해 역사물을 장식화하고자 하는 사람들과의 차별성을 강조하기 위함이었다. 그러나 노발리스는 역사의 흐름 밑에 종교의 비밀이 잠복해 있음을 믿었고 그것이 역사의 진짜 원동력이라고 생각했다. 그러나 이러한 역사인식은 복고적인 것과 진보적인 것의 혼선을 일으켜 슐레겔이나 괴테로부터 오해를 사기도 한 것이 사실이다. 그럼에도 노발리스는 역사를 신뢰하였고 진화를 내다보았다. 역사적 아날로지를 믿었기에 아름답게 빛나던 기독교적 공동체의 변용이 유추를 통해서 가능하다고 보았고, 이것은 복고를 의미하지 않는다고 생각했다. 에세이의 결론 부분은 이 점을 명확히 하고 있다. 이와 더불어 노발리스에게 제기될 수 있는 질문은, 그리스 문화에서 실러나 슐레겔이 보았던 "신앙과 사랑"[21]이라는 문제가 진짜 기독교 시

19) *NS* 3, p. 516.

20) *NS* 3, p. 516.

21) "Glauben und Liebe"라는 표현은 이 에세이집에서(p. 510) 사용되고 있는데, 1798년 7월

대에서는 어떻게 나타나는가일 것이다. 인간성은 아직 성숙되지 않았고 교양도 아직 형성되지 않았기 때문이다.

4

한때 잠시 비슷하게 존재하였던 기독교적 유럽 공동체를 진짜로 새롭게 구현할 수 있다고 믿는 노발리스의 역사적 비전에는 교양 있는 인간성의 완성과 신비에 가득 찬 환상성이 함께 내재해 있다. 흔히 계몽과 낭만의 대표적 표상으로 불리는 두 가지 요소의 공존 때문에 노발리스의 철학과 문학이 모순으로 가득 차 있고, 이로 인하여 혼란을 야기한다고 비판될 수 있다. 게다가 후기 낭만주의의 정치적 반동성으로 말미암아 문제가 더욱 부정적인 양상으로 뻗어나가기도 한다. 그러나 반동성은 노발리스 사후에 등장한 것으로, 생전의 그로서는 이를 예측하지 못했다는 점을 고려하면 노발리스의 세계는 모순과 혼선을 껴안고 더 깊고 넓은 지평을 지향하고 있다고 판단된다. 그는 과거인가 미래인가, 현실인가 환상인가, 도덕인가 자유인가, 보수인가 진보인가 하는 양자택일식의 철학적 관습을 깨고 새로운 통합의 길을 모색했던 것이고, 그 모든 것을 일관되게 지배하는, 그러나 그 밑바탕에 흐르는 정신으로서 참다운 기독교를 내세웠던 것이다.

그러나 『기독교 혹은 유럽』은 종교가 성 모럴에서부터 국가권력에 이르기까지 현실적인 지배권력으로서 작용하는 식의 기독교는 거부한

단상집의 제목으로도 쓴 바 있다. Heftrich, *Novalis*, p. 65 참조.

다. 그가 주장하는 것은 종교와 교회가 사회/정치/국가와 두 나라를 이루면서 조화롭게 형성되어가는 세계이다. 다음으로 유럽은 역설적으로 종교가 없는 사회로 선포되는 상황을 필요로 한다는 것인데 이것은 큉의 이 에세이 읽기이다. "종교가 없는 사회가 (근대에서처럼) 선포되는 체계"[22]가 과연 참다운 기독교 정신이 구현된 것일까 하는 점에 대해서는 많은 신학적인 논란이 가능할 터인데도 큉은 그렇게 관찰한다. 낭만주의의 사회성을 긍정적으로 해석하는 큉은, 낭만주의가 사회와 종교를 통합시키는 비전을 보여주었다고 본다. 거꾸로 말한다면 양자를 통합시키는 비전은 아마도 낭만주의에 의해서나 가능할 것이고, 이런 측면에서 노발리스는 위대할 수 있다. 환상성을 본질로 하는 낭만주의가 계몽적 이성을 껴안고 통합의 기능을 할 수 있겠는가. 큉은 이와 관련하여 매우 긍정적인 분석과 전망을 행한다.

> (중세에서처럼) 믿음이 이성 위에 있거나, (종교개혁에서처럼) 믿음과 이성이 맞서 있거나, (근대에서처럼) 이성이 믿음에 대립되어 나타나거나 하지 않고, (모든 불신에 맞서서) 이성은 믿음 안에서 그 충족을 찾아내고, (모든 비이성적인 것에 맞서서) 믿음은 이성 안에서 그 계몽성을 발견해야 한다.[23]

요컨대 믿음, 즉 신앙은 이성과 함께 공존한다는 진술로서, 마치 계몽주의자 레싱의 "나에게 주어진 이성도 신이 주신 것"이라는 발언을

22) 옌스·큉, 『문학과 종교』, p. 229.
23) 같은 곳.

연상시킨다. 레싱은 목회자의 아들로서 참다운 기독교인의 문제를 다룬 『현자 나탄*Nathan der Weise*』[24]을 통해 계몽적 이성과 신성의 통합을 시도한 바 있다. 『기독교 혹은 유럽』에서 신앙과 이성의 통합을 큉이 발견하였다는 사실은 어쩌면 그의 희망적인 전망일 수 있다. 그러나 이 에세이에서 개진되고 있는 노발리스의 논리가 신학적으로는 무리이며, 철학적으로도 비논리적인 부분이 있다면, 그 모든 것을 일거에 뛰어넘고자 한 지점에 그의 문학이 있는 것이다. 말하자면 그의 문학은 모순의 복합체였던 당대의 현실, 논리에 얽매여 그 현실에 순응하고 있는 지식인 사회의 바로 그 지성의 벽을 부수고자 마련한 돌파구였다. 그렇기 때문에 노발리스는 문학인으로서의 위상이 존중되며, 심지어 에세이 『기독교 혹은 유럽』조차 문학작품으로 평가되기도 하는 것이다.[25] 아무튼 이 글은 당시의 지식인 사회를 뒤흔든 충격적인 논문이었다. 물론 제도권 교회를 포함한 가톨릭, 프로테스탄티즘 전반에 관한 비판과 정치적·이념적·문학적으로 모든 기성체제에 대한 비판이었기에 그 논리는 충분히 공격적이었고, 지향점은 당연히 이상주의였다. 그러나 앞서 언급되었듯이 가장 놀라웠던 부분은 성에 관한 것이었으며, 그것을 신성과 결부시키고자 하는 시도였다. 그리하여 이 모든 것을 합하여 노발리스의 이 글은 "초기 낭만주의 이념의 가장 응축된 자기 표현"[26]이라는 이름을 얻게 된다. 성적 표현을 비난하는 옌스의 경우를 배제한다면,

24) 레싱의 대표작으로서, 이슬람교인과 유대교인, 기독교인 간의 분쟁을 통해 참다운 인간성과 종교성을 모색한다. 계몽주의자로서 그는 노발리스에 이르는 낭만적 가교의 경향도 있다. 자세한 내용은 이 책 제10장 「노발리스의 동시대적 위상」 참조.

25) 옌스·큉, 『문학과 종교』, p. 213. 큉은 여기서 신학자로서 이 에세이의 문학성을 평가하면서 "낭만주의의 첫손가락에 꼽히는 종교적·정치적·문학적 문헌"이라고 격찬했다.

26) 같은 책, p. 219.

아마도 이 에세이가 누릴 수 있는 가장 행복하면서도 적합한 호칭일 것이다. 그 엔스조차도 노발리스에 대한 혼란스러운 탐색 끝에 마침내 이렇게 시인의 말을 인용함으로써 자신의 결론에 접근한다.

> 그 민족들이 마침내 자기네의 무서운 광기를 알아차리고 (……) 사랑의 큰 잔치를 포연 어린 전장의 평화대동제로서 뜨거운 눈물과 함께 거행하게 될 때까지 한참 오래도록 유럽 땅 위로 핏물이 흐르리라. 오직 종교만이 유럽을 다시 일깨워 백성들을 안정시키고 기독교가 새로운 영광을 떨치며 지상에 눈에 띄게 나타나서 평화를 이루는 그 옛 직분에 자리 잡게 할 수 있는 것이다.[27]

엔스는 깊이 고민하였다. 성적인 에로스와 기독교적 경건성을 의도적으로 혼합시키려는 시인의 기묘한 기질과 시도 앞에서, 무엇보다 반동적 메테르니히에게 길을 열어주면서 다른 한편 에른스트 블로흐Ernst Bloch(1885~1977)의 희망의 원리[28]의 증인이 되었다는 이율배반의 역사 앞에서 그는 갈피를 잡을 수 없었다. 이 와중에 엔스가 내린 결론은 다음과 같은 진술 속에 숨어 있다.

> 야누스의 얼굴을 가진 노발리스는 그렇지만(그리고 이 점이야말로 적잖이 중요하다!) 한 가지는 할 수 있었다. 즉, 젊은 반란자들을 순식간에 언제나 가능한 인간성의 해방에 대한 증인으로 이해하게끔 한 것이다.

---

27) 같은 책, p. 255.

28) 『희망의 원리*Das Prinzip Hoffnung*』의 저자인 블로흐는 진보적 실존신학을 통해 사회주의적 경향을 보이기도 했다.

이러한 인간성은 그 당시는 그 이전 어느 때보다 그 실존이 위협받고 있었던 것이다.[29)]

이러한 진술은 매우 중요한 세 가지 포인트를 함축한다. 첫째는 인간성의 해방에 대한 증인으로 "순식간에" 이해하게끔 했다는 언급인데, 대체 "순식간"이란 표현은 무엇을 말하는가. 이것은 노발리스의 텍스트가 지닌 문학성에 대한 언급이 분명해 보인다. 그것은 논리를 뛰어넘어 일거에 모든 것을 감성적으로 이해시키는, 문학이 지닌 비논리의 논리일 것이다. 노발리스—그는 종교가도 철학자도 아닌 작가였던 것이다. 다음으로는 인간성이 위협받고 있었던 당시의 상황인데, 대체 "인간성"이란 무엇이며 더 나아가 "당시의 인간성"이란 무엇인가. 세심한 주의가 필요한 대목이다. "인간성"이라고 하면 보편타당한 내포와 본질이 존재하는 것으로서 일반적으로 인식되어 있다. 그러나 보호받고 지켜져야 할 그 "인간성"은 사실에 있어서 그 내면적 본질이 생각만큼 그렇게 잘 구체화되어 있지 않다. 시대에 따라 변해온 숱한 철학적 개념과 정의들이 이 엄중한 사실을 입증한다. 그렇다면 옌스가 지적하고 있는 당시의 인간성이란 어떤 것인지 당연히 검토가 요구된다. 이때의 그 인간성, 즉 노발리스가 위협받고 있다고 인식하고 있었던 그 인간성은, 말하자면 노발리스 자신의 생각이 담긴 인간성일 것이다. 그리고 그 인간성은 계몽적 도덕성과 교양, 인간으로서의 욕망과 품위가 갖추어진 수준에 낭만적 환상과 비전이 함께 어우러진 인간성이다. 그것은 인간에 대한 깊은 인식과 높은 꿈을 함께 구비한 넓고 큰 규모의 이상주의적 낭만

29) 옌스·큉, 『문학과 종교』, p. 255.

의 세계 안에 존재하는 인간성이다. 그러나 그렇기는커녕 인간성에 대한 당시의 이해는 매우 편협하였다. 계몽적 이성은 완강한 도덕의 자로 인간성의 자유로운 확장을 칼질하였고 자유로운 감성의 세계는 역사적 인식의 결핍 아래 내실을 기하기 힘들었다. 기독교 정신만을 걸머진 노발리스는 고독하였다. 그러나 그 고독이야말로 짧은 생애의 이 작가를 큰 역사적 의미를 구현하는 작가로 만들었다.

ROMANTIK
CHRISTENTUM
MÄRCHEN

NOVALIS

제3장

밤과 십자가, 그리고 에로스

—『밤의 찬가』에 나타난 시적 정체성

1

『하인리히 폰 오프터딩겐*Heinrich von Ofterdingen*』(부제: 『파란꽃*Die blaue Blume*』)과 더불어 노발리스 문학작품 가운데 대표작 쌍벽을 이루는 『밤의 찬가*Hymnen an die Nacht*』는 많은 경우 에로스적 모티프의 시각에서 분석되며, 그럼으로써 그 핵심적 주제가 조명되는 작품이다. 노발리스가 기독교를 그의 독특한 관점에서 해석하고자 할 때 바라보았던 시선이 에로스적인 것이었다는 점을 환기한다면, 이 작품은 노발리스 문학의 정점에 위치한다고도 할 수 있다.[1] 에로스란 합일과 정체성을 향한 갈구라고 할 수 있는데, 히아신스와 장미로 이루어진 보유편을

1) 『밤의 찬가』는 1800년 1월에 완성된 후 그해 8월 『아테네움』 6호에 실렸고, 『하인리히 폰 오프터딩겐』은 같은 해 4월 제1부가 완성되었으나 첫 출판은 1802년 그의 사후에 이루어졌다.

보면 거기에는 사랑하는 자들의 합일이 나온다.[2] 바로 이 모티프가 전 6장으로 된 『밤의 찬가』 중 제1장에 처음부터 등장한다. 전체적으로 역사를 다루는 이 시는 우선 빛과 어둠의 대조로부터 그 모티프가 베일을 벗기 시작한다.

빛은 얼마나 초라하고
유치하게 생각되는지,
그 형형색색의 사물들로 인하여
낮과의 이별은
즐겁고 복되구나.
밤이 당신에게서
수종 드는 이들을 등지게 하는
오로지 그 이유 때문에
당신은 이 넓은 공간에
빛의 둥근 공들을
흩뿌려놓는구려.
그리하여 멀리 떨어져 있는 시간으로
당신의 귀환
당신의 전능을 알려주는군.
영원한 눈동자들은 내게
그 넓은 공간에서
반짝이는 별들보다도 더 천상의 모습 같소.

2) Ernst-Georg Gäde, *Eros und Identitiät*, Marburg, 1974, pp. 91~92.

그 영원한 눈동자들은
밤이 우리에게 열어주는 것이오.
〔……〕
이 세상의 여왕을 찬양하라
성스러운 세상의
높은 고지자告知者
복된 사랑의
돌봄이를 찬양하라
당신이 오는군요, 연인이여—
밤이 여기에 왔다오—
나의 영혼은 황홀하네요—
세속의 낮은 지나가고
당신이 다시 내 것이 되었군요.
〔……〕
우리는 밤의 제단
그 부드러운 침상에 누웁니다—[3)]

Wie arm und kindish
Dünkt mir das Licht,
Mit seinen bunten Dingen
Wie erfreulich und gesegnet
Des Tages Abschied.

---

3) Novalis, *Hymnen an die Nacht* (육필본Handschrift), in: *NS* 1, p. 132.

Also nur darum
Weil die Nacht dir
Abwendig macht die Dienenden
Säetest du
In des Raumes Weiten
Die leuchtenden Kugeln
Zu verkünden deine Allmacht
Deine Wiederkehr
In den Zeiten deiner Entfernung.
Himmlischer als jene blitzenden Sterne
In jenen Weiten
Dünken uns die unendlichen Augen
Die die Nacht
In uns geöffnet.
[......]
Preis der Weltköniginn
Der hohen Verkündigerinn
Heiliger Welt
Der Pflegerinn
Seliger Liebe
Du kommst, Geliebte —
Die Nacht, ist da —
Entzückt ist meine Seele —
Vorüber ist der irdische Tag

Und du bist wieder Mein.

〔……〕

Wir sinken auf der Nacht Altar

Aufs weiche Lager —

여기서 찬양되는 것은 밤인데, 그 밤은 낮과의 대조에서 신령한 것으로 인식되고, 신령한 것은 곧 애인으로 받아들여진다. 반대로 낮은 세속적·지상적인 것이기 때문에 밤과 달리 배척된다. 낮이 낮일 수 있는 까닭은 빛이 있기 때문인데 시인은 빛을 "초라하고 유치"하다고까지 경멸한다. 밤은 그 대신 황홀할 뿐 아니라 "전능"하다고까지 존경된다. 밤은 "성스러운 세상의 높은 고지자"이며 "복된 사랑의 돌봄이"가 된다. 그러나 그 밤은 지금까지 먼 시간 속에 있었고, 지금 그 나타남은 일종의 "귀환"으로 인식된다. 밤의 철학적·정신사적 자리가 있다는 사실을 알려주는 것이다. 그 자리는 우선 이렇게 표명된다.

성스러운, 무어라 말할 수 없이

신비로운 밤으로

나는 내 몸을 돌린다—

저 멀리 세상이 있구나,

깊은 구렁텅이 속에 잠긴 채

그곳은

얼마나 황량하고 고독한지![4]

4) *NS* 1, p. 130.

Abwärts wend ich mich
Zu der heiligen, unaussprechlichen
Geheimnisvollen Nacht —
Fernab liegt die Welt,
Wie versenkt in eine tiefe Gruft
Wie wüst und einsam
Ihre Stelle!

거시적인 관점에서 노발리스의 낭만주의가 계몽주의와 접속되어 있다는 점을 고려한다면, 밤의 맞은편에 있는 낮에 대한 비판은 다소 냉정하고 단호한 느낌마저 줄 정도다. 그러나 이 부분은 낮이 눈에 보이는 가시성의 세계라는 점에서 밤의 특징으로 내면적인 세계를 강조하기 위한 진술로 보인다. 내면적인 세계의 힘은 그에게 있어서 "어두운 힘 dunkle Macht"으로 강력하게 표현되는데, 그 연유 또한 분명하다.

가슴 사이에서
무엇이 저렇듯 서늘하고 신선하게
예감에 충만한 모습으로
솟구치는지
비애의 따뜻한 공기를
삼키는지,
당신은
사람의 가슴이 지닌

어두운 힘을 갖고 있는가?[5]

Doch was quillt
So kühl und erquicklich
So ahndungsvoll
Unterm Herzen
Und verschluckt
Der Wehmuth weiche Luft,
Hast auch du
Ein menschliches Herz
Dunkle Macht?

"어두운 힘"은 다름 아닌 "사람의 가슴"이며, 비애를 아는 "따뜻한 공기", 그리고 서늘한 예감력이다. 요컨대 그것들은 인간의 내면적 세계인데, 그 세계는 밤이 잉태한다. 낮의 세계와 철저히 대비되는 밤은 동시에 사랑을 잉태하고 있는 시간이며 공간이다. 앞서 사람들에게 밤이 "영원한 눈동자"를 열어주었다고 했는데, 그것은 곧 사랑의 원리일 수 있다.[6]

말할 수 없는 쾌락으로 충만한
훨씬 높은 공간을.[7]

---

5) *NS* 1, p. 130.
6) Gäde, *Eros und Identitiät*, p. 95 참조.
7) *NS* 1, p. 132.

Was einen höhern Raum
Mit unsäglicher Wollust füllt.

여기서 "훨씬 높은 공간"은 바로 밤 자체라는 해석으로 유도된다. 밤은 사랑을 통해서 그 원래의 원리가 충족되는, 그러한 자기충족에 이른다. 사랑의 합일을 통해 나타나는 밤은 끊임없이 갈구되어온 정체성에 접근한다는 것이다. 그러니까 밤-사랑-정체성의 등식이 구현되는 것이다. 밤이 세속적인 낮을 넘어서는 환상을 제공하면서 성적 사랑을 가능케 하고, 사랑은 그러면서 자기 정체성을 확인한다. 한편 낮의 대립항으로서 새롭게 인식되기 시작한 밤은 낮의 존재를 항상 의식하지 않을 수 없고 그 성격이 조명되는 것과 함께 자신의 성격도 더 분명해진다. 낮에 대해서는 제2찬가가 그 모두冒頭에 문제를 제기한다.

아침은 항상 다시 올 수밖에 없는가?
세속의 폭력이 끝나지 않는가?
복되지 않은 일상사가
밤의 천상적인 비상을 먹어버리나?
사랑의 그 신비한 희생물은
영원히 불태울 수 없단 말인가?
빛은 그 시간이
제대로 주어져
깨어 있구나—[8)]

Muß immer der Morgen wiederkommen?
Endet nie des irrdischen Gewalt?
Unselige Geschäftigkeit verzehrt
Den himmlischen Anflug der Nacht?
Wird nie der Liebe geheimes Opfer
Ewig brennen?
Zugemessen ward
Dem Lichte seine Zeit
Und dem Wachen —

낮과 밤을 세속성/천상성으로 도식화하고, 세속성은 지상적인 것으로 복되지 못한 반면 천상성은 거룩한 축복이라고 믿는 가운데에서 낮이 폄하되는 것은 당연하다. 이러한 인식 아래에서 밤은 갈수록 신비화되고 그 힘은 놀라울 정도로 찬양되는데, 그 중심에 잠이라는 요소가 등장한다. 잠은 밤에 자는 것이기에 밤이 지닌 긍정적인 힘의 핵심으로 잠이 부각되는 것이다. 밤이 성스럽기에 잠도 성스럽다.

그러나 밤의 지배는 시간을 넘어서며
잠은 영원히 지속된다.
성스러운 잠이여!
밤의 헌신은 드문 일 아니니
축복할지어다—

---

8) *NS* 1, p. 132.

이 지상의 일상사에서.[9]

Aber zeitlos ist der Nacht Herrschaft,
Ewig ist die Dauer des Schlafs.
Heiliger Schlaf!
Beglücke zu selten nicht
Der Nacht Geweihte —
In diesem irrdischen Tagewerk.

시간과 공간은 낮의 경우, 그 본질적인 요소가 되고 그 분리 여부를 통해서 사물은 정체성을 갖는다. 하지만 밤이 되면, 이런 요소들은 모두 지양되고 밤 자체가 그대로 그 정체성을 확보한다. 밤으로의 헌신을 통해 드러난 사랑의 정조는 밤을 통한 연인과의 결합을 갈구한다. 밤은 이렇듯 시간과 공간을 넘어선 내면성으로 인식되는 한편 세속성/지상성을 초월하는 하나의 원리로도 이해된다.[10] 인간의 내면에서 그 원리는 얼마든지 이해 가능한데, 막상 이 세상과 반드시 연결되어 있어야 할 내면성에서 눈에 띄지는 않는다. 노발리스는 일종의 문학적인 기호를 통해서 여기에 접근한 것으로 보일 수도 있다. 보다 직접적인 언술은 오히려 단상과 같은 산문을 통하여 행한 감이 있다. 에른스트-게오르크 게데Ernst-Georg Gäde에 의하면, 밤의 본질은 그리하여 노발리스 자신에 의해서는 "성스럽고, 무어라 말할 수 없고, 신비에 가득 찬 것"으로

9) *NS* 1, p. 132.
10) Gäde, *Eros und Identitiät*, p. 96 참조.

표현된다.[11)]

여기서 주목해야 할 것은 육필본과 이른바 아테네움 판본Athenaeumsdruck이 상당 부분 다르다는 사실이며, 제1찬가의 끝부분에는 육필본에 없는 "어머니"가 등장하고 있다는 점이다. 양쪽을 함께 비교해보면 다음과 같다.

달콤하게 취해서
당신은 기분 좋은 날개를 무겁게 펼친다.
그리고 우리들에게
어둡고, 말할 수 없이 은밀하게
즐거움을 선사한다.
천국을 예감케 하는
즐거움, 그것은 당신 자신이지.[12)]

In süßer Trunkenheit
Entfaltest du die schweren Flügel des Gemüths.
Und schenkst uns Freuden
Dunkel und unaussprechlich
Heimlich, wie du selbst, bist
Freuden, die uns
Einen Himmel ahnden lassen.

---

11) 같은 곳.
12) *NS* 1, p. 132.

어둡고 말할 수 없는 감동을 우리는 느낀다—즐거움으로 깜짝 놀라서 진지한 얼굴을 본다. 부드럽게 경건한 모습으로 내게 고개 숙이는 얼굴. 끝없이 휘감기는 어머니의 곱슬머리 사이로 사랑스러운 젊음을 보여준다.[13)]

Dunkel und unaussprechlich fühlen wir uns bewegt — ein ernstes Antlitz seh ich froh erschrocken, das sanft und andachtsvoll sich zu mir neigt, und unter unendlich verschlungenen Locken der Mutter liebe Jugend zeigt.

관능적인 이미지들 가운데 어머니의 등장은 뜻밖이다. 어머니는 밤에 조용히 쉬고 있다. 이에 대해서는 어머니가 밤의 원리라는 해석이 있는데,[14)] 그럼으로써 그녀의 본질이 사랑임을 보여준다는 것이다. 어머니는 "세상의 여왕"이자 "복된 사랑의 돌봄이"와 일치한다는 견해도 여기서 성립한다. 여기서 더 나아가서 어머니상이 신플라톤 철학의 세계상과 연결되는데, 밤을 "탈시간적·탈공간적zeitlos und raumlos"인 것으로 규정한다면 낮은 이와 반대로 "아무것도 아닌 무"로 규정되기 쉽다. 무언가 현실적인 것이라는 범주, 그 현실을 형성하는 낮이라는 범주에는 이런 밤과 같은 요소는 결여되었기 때문이다. 다른 한편 밤의 개념은 단순히 텅 빈 무가 아니라 어떤 질적인 요소를 가진다. 즉 에로스의

---

13) *NS* 1 (아테네움 판본), p. 133.

14) Gäde, *Eros und Identität*, p. 97.

원리와 같은 것이다. 밤의 개념은 "세상의 여왕"인데, 그는 낮, 즉 이 세상도 포용한다. 밤은 무이지만 절대적인 동일성, 혹은 자기 정체성을 지닌다.

제3찬가는 비교적 짧은 길이를 갖고 있지만, 가장 먼저 쓰인 이른바 '원초찬가Urhymne'로 규정되기도 한다.[15] 말하자면 다른 찬가 시편들의 전제가 되는 시편이라는 것이다. 시간적으로 가장 먼저 쓰였는지는 확실하지 않지만 죽은 애인 소피의 무덤 옆에서 환상을 보았다는 결정적인 진술, 즉 "밤하늘과 그 태양, 곧 애인에 대한 흔들리지 않는 믿음ewige unerschüttliche Glauben an den Nachthimmel und seine Sonne, die Geliebte"[16]이 나오기 때문에, 이 부분을 전제로 한 다른 시편들의 전개가 가능한 것으로 보인다. 무덤 옆에서의 체험은 시인에게 무엇보다 최초의 꿈이었고, 밤에 대한 의식도 따라서 그렇게 뚜렷한 것은 아니었다.[17] 밤의 성격이 탈시간적·탈공간적인 것으로 분명하게 천명되는 제2찬가를 고려한다면, 다른 찬가들에서 계속해서 발전하는 이러한 특징화의 단초가 제3찬가에 이미 잠복해 있었던 것이 아닌가 추측된다.

애인의 죽음으로 인한 슬픔과 그녀에 대한 그리움은 제3찬가의 핵심이자, '밤'에 대한 인식의 출발점이 된다.

> 도움을 찾아 두리번거렸으나, 앞에도
> 뒤에도 도움은 없었다—삶은 달아나버리고, 꺼져버리고

---

15) Heinz Ritter, "Die Datierung der 'Hymnen an die Nacht'", p. 124; Gäde, *Eros und Identität*, p. 100에서 재인용.

16) *NS* 1, p. 134.

17) Heinz Ritter, *Der unbekannte Novalis*, Göttingen, 1967, pp. 25~27 참조.

끝없는 그리움만 걸려 있었다—[18)]

Wie ich da nach Hülfe umherschaute, vorwärts nicht könnte
und rückwärts nicht — und am fliehenden, verlöschten Leben
mit unendlicher Sehnsucht hing —

사랑하는 이의 죽음 앞에서의 절망적인 상황이 잘 나타나 있는데, 놀라운 사실은 이러한 상황이 일종의 급격한 엑스터시에 의해 극복의 전망으로 연결되고 있다는 점이다. 시는 이렇게 계속된다.

그때 푸른빛을 띤 먼 곳에서부터,
내 오래된, 축복의 고지로부터 새벽의 전율이 다가왔다—[19)]

da kam aus blauen Fernen,
Von den Höhen meiner alten Seligkeit ein Dämmerungs Schauer —

고통과 그리움이 어울려 마치 지양된 새로운 모습을 빚어내는 듯한 순간이다. 실제로 그 순간은 관습적인 시간과 공간이 지양된 그 어떤 상황이다. 노발리스 문학의 중심 테제를 탄생시키는 제3찬가의 요체는 다음과 같이 계속된다.

---

18) *NS* 1, p. 134.
19) *NS* 1, p. 134.

탄생의 띠가 단번에 빛의 사슬을
끊어버렸다—지상의 화려함과
나의 슬픔은 그녀와 함께 멀리 가버렸다.
깊이를 알 수 없는 세계로 아픔도 함께 흘러가버렸다—그대 밤의 홍분,
하늘의 잠이 나를 엄습했다.[20]

Und mit einemmale riß das Band der Geburt, des
Lichts Fessel — Hin floh die irrdische Herrlichkeit und
meine Trauer mit ihr. Zusammen floß die Wehmuth
in eine neue unergründliche Welt — Du Nachtbegeisterung,
Schlummer des Himmels kamst über mich.

2

밤의 홍분, 하늘의 잠을 그대라고 호칭하면서 이제 시인에겐 죽은 애인 소피를 대신하는, 아니 마치 소피라는 애인이 잉태하고 해산한 듯한 새로운 생명으로서의 밤이 또렷하게 부상한다.[21] 그 생명은 빛의 세계인 낮은 비록 화려해 보일지라도 "지상적인 것"이라고 일축한다. 그리하여 새로운 생명은 마침내 "새로운 정신"으로서의 높은 지위를 획득

20) *NS* 1, p. 134.

21) Ritter, *Der unbekannte Novalis*, p. 27 참조.

한다.

그 지역은 살며시 높이 솟는다—
그 지역 위에는 새롭게 탄생한 내 정신이 떠돈다.[22]

Die Gegend hob sich sacht empor —
über der Gegend schwebte mein entbundner neugeborener Geist.

결국 소피는 죽어서 "정신"이 된 것이다. 물론 그 정신은 노발리스라는 시인에게서 "정신"이 된 것이지만 필경 낭만주의 정신으로 발전하는 중요한 단초가 된다. 노발리스는 제3찬가 후반부에서 이 정신이 소피가 남겨놓고 간, 그리하여 이제는 그녀와 무관한 정신이 아니라는 점을 역설한다. 그렇기는커녕 "그 지역"의 언덕 위 구름 속에서 소피의 정화된 모습을 보았다고 말하면서 그녀의 두 눈동자 안에 영원성이 깃들어 있다고 술회한다. 정신이라는 영적 영역과 그녀라는 사실의 영역을 시인은 열심히 오가면서 매개하는 것이다.

구름 속에서 나는 애인의
정화된 모습을 보았지—그녀의 두 눈에
영원성이 쉬고 있네—나는 그녀의 두 손을 잡고 있다.
눈물들이 반짝이는, 찢기지 않는

22) *NS* 1, p. 134.

끈이 되었다. (……) 그녀의 목을 감고

나는 새로운 삶의 황홀한 눈물을 흘렸다네. 그것은 당신을 꾼 최초의 꿈이었소.[23)]

und durch die Wolke sah ich die

verklärten Züge der Geliebten — In ihren Augen

ruhte die Ewigkeit — ich faßte ihre Hände und die

Thränen wurden einfunkelndes, unzerreißliches

Band. (……) An ihrem Halse weint ich dem

neuen Leben entzückende Thränen. Das war der erste, einzige Traum in dir.

여기서 중요한 것은 "새로운 삶" "황홀한 눈물", 그리고 "최초의 꿈"이다. 애인의 죽음으로 인한 비참한 고통이 밤을 지나 새벽으로 나타나면서 완전히 새로운 세계로 전환하는 인식의 혁명을 보여주는 표상들인데, 새로운 삶을 맞아 황홀한 눈물을 흘린다는 대목은, 동일한 눈물이 슬픔에서 기쁨으로 바뀌고 있다는 점에서 충격적이기까지 하다. 아울러 "최초의 꿈"이라는 발언은, 이제 꿈에서 현실을 발견하겠다는 의지의 진술로 주목된다.

그러나 찬가의 중요한 의미는 제3찬가와 제4찬가 사이(특히 육필본)에 있다는 견해가 유력하다.[24)] 그는 거기서 "죽음에의 동경Sehnsucht nach

23) *NS* 1, p. 134.

24) Gäde, *Eros und Identität*, p. 102.

dem Tode"[25]이라는 말을 하고 있는데 이 표현은 바로 제4찬가의 주제가 된다. 제3찬가 끝부분에서 그가 "밤하늘과 그 태양, 곧 애인에 대한 흔들리지 않는 믿음"이라고 했는데, 그 뒤로는 "믿음" 대신 "앎"이라는 표현으로 바뀐다. 무덤 체험을 통하여 시인은 밤의 본질에 대하여 어떤 확신에 이르게 되는데, 이 확신이 다음 시편들에서도 지속된다. 제4찬가는 빛의 원리가 배제됨으로써 밤의 지배가 등장하는 모습을 보여주면서 시작된다.

> 이제 나는 언제 마지막 아침이 되는지 안다—언제 빛이 더 이상 밤과 사랑을 쫓아버리지 않는지를—언제 잠이 영원히 계속되고 꺼지지 않는 단 하나의 꿈이 되는지를.[26]

> Nun weiß ich, wenn der letzte Morgen seyn wird — wenn das Licht nicht mehr die Nacht und die Liebe scheucht — wenn der Schlummer ewig und nur Ein unerschöpflicher Traum seyn wird.

밤과 사랑은 원래 함께 동행하는 개념이었고 여기서도 그렇다. 그러나 빛에는 사랑이 결여되어 있을 뿐 아니라 아예 반대의 형국으로 나타난다. 사랑은 오히려 밤에 그 온전한 몸을 실현한다. 여기서 밤의 중요한 원리가 형성된다. 동시에 사랑의 원리 또한 밤이 된다. 사랑은 꺼지지 않는 꿈이며, 소피 무덤 옆에서의 최초의 꿈 체험은 밤 속에서 영원

25) *NS* 1, p. 134.
26) *NS* 1, p. 135.

화된다. 애인과의 합일은 사랑하는 자의 그리움이 실현됨으로써 이루어지는 것이다. 그리움의 실현은 이렇듯 빛의 영역에서는 불가능한데, 그도 그럴 것이 애인은 이미 죽음으로써 이 세상과 이별했기 때문이다. 빛의 세계에 사랑이 존재할 수 없는 이유다. 아이러니컬하게도 죽음을 통해서 그 사랑이 가능하다는 논리가 발생하는 이유도 그것이다. "죽음에의 동경"이라는 노발리스의 진술은 이러한 과정이 내놓는 반어적 표현이다.

한편 노발리스가 제3찬가에서 이야기한 "새로운 삶"이란 그의 생각과 행동을 통해 규정되는, "천상의 피로"가 더 이상 그를 버리지 않는 삶이다. 물론 사랑하는 자, 즉 시인은 더 이상 지상적인 것에 속하지 않음으로써 성스러운 무덤으로 가는 길은 십자가의 길처럼 힘들고, 따라서 피곤할 수밖에 없다.

> 천상의 피로는 나를 다시 버리지 않는다.
> 성스러운 무덤으로 가는 길은 멀고 고단했으며
> 십자가는 무거웠다.[27)]

> Himmlische Müdigkeit verläßt mich nun nicht wieder.
> Weit und mühsam war der Weg zum heiligen Grabe und das
> Kreutz war schwer.

소피의 죽음과 무덤 체험을 통해 '밤'을 획득한 시인은 환상의 춤인감

---

27) *NS* 1, p. 136.

과 행복을 얻는다. 그것은 천상을 소유하는 황홀의 기쁨이었지만, 피곤할 수밖에 없는 과정이었고 때로 십자가처럼 고통과 희생의 험로로 느껴진다. 그럼으로써 그것은 더 이상 소피에 대한 개인적 사랑이 아니며, 주관적인 어떤 환상이 아니다. 여기서 노발리스는 그리스도를 자신의 시의 중심으로 끌어오는데, 제4찬가가 그 전환점이 된다.

그리스도와의 연결 지점이 되는 부분은 사랑의 원리이다. 시인은 소피를 사랑하였고 그녀는 죽었다. 그러나 그녀는 밤의 환상과 꿈을 통해 사랑하는 연인으로서의 지위를 지속할 수 있게 된다. 사랑의 실현이 사실상 이루어진 것이다. 여기서 노발리스는 시인 특유의 발상과 인식을 행하는데, 그것은 "성스러운 무덤으로 가는 길"이 험난하다는 인식이며, 그 길은 결국 십자가에 매달려 죽은 그리스도의 길과 마찬가지라는 인식이다. 게데는 이러한 시인의 인식을 "빛의 세계에서는 결코 완전한 이웃사랑이 존재하지 않기 때문"[28]이라고 설명한다. 그리스도는 인간이 밤을 향하는 것이 가능하도록 예정되어 있다는 것인데, 그도 그럴 것이 그는 십자가의 죽음을 부활을 통해 극복할 수 있었기 때문이다. 밤은, 이 시에서 말하자면 십자가의 죽음에 해당하는 것이다. 그리스도의 부활을 통해서 인간은 밤의 확실성에 이르게 되며, 그리하여 그리스도는 밤, 즉 "세상의 여왕Weltkönigin"으로부터 파송된 자가 된다. 이제 소피는 그녀 한 사람만이 아니며 노발리스의 애인만이 아니다. 소피는 그리스도와 동격의 신분으로 격상되는 비유의 일반화와 만난다. 노발리스는 다음과 같이 새롭게 이루어지는 나라를 시화한다.

---

28) Gäde, *Eros und Identität*, p. 104.

[……] 새로운 나라, 새로운 밤의 거주지,
정말이지 세상일로는 다시 돌아오지 않네.
빛이 지배하고 영원한 불안이 깃든 나라지. 저 위에는
평화의 오두막이 세워지고
그리움과 사랑, 그 너머를 바라보다가
환호하는 시간이 원천의 샘물로 그를 이끄는군.
모든 지상적인 것은 높이 헤엄쳐 올라가고,
그 높은 곳에서 씻기어 내려온다.
사랑의 손길이 닿자
성스러운 것은 맞은편 저쪽 숨겨진 길로 녹아 흐르고, 거기서 구름들은
잠든 사랑과 몸을 섞는다.[29]

[……] in das neue Land, in der Nacht Wohnsitz,
Warlich der kehrt nicht in das Treiben der Welt zurück,
in das Land, wo das Licht regiert und
ewige Unruh haußt. Oben baut er sich Hütten,
Hütten des Friedens, sehnt sich und liebt, schaut hinüber,
bis die willkommenste aller Stunden hinunter ihn
in den Brunnen der Quelle zieht. Alles Irrdische
schwimmt oben auf und wird von
der Höhe hinabgespült, aber was Heilig ward durch
der Liebe Berührung rinnt aufgelöst in verborgenen Gängen auf

29) *NS* 1, p. 136.

das jenseitige Gebiet, wo es, wie
Wolken, sich Mit entschlummerten Lieben mischt.

그러나 이러한 새 나라에는 죽음에의 동경, 밤을 통해서만 입장이 가능하다. 그것은 마치 예수 그리스도 부활의 세계와도 같다. 죽음은 노발리스에게서 밤으로 가는 수단인 것이다. 밤은 죽음 이상의 것이며, 결코 소진되지 않는다. 죽음은 개별의 원리를 무화시키며, 시간적·공간적 구조를 무효화한다. 밤으로, 무로 인간이 들어간다는 것은 그러므로 절대적인 자기 정체성을 획득하는 행위가 된다. 그리스도를 통해 부활의 가능성을 체험한 자는 따라서 죽음의 추체험을 갈구하게 된다. 중요한 것은 노발리스가 죽음에의 동경을 그리스도 체험의 결과로만 받아들이는 것이 아니라, 그럼으로써 사랑하는 자, 즉 애인이 된다고 생각한다는 사실이다. 사랑은 본질적으로 밤과 깊이 연계되어 있기 때문이다. 또한 동경은 죽음으로 향하는 추상적인 동경일 뿐 아니라 매우 에로틱한 관능적인 동경이기도 하다. 여기에 노발리스의 사랑에 대한 견해와 기독교 사상이 만나면서 동시에 충돌하는, 매우 어려운 접점이 나타난다. 한편으로는 "원천의 샘물로in den Brunnen der Quelle" 이끌리며 그리워하고 사랑하는 인간, 즉 원천으로 돌아가고자 하는 인간이며, 다른 한편으로는 "본질을 향한 신적인 동경die göttliche Sehnsucht nach Wesen"으로 마주 선다. 거기에는 "잠든 사랑entschlummerten Lieben"과의 합일이라는 문제가 발생한다. 이 문제는 더 나아가서 동일한 '사랑'이지만 이성애와 같은 관능적인 인간의 사랑과, 모든 인류를 헌신적으로 사랑하는 보편적인 인류애로서의 신의 사랑을 함께 껴안음으로써 통합과 모순이라는 혼란을 발생시킨다. 노발리스 특유의 세계이자 철학이라고 할 수 있는 이 의도된 혼합의 사랑은 그의 문학 전반으로 파급된다.

십자가에서의 죽음으로까지 비유되는 밤의 표상의 중요성이 증대되는 한편에선 밤과 빛의 관련성이 제기된다. 제4찬가는 후반부로 가면서 빛에 대한 언급이 빈번해지는데, 흥미로운 것은 빛이 부정적으로 인식/표현되지 않고 있다는 사실이다. 빛은 소피와 그리스도 체험에서 계시된 밤과의 관련성 안에서만 포박되어 있지 않고 별 제한 없이 노출된다. 밤의 체험을 기억하는 일은 그대로 지속되지만 빛에 대한 이해도 상당히 긍정적으로 묘사되는 대목들이 나온다. 예컨대 이렇다.

이젠 싱싱한 빛,
그대 일어나서
피곤한 이를 깨워 일을 시킨다—
〔……〕
부지런하게 손을 놀리도록
여기저기 나는
즐겨 돌아본다.
거기서 그대 날 사용하지,
그대 빛의 명성
화려함으로 가득 차
그대 손으로 된 작업의
아름다운 관계를
꾸준히 추구하네[30]

30) *NS* 1, p. 136.

Noch weckst du,
Muntres Licht,
Den Müden zur Arbeit —
〔……〕
Gern will ich
Die fleißigen Hände rühren
Überall umschauen
Wo du mich brauchst,
Rühmen deines Glanzes
Volle Pracht
Unverdroßen verfolgen
Den schönen Zusammenhang
Deines künstlichen Wercks

지상적인 삶의 표상인 빛의 세계에서 일상적인 노동이 이루어지고 있음을 노발리스도 인정하고 있는 것이다. 그러나 동시에 그는 밤 또한 단순한 사랑만이 아닌 "창조적 사랑schaffende Liebe"임을 말함으로써 창작과 노동 사이를 소통시킨다. 플라톤적 사랑이 아닌 노발리스의 사랑은, 사랑의 자궁에 침잠해 있는 밤의 세계의 소산이며, 거기서 "영원한 삶unendliches Leben"을 누린다. 영원한 삶은 죽음을 통해 이루어지는 것이 아니라 "내 속에서 힘차게 물결쳤다wogt mächtig in mir"[31]는 것이다. 말하

31) *NS* 1 (아테네움 판본), p. 139.

자면 그는 사랑하는 애인으로서, 빛의 세계에서 무한으로 가는 길에 참가한 것이 된다. 왜냐하면 사랑의 가능성을 지닌 인간으로서 그는 빛 너머에 서 있는 것이며 "세상의 여왕", 즉 "어머니"의 특사가 된 것이다. 그러나 죽음에서야 비로소 사랑은 완전하게 전개될 수 있다. 이 지상세계에 매여 있는 육체적 조건은 끊임없이 방해받고 제한되기 마련이니까. 인간이 빛 너머에 있을 수 있다는 제4찬가의 메시지는 이렇게 표현된다.

나는 위에서
저 아래 그대를 내려다보노라.[32)]

Ich sehe von oben
Herunter auf dich.

제5찬가의 주제는 종교적인 측면에서 본 인간의 역사인데, 특히 자연과 죽음이라는 연관성 아래에서 관찰된 시인의 역사관이 전 6가에 이르는 찬가 가운데 가장 긴 길이로 노래된다. 찬가의 첫 국면은 당연히 고대인데, 철기시대를 연상시키면서 불안에 떠는 인간을 묘사한다. 이 시대가 지나가면 인간과 신들의 관계가 밀접해지는 비교적 행복한 시대로 들어선다. 예상대로 그는 인간이 어떤 형태로든지 신적 존재와 만남으로써 최초의 행복감을 갖게 된다는, 기본적인 시인감정을 표출한다.

32) *NS* 1, p. 138.

한 늙은 거인이
이 복된 세상을 걸머졌다.
산 아래에는
어머니 대지의 최초의 아들들이
누워 있었다—
새롭고 화려한
신들의 세대에 맞서서
그들은 폭발하는 분노에
어찌할 바를 모르다가
즐거워하는 사람들과
벗이 되어버렸지.[33)]

Ein alter Riese
Trug die selige Welt
Fest unter Bergen
lagen die Ursöhne
Der Mutter Erde —
Ohnmächtig
In ihrer zerstörenden Wuth
Gegen das neu
Herrliche Göttergeschlecht,
Und die befreundeten

33) *NS* 1, p. 140.

Fröhlichen Menschen.

"벗이 되어버렸지"라는 표현은 아테네움 판본에서는 아예 "친척들Verwandten"로 바뀌고, 신과 인간의 관계가 마치 모자 관계가 되는 듯 묘사된다. 뿐더러 그 관계는 인간과 자연의 사이에서도 나타난다.

강물과 나무들
꽃들과 동물들
사람의 마음을 갖고 있었지.[34)]

Flüsse und Bäume
Blumen und Tiere
Hatten menschlichen Sinn.

이러한 묘사는 노발리스가 그의 문학 전반에 걸쳐서 갖고 있었던 신화적 선사시대, 즉 이른바 '황금시대goldene Zeit'에 대한 그리움을 나타낸다. 초자연적인 힘에 대하여 초인간적인 관계를 설정하는 상상력의 문학이 제5찬가의 밑바닥을 흐르고 있다.

포도주는 달콤한 향기를 내고
꽃피어나는 신들의 청춘이
인간을 빚어내네—

---

34) *NS* 1, pp. 140~41.

금빛 낟알로
가득 찬 볏단들은
신의 선물이었지.[35]

Süßer schmeckte der Wein
Weil ihn blühende Götterjugend
Den Menschen gab —
Des goldnen Korns
Volle Garben
Waren ein göttliches Geschenk.

그리하여 이 시기는 "부드럽고 값진 불꽃die zarte, köstliche Flamme"[36]으로 규정된다. 불꽃에 대해서 노발리스는 각별한 관심을 갖고 자신의 시 및 그 이론과 관련하여 주목할 만한 발언을 「물리학 단상Physicalische Fragmente」에서 행한 일이 있다.

> 불꽃은 분리된 것을 결합시키고 결합된 것을 분리시킨다. (……) 일반적인 분리의 매체는 일반적인 결합의 매체이기도 하다.[37]

불꽃은 모든 것을 무화시키는 힘이며 동시에 생산하는 힘으로서 그 변증법의 과정이 바로 에로스의 과정과 연결된다. 낭만주의의 원리로

---

35) *NS* 1, p. 142.
36) *NS* 1, p. 142.
37) *NS* 3, p. 85.

발전하는 불꽃의 이러한 성격은 뒤에 니체 사상의 시발점이 되기도 한다.[38] 불꽃을 존중하는 황금시대의 사람들은, 그러나 이러한 원리를 개념적으로 파악하는 수준은 아니었고 불꽃의 발견에 이은, 향수와 존경의 단계였다. 다음 국면은 죽음에 대한 의식의 태동과 발전 단계인데 그 초동 사건은 낮의 지상세계에서 이루어지는 쾌락과 관계된다.

악마의 좁은 길은 신비에 가득 찼고
분노의 탄원도 선물도 없었고—
이 쾌락의 잔치를
불안과 고통 그리고 눈물로 망치게 한 것은 죽음이었다.[39]

Geheimnißvoll war dieses Unholds Pfad
Des Wuth kein Flehn und keine Gabe stillte —
Es war der Tod, der dieses Lustgelag
Mit Angst und Schmerz und Thränen unterbrach.

지상에서의 삶은 쾌락 위주의 그것을 지향하지만 죽음으로 인해서

---

38) Friedrich Nietzsche, *Ecce Homo* 참조. 이 시의 전문은 다음과 같다(김주연, 『독일시인론』, 열화당, 1983, pp. 154~55).

그렇다, 나는 내가 어디서 왔는지 안다!	Ja, ich weiß, woher ich stamme!
불꽃처럼 탐욕스럽게	Ungesättigt gleich der Flamme
나는 나를 불사르고 소멸시킨다.	Glühe und verzehr ich mich.
빛은 내가 붙잡고 있는 모든 것,	Licht wird alles, was ich fasse,
숯은 내가 놓아버린 모든 것.	Kohle alles, was ich lasse
불꽃이야말로 정말이지 나다!	Flamme bin ich sicherlich!

39) *NS* 1, p. 142.

단절될 수밖에 없다. 여기서 죽음에 대한 절박한 인식이 대두된다. 사랑하는 사람과의 이별, 긴 고통 등이 여지없이 실감되는 순간이 찾아오면서 죽음은 피할 수 없는 인간의식의 중심부에 놓인다. 죽음을 미화하거나 폄하하는 어떤 시도도 망상에 지나지 않는다는 것이 현실적으로 밝혀진다. 이러한 의식의 변화는 결국 인간성의 성숙을 말해주는 것으로서 일종의 계몽의 태동이라고 할 수 있다. 신화적인 의미의 신성은 여기서 차츰 퇴조한다.

아이답지 않게 성숙한
인간들이 안간힘을 쓴다.
신들은 사라졌고
자연은 외롭게
활기를 잃고 서 있다.[40]

Strebten die erwachsenen
Unkindlichen Menschen.
Verschwunden waren die Götter.
Einsam und leblos
Stand die Natur

신들이 사라지고 자연은 힘없어 보이면서 인간들은 오히려 의식화된다. 이때 그리스도가 등장하는데, 그는 인간들의 참다운 이해 밖에 머

40) *NS* 1, p. 144.

물러 있는 외로운 상황 속에 있다. 그러나 그리스도의 출현은 새로운 시대의 개막을 알린다.

3

자, 이제 계몽과 그리스도의 만남이 기이한 모습으로 이루어지게 된 것이다. 숱한 이단 논쟁을 유발하고 있듯이 그리스도에 대한 해석은 다양하지만, 가장 큰 줄기는 신을 위한 신으로서의 경건성과, 백성 모두를 껴안는 대중 속의 신의 사랑이라는 양론으로 대별된다. 물론 양자는 반드시 대립되지는 않지만 사뭇 엇갈리는 것이 사실이다. 매우 독특한 그리스도 이해 위에 서 있는 노발리스의 신학도 여기서 미묘한 위치에 서게 된다. 앞의 시행이 보여주는 상황도 바로 그의 이해와 위치를 예감시키는 대목이다. 그리스도는 왜 외로운가, 그 사랑은 왜 육감적인 자궁과 연결되는가 하는 물음은 여기서 그 핵심이 된다. 문제는 사랑인데, 이 사랑의 이중성, 즉 그리스도적 헌신의 이타성과 이성 간의 관능적 이기성을 노발리스는 의도적으로 동일시하고 있다.

강력한 사랑의
아주 유치한 감정이
기이한 충격으로
그 주위에 금방 몰려들었다
꽃처럼
새롭고, 낯선 삶이

그와 가까운 곳에서 싹텄다—[41)]

Bald sammelten die kindlichsten Gemüter
Von allmächtiger Liebe
Wundersam ergriffen
Sich um ihn her.
Wie Blumen keimte
Ein neues, fremdes Leben
In seiner Nähe —

여기서 "그"는 문맥상 신들의 혈통을 말하는데, 그 신들은 신화적인 신, 즉 지상적·세속적인 신들이다. 그들은 점차 지위가 약해져가면서도 관능적 사랑의 강렬한 힘을 놓지 않는다. 신화 이후의 시대에서는 죽음 또한 텅 빈, 고립된 의식의 지배 아래 있게 되면서 인간은 슬픔에 함몰된다. 이러한 와중에 그리스도를 통해서 죽음의 공포가 달콤한 동경으로 바뀌며, 오히려 기대되는 상황이 일어난다. 죽음의식의 근본적인 변화가 생긴 것이다. 18세기 유럽이 직면한 정신계의 현실이다. 죽음에서 오히려 영원한 삶이 계시, 천명되며 그럼으로써 노발리스가 찬가 모두에서부터 쓰고 있는 불안은 사라져버린다. 신화 이후 시대의 인간들은 죽음에서 오직 세상과의 영원한 이별만을 보았다. 빛과 밤을 경직된 대립의 개념으로만 바라봄으로써 죽음에 대한 열린 이해는 불가능했는데, 그리스도를 통해서 이러한 몰이해가 극복되었다. 그리스도를 통해

41) *NS* 1, p. 146.

서 죽음의 의미가 선언된 것이다. 지상적인 차원에서의 죽음이 지양됨으로써 사랑하는 이들의 영원한 결합이 이루어지는데, 이것이 곧 자신의 정체성을 확보하는 길이 되는 것이다. '달콤한 동경'으로 파악된 인간들은 에로스에 대한 개념을 이전의 그 어떤 시대보다 민감하게 의식하게 된다. 신화시대에는 죽음에 대해 아무런 개념이 없었고 신화 이후 시대에는 막연한 힘을 가진 두려움의 징표가 죽음이었다. 정체성과 비정체성의 리듬은 신화 단계에 서 있는 인간에게 '불꽃'에서 상징화되었다. 사랑은 내면적으로 경험되는 본질적인 요소이지, 신화 이후의 상황이 제대로 파악하지도 못한 채 두려운 모습으로 마주 서 있었던 그 어떤 것은 아니었다.

사랑에 취한 즐거움
천상의 아름다움으로 된
성스러운 복무[42)]

Der Liebe trunkne Freuden
Ein heiliger Dienst
Der himmlischen Schönheit

이것이 사랑이다. 그 '불꽃'의 사랑은 곧이어 그리스도의 비밀에 의해 새로운 또 다른 인식을 획득한다. 그리스도의 부활에 의해 펼쳐지는 그 사랑의 비밀은 "성스러운 복무"를 복잡하게 만든다. 첫번째 비밀은 그리

---

42) *NS* 1, p. 142.

스도가 신의 아들임을 말해준다. 또 다른 비밀은 완전한 헌신의 의미에서 사랑의 원리를 그가 실현하였다는 통찰을 통해서 밝혀진다.

비밀은 풀렸다
하늘의 영들이
어두운 무덤의
태곳적 돌덩이를 들어 올렸고—
천사들이 잠자는 자 옆에 앉았네,
사랑스러운 꿈들의
부드러운 상징.
그는 새로운, 멋진 신들의 모습으로
젊어진, 새로 탄생한 세상
저 높은 곳에서 소생하였다.[43)]

Entsiegelt ward das Geheimniß
Himmlische Geister hoben
Den uralten Stein
Vom dunkeln Grabe —
Engel saßen bey dem Schlummernden,
Lieblicher Träume
Zartes Sinnbild.
Er stieg in neuer Götterherrlichkeit

43) *NS* 1, p. 148.

Erwacht auf die Höhe

Der verjungten, neugebornen Welt.

전 6찬가로 된 『밤의 찬가』의 마지막 국면은 당연히 제6찬가인데, 거기에는 「죽음에의 동경Sehnsucht nach dem Tode」이라는 제목이 붙어 있다.[44] 여기서는 이 세상과 죽음이라는 두 차원이 날카롭게 대립하면서 묘사된다. 선사시대부터 노발리스 당대까지 요약하면서 펼쳐지는 역사관에는 노발리스 특유의 철학이 집약된다. 선사시대에 대한 그의 설명이다.[45]

1.

높은 불꽃 속에서
그 뜻이 밝게 타오르던 선사시대
아버지의 손과 얼굴을
사람들은 여전히 알아보았지,
그리고 높은 뜻도, 많은 사람들은
순박하게도 그 원래 모습과 같았지.

3.

젊은 날의 열정 속에서

---

44) 육필본에는 없고, 아테네움 판본에만 있다

45) Eckhard Heftrich, *Novalis: Vom Logos der Poesie*, Frankfurt, 1969, pp. 102 이하 참조. 여기서 저자는 노발리스가 황금시대의 메시아로서 시인의 사명과 역할을 지닌 것으로 파악하면서 노발리스의 초역사적 역사관을 살펴본다.

신이 나타났던 선사시대
그리고 사랑의 용기를 통해
그 달콤한 삶이 때 이른 죽음에 바쳐지고
불안과 고통은 일어나지 않아서
신은 그냥 고귀한 모습으로 남아 있었지.[46)]

1.

Die Vorzeit, wo die Sinne licht
In hohen Flammen brannten,
Des Vaters Hand und Angesicht
Die Menschen noch erkannten,
Und hohen Sinns, einfältiglich
Noch mancher seinem Urbild glich.

3.

Die Vorzeit, wo in Jugendglut
Gott selbst sich kundgegeben
Und frühem Tod in Liebesmut
Geweiht sein süßes Leben.
Und Angst und Schmerz nicht von sich trieb
Damit er uns nur teuer blieb.

---

46) *NS* 1, p. 154.

그 시대는 지나가고 이제 밤 속에 묻혀 있다. 하지만 그 시대에 대한 기억과 동경은 남아 있어서, 그 갈망은 노발리스 당대에도 진정되지 않는다. 제6찬가는 이 갈망과 진정 사이의 노래인데, 그리스도를 통해 어떻게 그것을 구현하는 일이 가능한지 분명하게 보여준다.

저 아래 대지의 자궁
빛의 나라로부터 오는 길
고통의 분노와 거친 충격은
즐거운 출발의 신호다.
우리는 좁은 거룻배에 타고
하늘가에 신속히 도착한다.
[……]
불안한 그리움으로 우리는
어두운 밤에 묻힌 채 그[47]를 본다.
그리고 여기 이 세상에선
결코 뜨거운 갈증이 진정되지 않는다.
우리는 고향으로 가서
이 성스러운 시대를 보아야 한다.[48]

Hinunter in der Erde Schoos
Weg aus des Lichtes Reichen

---

47) "그"는 "선사시대Vorzeit"를 가리킨다.
48) *NS* 1, pp. 152, 154.

Der Schmerzen Wuth und wilder Stoß
Ist froher Abfahrt Zeichen.
Wir kommen in dem engen Kahn
Geschwind am Himmelsufer an.
〔……〕
Mit banger Sehnsucht sehn wir sie
In dunkle Nacht gehüllet
Und hier auf dieser Welt wird nie
Der heiße Durst gestillet.
Wir müssen nach der Heymath gehn
Um diese heilige Zeit zu sehn.

밤은 대지의 자궁이며, 하늘가는 아버지의 집이며, 고향, 그리고 성스러운 시대 혹은 시간이다. 본질적으로 그것은 시원이라는 카테고리다. 동경, 즉 뜨거운 갈증은 이러한 나라를 지향한다. 그 나라에서 그는 죽은 애인과 한 몸이 되는 것이다. 가장 주목할 만한 부분은 제6찬가의 끝 연이다.

저 아래 감미로운 신부
애인이신 예수에게로—
황혼이 깃들자 사랑하는 자,
상심하는 자가 위로받는다.
꿈이 우리의 끈을 풀어버리면서
우리를 아버지의 자궁으로 가라앉힌다.[49]

Hinunter zu der süßen Braut,
Zu Jesus, dem Geliebten —
Getrost, die Abenddämmerung graut
Den Liebenden, Betrübten.
Ein Traum bricht unsre Banden los
Und senkt uns in des Vaters Schooß.

이 시에서 노발리스는 신부, 그리스도, 시원, 그리고 "아버지의 자궁"에 이르기까지 그의 감출 길 없는 동경을 드러내었다. 소피와 그리스도라는 서로 다른 카테고리에 속한 두 인물의 합일을 소망했던 시인은 그 합일이 밤, 즉 절대적인 시공에서만 가능하다는 것을 알았다. 절대적인 정체성, 완전한 사랑의 합일이 거기서 실현되는바, 그것은 도전이자 동시에 목적이었다. 지상의 모든 끈에서 벗어나 밤으로의 충만에 도달하는 지점은 죽음인데, 죽음 또한 궁극의 목표는 아니다. 그것은 완전한 합일을 위한 유일한 선택이므로, 그 과정 모두가 에로스라는 정체성 획득을 위한 길이라고 할 수 있다.

마지막 부분은 찬가 전체의 종합명제와도 같은 성격을 지니고 있다고도 할 수 있다. 동경의 대상이 되는 중심인물로서 소피와 그리스도는 절대적 시공을 향한 동경 가운데에서 녹아버린다. 아울러 "아버지의 자궁"으로의 침잠도 모든 생산적 연원으로의 가라앉음이 되는데 이 역시 절대적인 인식의 세계로 들어간다고 할 것이다. 결국 모든 유발은 소피

49) *NS* 1, p. 157.

에 대한 사랑에서 일어났고 그녀와의 합일을 향한 동경이 에로스였다. 인식으로의 도전도, 비밀을 감미롭게 풀어나가는 일도, 필경은 사랑이었다. 사랑의 에로틱한 원리는 자연을 설명하는 일이며, 그것이 이른바 '비밀'이다. 『밤의 찬가』는 에로스 모티프가 이 시를 결정짓고 있음을 보여준다. 세속과 절대의 표상으로서 소피와 그리스도가 맺고 있는 관계는 모순을 통해서 자신의 시대를 돌파하려는 노발리스의 의지에 다름 아니다.

ROMANTIK
CHRISTENTUM
MÄRCHEN

NOVALIS

제4장

소설, 메르헨Märchen으로 가는 길을 걷다

—장편 『하인리히 폰 오프터딩겐』 (1)

1. '신비한 언어'—현실과 시의 통합

노발리스의 대표작 『하인리히 폰 오프터딩겐*Heinrich von Ofterdingen*』(부제: 『파란꽃*Die blaue Blume*』)이라는 장편소설이 어떻게 성립되었는지, 그 과정에 대해서 다음과 같은 기록이 있다.

> 그(노발리스)의 누이가 이해(1799년)에 결혼했고 결혼식이 예나 인근에서 열렸다. 이 결혼식 이후 이 친구는 튀링겐의 금빛 목초지의 한 고즈넉한 곳, 키프호이저 산기슭에 오랫동안 머물렀고 고독한 가운데 오프터딩겐의 많은 부분이 쓰였다. 그때 그는 주로 두 남자와 사귀었다. 한 사람은 약혼녀의 형부인 틸만 장군이었고, 다른 한 사람은 그를 통해 알게 된 풍크 지방의 장군이었다. 풍크 지방 장군과의 친교는 그냥 알고 지내는 것 이상이어서 총명한 그의 도서실을 이용할 수 있었다. 거기서 그는

일찌감치 오프터딩겐의 전설과 맞닥뜨릴 수 있었다. 풍크가 쓴 프리드리히 2세의 탁월한 전기를 통해서 그는 이 인물에 흥미를 느꼈고, 자신의 소설에서 그를 왕의 모범으로 설정하고자 했다. [……] 이해 여름 오프터딩겐의 첫 구상이 이렇게 이루어지게 되었다.[1)]

노발리스의 절친한 문우 티크Ludwig Tieck가 1815년에 쓴 글인데, 그의 이러한 기록은 1805년 노발리스의 아우 카를 폰 하르덴베르크Karl von Hardenberg가 쓴 글을 기초로 한 것이다. 1799년 가을 노발리스는 추수가 끝난 바이센펠스 마을에서 한 해의 결산을 한 다음 광산물에 대한 보고서를 썼다. 이즈음 오프터딩겐의 작품 발상이 이루어진 것으로 보이는데, 이 소설은 아이제나흐 출신의 미네장 가인[2)] 하인리히 폰 오프터딩겐(원래는 아프터딩겐이었다고 한다)에 대한 것으로 남아 있는 상태였다. 1802년 작품집으로 출간되었을 때 제1부는 전 9장으로 되어 있었고, 제2부는 미완성인 채였다. 낭만주의의 교본으로 평가되는 노발리스의 장편 『하인리히 폰 오프터딩겐』이 이렇듯 광산 마을에서의 고독한 침잠과 사색 가운데서 탄생되었다는 점은 다소 뜻밖이며, 이러한 배경이 이 소설의 진행 및 결말과 어떠한 관계에 있는지 살펴보는 일도 흥미로울 수 있다. 과연 어떤 관련성이 있을까?

키프호이저 산기슭 마을에서 약 세 시간 떨어진 곳에 아르테른이라

---

1) Richard Samuel, "Karl von Hardenbergs Biographie seines Bruders Novalis", *Euphorion* 52, 1958, p. 181; Heinz Ritter, *Der unbekannte Novalis*, Göttingen, 1967, pp. 183~84에서 재인용.

2) 중세 독일의 연애노래Minnesang를 부르던 가인 혹은 궁정가인.

는 곳이 있었다. 노발리스는 1799년 그곳에 세 번 갔었다. 그해 6월 7일, 6월 9일, 그리고 12월에 갔었는데 6월의 두 차례 방문 당시 프리드리히 2세 전기와 오프터딩겐 전설을 만날 수 있었다. 이런 과정을 종합적으로 잘 알고 있었던 티크는 결국 노발리스가 제2부를 완성하지 못하고 세상을 떠나자 「소설 계속에 대한 티크의 보고Tiecks Bericht über die Fortsetzung」라는 보유편을 소설 말미에 붙여놓았다. 이 보유편은, 노발리스가 직접 쓴 소설 어느 부분 못지않게 이 작품 구성의 성격과 목표를 밝히는 일에 중요한 몫을 하고 있다. 티크의 이러한 보고가 없었다면 이 작품의 성격은 물론 노발리스, 더 나아가 낭만주의의 지향점에 상당한 몰이해가 초래되었을지도 모른다. 티크의 이 보고는 또한 그 자체로서 문학의 일부라는 평가를 받을 만하다. 티크는 이 보고에서 이 소설의 성격에 대해 이렇게 말한다.

> 이 작가의 친구들만을 위해서가 아니라, 예술 자체를 위해서 그 독창성과 위대한 작가적 의도가 제1부에서보다는 제2부에 더 나와 있어 보이는 이 소설을 그가 끝내지 못했다는 사실은 대단한 손실이다. 왜냐하면 그에게는 이러저러한 사건을 표현하거나 시의 일면을 파악하고 그것을 인물과 이야기들을 통해서 설명하는 것이 중요한 일이 아니었기 때문이다. 그는 제1부의 마지막 부분에서 결정적으로 암시되었듯이 시의 본원적인 본질을 말하고 그 가장 내적인 의도를 해명하려고 했던 것이다. 따라서 자연·역사·전쟁 그리고 시민생활은 그 평범한 사건과 더불어 시로 바뀐다. 시는 이 모든 것들에 생명을 불어넣는 정신이기 때문이다.[3)]

3) *NS* 1, p. 359.

티크의 이러한 진술은 이 소설의 성격을 크게 세 가지로 압축한다. 첫째, 독창성과 작가적 의도가 위대하다는 점, 둘째, 제1부보다 제2부가 더 중요하다는 점, 셋째, 가장 결정적인 문제는 시의 본원적인 본질을 밝히는 일인데 자연·역사·전쟁, 그리고 시민생활은 결국 모두 시로 바뀐다는 점이다. 여기서 특히 주목되는 부분은 평범한 일상사와 더불어 굉장한 역사적 사건도 시로 바뀐다는 '바뀜'의 문제이다. 티크는 이것을 다시 풀이하여 "마적 환상을 통해서 모든 시대와 세계를 연결시킬 수 있으며, 기적들은 사라지고 또 모든 것은 기적으로 변화한다"[4] 고 말한다. 모든 시대와 세계의 연결은 과연 마적 환상을 통하여 이루어지는데, 이 소설에서 그것은 서로 떨어져 있는 시대들의 병렬, 여러 세계들의 병존을 통하여 모든 구별이 없어짐으로써 구현된다. 또한 평범한 것에서 놀라운 것이 솟아나는 동화적 기법도 이러한 '구별 없애기'에 크게 기여한다. 크게 보아서 제1부와 제2부의 배열은 이러한 의도 아래 꾸며진 것으로 보인다. 평범한 시민생활과 역사, 전쟁 등을 다루고 있는 제1부는 말하자면 눈에 보이는 세계이며, 시의 본질을 다루는 제2부는 눈에 보이지 않는 세계이다. 작가는 이 두 세계의 하나됨을 꿈꾸었고 마적 환상을 통한 동화적 방법은 그 가능성에 대한 도전이었다. 이런 시도는 다음 시에서 뚜렷하게 드러난다.

숫자와 형상들이 모든 생명체의
열쇠가 아니라면,

4) *NS* 1, p. 359.

노래하거나 키스하는 사람들이
심오한 지식을 가진 학자들보다 더 많은 것을 알고 있다면,
이 세상이 자유로운 삶 속으로
그리고 세상으로 되돌아온다면,
빛과 그림자가 다시
아주 맑게 하나가 된다면,
그리고 동화와 시 속에서
참된 세상의 이야기를 알게 된다면,
그때 하나의 신비한 언어 앞에서
완전히 거꾸로 된 본질은 날아가버리리.[5)]

Wenn nicht mehr Zahlen und Figuren
Sind Schlüssel aller Kreaturen
Wenn die, so singen oder küssen,
Mehr als die Tiefgelehrten wissen,
Wenn sich die Welt ins freie Leben
Und in die Welt wird zurück begeben,
Wenn dann sich wieder Licht und Schatten
Zu ächter Klarheit werden gatten,
Und man in Mährchen und Gedichten
Erkennt die ewigen Weltgeschichten,
Dann fliegt vor Einem geheimen Wort

---

5) *NS* 1, p. 360.

Das ganze verkehrte Wesen fort.

노래하거나 키스하는 사람들이 학자들보다 유식하다! 이것이 이 소설의 진정한 의도요 내용인 것이다. 말하자면 노발리스는 소설로써 시론을 구성하고, 소설을 읊었다고 할 수 있다. 이러한 회로를 통해 그는 말도 많은 세상을 자유로운 삶 속으로 보냈다가 다시 세상으로 돌아오게 하는 정화작용을 도모한 것이다. 따라서 빛과 그림자도 하나가 될 수 있고 흔히 대립되는 것처럼 알려져온 세상이야기와 동화/서정시[6]도 하나가 될 수 있다고 생각했다. 그것을 가능케 하는 언어가 앞의 시에 나온 "신비한 언어"이다. "신비한 언어geheimes Wort"란 과연 무엇인가? 노발리스는 언어에 관하여 많은 언급을 한 바 있는데, 그 가운데에서도 『일반 초고*Das allgemeine Brouillon*』라는 글의 다음과 같은 진술이 주목된다.

> 언어와 언어부호는 인간의 본성에서 솟아난 선험적인 것이다. 원래의 언어는 진짜 학문적이었다—언어를 다시 발견하는 것이 문법가의 목적이다.[7]

노발리스의 이러한 언어관에서 주목되는 부분은 문법가가 언어를 재발견한다는 대목이다. 원래 학문적이었던 언어를 재발견한다는 말 속에

---

6) 서사와 서정의 대립은 문학의 오래된 관습이다. 에밀 슈타이거Emil Staiger의 『시학의 근본개념*Grundbegriffe der Poetik*』에서 거론된 서정시, 서사, 극의 장르 삼분과 그 성격에 대한 고찰이 전형적인 예다.

7) *NS* 3, p. 461.

는 '학문 → 비학문'이라는 숨은 함의가 내포되어 있다. 문법가란 오늘날의 단순한 문법학자가 아닌 "마적인 문법magische Grammatik"을 다루는 사람이며, 거기엔 "문법적인 신비성grammatische Mystik"이 놓여 있다는 생각이다.[8] 그렇다면 "신비한 언어"는 문법가의 손을 거친 언어이며 시인은 동시에 문법가가 된다. 이러한 생각은 사실 동시대 낭만주의자들에게 편재하고 있었던 공통의 시대감각이었던 것으로 보이기도 한다. 예컨대 낭만주의의 대표적인 이론가였던 슐레겔의 경우, 그는 "원래 사고의 도구였으나 알레고리와 일체화되면서 언어는 마성의 직접적인 첫 도구가 되었다"[9]고 말한다. 이렇듯 "신비한 언어"란 마성의 언어라는 뜻으로 연결되는데, 노발리스의 앞의 시에서는 여기에 덧붙여 모든 것을 하나로 품는 거대한 용광로적 기능을 지닌 언어로서 해석 가능해진다.

이러한 언어의 용광로를 통해 하나로 통일, 융합될 수 있기 위한 작가의 문학적 노력은 소설 내부에서 현실과 시의 팽팽한 긴장관계의 노정으로서 그 과제의 엄중함이 드러난다. 제1부는 전 9장으로 되어 있고, 제9장을 제외한 전 8장은 표면상 별다른 소설적 변전과 굴곡 없이 평이하게 전개된다. 물론 제1장 앞부분에 헌사가 서시 형태로 나오고, 제1장에서는 주인공 하인리히가 파란꽃 꿈을 꾸는 장면이 나오는 등, 평범한 일상사라고 할 수 없는 낭만적 예감이 펼쳐진다. 그러나 제2장—집 떠남과 상인들의 세계, 제3장—늙은 왕과 공주 이야기, 제4장—기사와 전쟁 이야기로 이어지면서 비록 서정적 배경이라고 하더라

8) 에크하르트 헤프트리히는 이러한 사실에 주목하여 시적 정신의 현상학과 임재의 현장에 노발리스의 언어가 있음을 보았다. Eckhard Heftrich, *Novalis: Vom Logos der Poesie*, Frankfurt, 1969, p. 146 참조.

9) *Friedrich Schlegel—Kritische Ausgabe seiner Werke* II, ed. Ernst Behler, p. 322; Heftrich, *Novalis*, p. 146에서 재인용.

도 세속적인 이야기로 점철된 채 소설은 진행된다. 제5장에서는 광산에 도착하여 광부 및 은둔자와 대화를 나누는데, 이 부분은 노발리스의 실제 체험이 묻어 있는 곳이기도 하다. 제6장에서 하인리히는 마침내 외갓집이자 여행의 목적지인 아우크스부르크에 도착하는데 이곳은 이제 소설의 본격적인 무대가 된다. 사랑하는 여자 마틸데와 그녀의 아버지 클링조르를 제7, 8장에 걸쳐 만나게 되고, 제9장은 소설 전체의 의미 있는 개막을 알린다.

2. 세 개의 꿈—현실과의 매개

장편 『하인리히 폰 오프터딩겐』의 근본 모티프는 꿈이다. 꿈으로 시작해서 꿈으로 끝나는 작품이라고 할 수 있지만 소설 전체가 비현실적인 내용은 아니다. 물론 제1부 제9장과 제2부는 꿈의 구체적 내용이라고 할 수 있는 메르헨[10]으로 구성되어 있으나 분량으로 보아서 절반 이상이라고 할 수 있는 제1부 제1장부터 제8장까지는 오히려 현실적인 대화와 행동, 사건으로 이루어져 있다. 꿈은 바로 이러한 현실과 비현실을 맺어주는 매개적 기능을 지닌 모티프 역할을 하는데 그 장면은 소설 첫 대목에서 벌써 등장한다.

이때 그는 처음에 광대무변한, 미지의 지방에 대한 꿈을 꾸었다. 그는

10) 독일어 Märchen을 발음 그대로 우리말로 옮긴 것인데, 필자는 30여 년 전부터 대체로 이렇게 표기해왔다. '동화'라는 번역어와는 그 뜻이 사뭇 다르기 때문이다.

어찌 된 셈인지 가벼운 발걸음으로 바다 위를 방랑하였다. 이상한 짐승들을 그는 보았다. 그는 잡다한 사람들과 함께 살았다. 전쟁을 치르는가 하면 곧 광포한 소란에 휩쓸리기도 했으며, 그런가 하면 조용한 암자 속에 있기도 했다. 그는 포로가 되기도 했고 아주 굴욕스러운 곤경에 처하기도 했다.[11)]

주인공 청년 하인리히가 꿈을 꾸는 장면인데, 이 장면 이전에 이미 그는 꿈꾸는 것과 다름없는 환상 속에서 낯선 사람과 만나 이야기를 나누었다는 독백을 마음속으로 되뇐다. 재물에의 탐욕과는 거리가 있는, 파란꽃을 그리워한다는 내용인데, 하인리히는 여기서 "아득한 고대의 이야기가 속삭이는 것을 언젠가 들었다Ich hörte einst von alten Zeiten reden."[12)] 짐승과 나무들 그리고 바위들이 사람과 말을 한다는 것도 느끼는데, 말하자면 비현실의 현실화라고 할 수 있다. 소설의 첫머리를 장식하는 이러한 장면은 소설 전체 내용을 상징, 요약하면서 "꿈이 모든 가능한 현실을 껴안는다Der Traum umfaßt alle mögliche Wirklichkeit"[13)]는 해석을 가져온다. 꿈이 단순한 꿈이 아니라, 현실을 배후에 감추고 있다는 것이다. 그러니까 꿈을 보면 현실이 보이고, 앞으로의 과정과 지향점도 암시된다는 것이다. 꿈이라는 형식은 이런 의미에서 현실 이상의 현실성을 지닌 독특한 자리에 앉는다. 다음 서술은 결정적인 의미를 지닌다.

---

11) *NS* 1, p. 196.

12) *NS* 1, p. 195.

13) Hannelore Link, *Abstraktion und Poesie im Werk des Novalis*, Stuttgart, 1971, p. 137.

그는 끊임없이 다채로운 삶을 살다가 죽었으며, 또다시 살아났다.[14)]

"다채로운 삶"이란 이 소설에서 상인, 군인, 광부, 은둔자 등의 다양한 현실 직업일 수 있는데, 죽었으나 또다시 살아났다는 뜻은 무엇인가. 이와 관련된 물음이 바로 꿈의 세계이며, 꿈을 통해서 나타나고 이루어지며 마침내 그 속에서 실현되는 메르헨의 세계이다. 그 세계는 앞머리에서 이렇게 암시된다.

모든 느낌은 그에게 있어서 이제껏 알 수 없었던 높이로까지 올라왔다.[15)]

이제껏 알 수 없었던 높이—그것이 메르헨의 세계라는 것은 소설의 진행에 따라서 서서히 밝혀지며, 꿈은 그때마다 사건을 선도한다. 제1장에서 하인리히를 통하여 나타났던 예시로서의 꿈은, 그리하여 제6장에 이르러 보다 구체적인 실체를 내놓는다.

하인리히는 열이 올랐다. 늦게, 아침이 다 되어서야 잠이 들었다. 갖가지 멋진 꿈들 속에서 그 영혼의 상념들이 함께 흘러 내려갔다.[16)]

삶의 여러 현장들을 거쳐 목적지인 아우크스부르크의 외가 슈바닝에 도착한 하인리히는 길을 떠나기 전 꿈에서 본 파란꽃이 틀림없는 처

14) *NS* 1, p. 196.
15) *NS* 1, p. 196.
16) *NS* 1, p. 278.

녀 마틸데를 만난다. 마틸데를 만난 그는 그녀의 아버지 클링조르와도 운명적인 조우를 한다. 그들 부녀는 기다렸다는 듯이 하인리히를 반갑게 맞이하며 두 남녀는 앞날을 함께 기약한다. 이때 하인리히에 대한 클링조르와 마틸데의 신뢰와 사랑도 대단한 것이었지만 역시 주인공은 하인리히였고, 당연히 하인리히의 꿈 또한 핵심적인 기능을 한다. 그가 꿈을 꾸기에 앞선 내면적 상황은 다음과 같이 기술된다.

> "오! 그녀는 눈에 보이는 노래의 정신이며 그 아버지의 우아한 딸이다. 그녀는 나를 음악 속에서 녹여버릴 거야. 그녀는 내 마음속의 영혼, 내 성화聖火의 수호신이 될 거야. 어떤 영원한 성실성을 나는 내 마음속에 느끼고 있는 걸까!"[17]

이러한 과정에는 꿈과 그 내용의 예시가 지닌 언어형식도 주목해볼 수 있는데, 무엇보다 꿈은 현실을 폭넓게 포괄하는 외포적인 측면과 내면에 집중하는 집약적인 측면을 동시에 지니고 있다는 해석이 관심을 끈다. 예컨대 외포적인 측면을 살펴본다면 평범한 현실을 부정적으로 묘사하는 독일어 전철 un-으로 시작하는 형용사가 잦다는 사실이 지적된다.[18] 그런가 하면 집약적인 측면으로는 최상급 용법을 통한 극찬과 같은 표현을 들 수 있는데, 이러한 대비는 중요한 현실은 여전히 예비된 채 남겨져 있음을 보여준다. 말하자면 "미지의unbekannt" "광대무변한unabsehlich"은 부정으로서, "최고의 열정으로zur höchsten Leidenschaft"

17) *NS* 1, p. 277.

18) Link, *Abstraktion und Poesie im Werk des Novalis*, p. 137 참조.

"내 성화의 수호신die Hüterin meines heiligen Feuers"은 아주 열렬한 긍정으로서 소설의 언어형식을 형성하면서 앞으로 오게 될 현실을 시사한다. 이 경우 현실은 언어와 환상을 날려 보내는 도약대 구실을 함으로써 그 총체적 집약 안에 포박되어 있는 포괄적인 지평을 뒤엎어버리는 것이다.[19] 추상화로의 이러한 도약이 일어난 다음에야 꿈은 그 성격을 상실하지 않고 익숙한 이미지의 세계로 돌아온다. 이 꿈은 범상한 현실과의 대비를 드러내는 "마치 그런 것 같은 구조Als-ob-struktur"를 통해 규정된다는 것이다.[20] 꿈은 현실은 아니지만, 그럴듯한 현실적 기능을 갖기 때문이다. 이러한 기능은 가령 다음과 같은 문장을 통해 직접적으로 실현된다.

> 사랑스러운 여러 가지 형태의 파랑波浪이 그에게 마치 부드러운 젖가슴처럼 바싹 붙어왔다. 그 파랑은 마치 소년 옆에서 순간적으로 몸을 나타낸 매력적인 한 소녀가 몸을 다시 풀어버리는 것 같아 보였다.[21]

제6장에서 하인리히가 마틸데를 만나 사랑에 빠지는 장면, 그것도 일찍이 제1장에서 꾼 꿈에서 본 파란꽃의 현신이라고 할 수 있는 마틸데를 연상시키는 장면이 미리 그려지고 있는 것이다. 그리고 그 장면은 매우 육감적인데, 무엇보다 '마치 ~처럼'의 비유가 '상징 → 현실'로 움직이고 있다는 점이 주목된다. 물론 이러한 비유는 현실로 '용해Auflösung'되어버리는 결과로 인도되며 "황홀함에 넋을 빼앗기고 갖가지

---

19) 같은 곳 참조.
20) 같은 곳 참조.
21) *NS* 1, p. 197.

인상에 눈 익은" 첫번째 꿈에서 도달된 상황이 꿈에서 또 다른 꿈으로 넘어가고 있다는 점과 함께 주목되어야 할 것이다.[22] 현실에 맺어져 있는 꿈은 이처럼 '진짜' 꿈으로의 이행이라는 성격을 지니고 있으나, 거기서 현실은 꿈의 내용을 특징적으로 예시하면서 전체를 풍성케 한다. 비교, 메타포, '마치 ~처럼'의 구조 등으로 충분할 수 없는 현실적 사건들이 뒤이어 전개된다. 그러므로 꿈에서 깨어나는 것은 여전히 현실과 연관된 꿈이라는 평면으로의 귀환을 의미하는 것이 된다. 가령 다음과 같은 대목을 보자.

> 그를 둘러싸고 있는 대낮의 빛은 보통 때보다도 훨씬 밝았으며 또 부드러웠다.[23]

"대낮의 빛"은 물론 현실의 가장 전형적인 표상이며, "꿈"과 대치된다. 그러나 동시에 이 꿈에서는 파란꽃을 만나고 바라보는 일이 현실의 온갖 사건들을 넘어서 강렬한 은유를 통해 이미 결정된다. 예컨대 이렇다.

> 그는 샘가의 부드러운 풀밭에 앉아 있었는데, 그 샘은 하늘로 솟아오르면서 엷어지고 있었다. 알록달록한 광맥을 속에 품고 있는 암청색 바위가 좀 멀리서 떠올랐다. [……] 하늘은 짙푸르렀으며 구름 한 점 없었다.[24]

22) Link, *Abstraktion und Poesie im Werk des Novalis*, p. 138 참조.
23) *NS* 1, p. 197.
24) *NS* 1, p. 197.

이러한 환상의 꿈은 곧 이어서 나오는 어머니의 등장 장면으로 바로 깨어지는데, 현실과 꿈의 이러한 대비와 교체는 꿈의 실체가 밝혀지는 제6장에 이어서 제9장, 그리고 제2부에 이르기까지 이 소설의 기본 골격을 이룬다. 하인리히의 부모는 현실과 꿈의 현실적 대비에서 그 주제가 드러나기 마련인 꿈의 현상이 지닌 보편적인 해석을 보여주면서 꿈/현실 양자를 상대화한다.

> "꿈이란 거품이란다. (……) 시간은 이제 꿈에서 신의 얼굴이나 볏할 때가 아니다. (……) 그 당시엔 꿈같은 다른 종류의 피조물이 있었던 것이 틀림없었다. (……) 우리가 살고 있는 세상의 연륜으로 보아서 하늘과 직접적인 교통은 일어나지 않는단다. (……) 무엇인가 분명한 계시 대신 이제는 성령이 분별력 있는 영특한 사람들의 이성을 통해 (……) 우리에게 말을 해주지."[25]

꿈 비판이다. 그러나 이러한 꿈은 마틸데를 만나는 것으로 그 힘이 실현되며 꿈과 현실은 통합된다. 이러한 통합의 세계는 단순히 꿈에서 본 파란꽃이 바로 마틸데였다는 예감과 예시의 실현이라는 점으로만 나타나지 않는다. 하인리히와 마틸데는 제6장에서의 만남을 딛고 더욱 발전하여 제7장에서 마침내 결혼에 이르게 되는데, 이때 마틸데의 아버지 클링조르의 유명한 선언이 천명된다. 이 선언은 꿈과 현실의 통합이 지닌 의미를 넘어서 뒷날 낭만주의 문학의 매니페스토가 된다.

---

25) *NS* 1, p. 198.

"얘들아!" 그는 외쳤다. "죽을 때까지 서로 성실하거라! 사랑과 성실은 너희들의 인생을 영원한 시로 만들어줄 것이다."[26]

3. 사랑과 성실—영원한 시

시를 구성하는 요소로 사랑과 성실이라는 두 덕목을 핵심으로 제시한 노발리스의 문학정신은 낭만주의 이론과 작품의 효시로 평가되는 그의 위상을 생각할 때 다소 의외로 보일 수 있다. 그러나 이 두 요소를 기반으로 낭만주의 문학의 이론이 형성되었다는 점을 숙고한다면, 이를 인식의 원점으로 삼는 태도가 타당할 것으로 생각된다. 이와 관련하여 소설은 바로 이 구절 직전에 의미 있는 작가 자신의 해석을 들려준다.

"시의 나라, 낭만적인 동방의 나라가 달콤한 애상에 젖은 채 자네에게 인사를 보낸 것일세. 전쟁은 그 거친 멋으로써 자네에게 이야기를 건 것이며, 자연과 역사는 어느 광부와 은둔자의 모습으로 자네와 만난 것이네."[27]

위의 진술은 사랑과 성실을 현실적으로 설명한다. 그 설명은 현실적

---

26) *NS* 1, p. 284.
27) *NS* 1, p. 283.

인 상징의 의미를 띤다.[28] "시의 나라"는 의문의 여지 없이 사랑의 나라이며 낭만적인 나라다. 그러나 그 나라는 주인공 하인리히에게 애상에 젖은 채 인사를 하지만, 거기에는 가혹한 현실에 대한 깊은 인식이 동반된다. 예컨대 "전쟁은 거친 멋으로써 자네에게 이야기를 건" 것이 되는 것이다. 전쟁은 결코 거친 멋이 아닌, 피비린내 나는, 생사가 갈라지는 무시무시한 현장을 현실로 한다. 그것이 멋일 수 있어 보이는 것은 오직 동화나 만화를 통해서만 일어나는 환상이다. 작가 노발리스는 그렇다면 전쟁을 환상적으로 인식하는가? 아니다. 전쟁은 노발리스에게서도 야만적인 현실로 분명하게 투영된다.

무서운 불길이
푸른 상공으로 치솟았고
거친 병사의 무리들이 말들을 타고
거만하게 문안으로 밀려왔답니다.
칼들이 번적거렸고, 우리 형제들
우리 아버지들은 돌아오지 않았어요.
우리는 무자비하게 이끌려 나왔지요.[29]

Fürchterliche Gluten flossen
In die blaue Luft empor,
Und es drang auf stolzen Rossen

---

28) Link, *Abstraktion und Poesie im Werk des Novalis*, p. 170 참조.
29) *NS* 1, p. 235.

Eine wilde Schaar ins Thor.

Säbel klirrten, unsre Brüder,

Unser Vater kam nicht wieder,

Und man riß uns wild hervor.

전쟁의 현실은 이렇듯 가공할 만한 것이라는 뚜렷한 인식을 갖고 있으면서도 작가는 그것을 첫째, 주인공 하인리히의 간접체험을 통해서 받아들이고, 둘째, 무엇보다 그는 이 체험을 시를 통해서 더욱 간접화한다. 결코 작가는 동화나 만화 속의 전쟁으로서 처절한 전쟁현실을 인식하는 것은 아니다. 동시에 작가는 주인공 하인리히의 현실 섭렵으로 전쟁 유가족을 만나고 그 슬픔을 공감한다. "하인리히의 가슴은 연민으로 설레었다"[30] 고 했을 때, "전쟁은 거친 멋"이라는 낭만적 반어가 발생한 것이다. 전쟁은 결코 거친 멋이 아니지만 그렇게 말함으로써 전쟁을 비판하는 것—이것이 바로 세계를 낭만화하는 낭만주의 정신인 것이다. 곧 '낭만적 반어romantische Ironie'다.[31]

반어란 일반적으로 어떤 사물이나 현상의 의미를 정면에서 설명하는 방법이 아니라 거꾸로 접근하여 풀이하는 방식이다. 그 내용은 동일하게 드러나지만 방식이 전도된 것이다. 특히 낭만주의에서 낭만적 반

---

30) *NS* 1, p. 236.

31) 낭만적 반어는 낭만주의 이론의 핵심 개념으로서 이에 대해서는 프리드리히 슐레겔의 진술이 보편적으로 인용된다. "반어는 역설의 형식이다. 역설은 선량하고 동시에 위대한 모든 것이다"[*Friedrich Schlegel Werke in einem Band* (*Die Bibliothek deutscher Klassiker*, Band 23), Wien and München, 1971, p. 12]. "소박한 점은, 자기창조와 자기소멸이 반어 혹은 끊임없는 변화에 이르기까지 과정이 자연스럽고, 개인적 혹은 고전적이며 혹은 그렇게 보인다는 사실이다"(같은 책, p. 30).

어란 이 세계를 끊임없이 낭만화하는 핵심적인 방법으로서, 그것은 끊임없이 기존의 질서를 비판하면서 새로운 질서를 창조하는 것을 의미한다. 이른바 작품 창작이란 파괴와 생성에 다름 아니라는 인식 아래 이 세계는 늘 형성 과정에 있다는 것인데, 이때 이를 가능케 하는 역동적인 비판의 시선이 바로 낭만적 반어다. 전쟁을 가리켜 "전쟁은 거친 멋"이라고 한 표현은 따라서 전쟁에 대한 가열한 비판을 통해 그것을 넘어서려는 낭만주의적 방식으로서, 보다 포괄적으로 말한다면 시로써 현실을 극복한다는 논리가 된다. 사랑과 성실이 시를 만든다고 했을 때 사랑의 포용성을 말하는 부분이 바로 이 낭만적 반어 속에 깔려 있다.[32)]

다른 한편, 성실에 관한 부분은 제7장에 이르기까지의 현실 섭렵 전체를 그 증좌로 제출할 수 있다. 주인공 하인리히가 꿈을 꾸고 파란꽃을 본 제1장 이후 제2장부터 제6장까지는 그가 집을 떠나 여러 사람들을 만나는 현실을 그리고 있다. 처음에 만난 사람은 상인들이었다. 시장이 형성되기 시작한 것이 18세기부터라고 한다면, 상인은 이 시대의 중심 직종일 수 있고, 하인리히가 그들을 만난다는 사실은 현실의 중심부와 직접적으로 맞닥뜨리는 일이라고 할 수 있다. 그러나 보다 중요한 점은, 시골 외갓집으로의 여행 자체였다.

> 하인리히는 그가 오랫동안 어머니와 숱한 여행객들의 이야기로써 알고 있는 시골에 간다는 사실을 무척 즐거워하였다. 그것은 지상낙원에 대한 생각이었으며, 또 그가 자주 가보고 싶었어도 헛수고로 돌아갔던

32) Franz Norbert Mennemeier, "Fragment und Ironie beim jungen Friedrich Schlegel", *Romantikforschung seit 1945*, ed. Klaus Peter, Königstein, 1980, p. 231 참조.

일이기도 했다.[33)]

이 여행은 "지상낙원"으로 가는 길로 표현될 정도였는데, 사실은 지극히 평범한 여행이었다. 그러나 아버지의 꿈과 하인리히의 체험을 위한 희망이 여행의 성격을 변화시키면서 "지상낙원"의 지평이 열린다. 그렇다면 무엇이 지상낙원인가? 이에 대해서는 "예술가의 고독이 낭만적 교제를 통해서 고도의 지상적·통속적 의미를 없애려고 했다"는 슐레겔의 해석[34)]이 주목될 수 있다. 어쨌든 여행길에서 만난 첫 인물들의 직업이 상인이라는 것은 의미심장하다. 그러나 그들은 상인임에도 불구하고 하인리히와 시 혹은 예술에 대하여 해박한 대화를 나눈다. 이러한 장면은 "현실의 초월Transzendierung der Realität"[35)]이라는 말로 불리기도 한다. "현실의 초월"은 제3장에서 공주의 결혼 문제라는 동화에 의해 진행되는데, 여기서도 이야기의 주인공인 상인들은 자신들의 직업과는 아무 상관 없는 동화에 매달린다. 오히려 시인을 능가하는 상상력으로 예술론-시론을 펼치는데, 주목할 만한 것은 처녀의 등장이며, 그녀는 늘 사랑의 화신으로 점지되어 있다.

"마치 노래의 정령들이 그들의 보호자에게 그의 딸밖에는 아무런 사랑스러운 감사의 표지를 줄 수 없었던 것처럼 되었지요. 그 딸이야말로 그저 한 처녀의 부드러운 모습 속에서 가장 멋진 상상력을 통일시킬 수

---

33) *NS* 1, p. 203.

34) Johannes Mahr, *Übergang zum Endlichen. Der Weg des Dichters in Novalis' Heinrich von Ofterdingen*, München, 1970, pp. 67~69 참조. 마르는 개인으로서의 예술가는 혼자 남을 수밖에 없고, 그것이 구원의 리얼리즘이라는 성실성과 연관된다고 보았다.

35) 같은 곳.

있는 모든 것을 소유한 인물이었죠. [……] 그 사내들의 머리 위에 얼굴을 붉히며 관을 씌워주어 그를 행복하게 해주는 그녀의 모습을 말입니다."[36)]

여인, 특히 젊은 처녀는 이렇듯 항상 사랑의 실체이며 현장이어서 여성-사랑시로의 발전 과정은 여행을 떠나면서부터 예시된다. 그런데 이 과정에서 사실상 화자로 등장하는 상인들, 제4장의 퇴역 군인, 제5장의 광부와 은둔자 등은 그들 고유의 직종에 따른 표징보다는 시와 예술에 대한 관심과 지식을 나타냄으로써 이미 여행 전부터 주어져 있는 예시를 충족시켜나가는 역할을 하는 것처럼 보인다. 그러나 굳이 시와 다른 직업군을 제시하고 그들을 일일이 탐방하는 일정이 여정에 포함되었다는 사실은 사랑과 성실의 두 축 중에서 성실 부분에 대한 작가의 깊은 배려로 읽힐 만하다. 예컨대 장사하기 위해 태어난 사람이 상인들이며, 그들의 영혼은 세상을 거꾸로 보는 관조자가 될 수 없다면서 시인과 대비되는 그들에게 적잖은 관심을 보이는 까닭은, 현실을 중시하는 성실성이 시를 구성하는 중요한 축이라는 점을 보여주기 위한 의도 때문일 것이다. 이러한 의도는 다음 문장들에서도 읽힌다.

장사하기 위해 태어난 사람들은 모든 것을 일찍일찍 스스로 관찰하면서 살아갈 줄 모른다. 그들은 도처에 손을 내밀어야 하고, 갖가지 현실을 겪어야 하며, 새로운 상황의 인상에 반해서, 수많은 대상이 지닌 여러 가지 모습에 반해서 그들 감정을 어느 정도 제어하고 또 그에 익숙해져야

36) *NS* 1, p. 214.

하며, 심지어는 큰 사건에 임박해서까지도 그 목적의 실을 꽉 부여잡고 이를 치러내어야 한다. [……] 이와는 달리 상인들은 외부적 모습과 의미 그리고 그와 같은 데에서 나오는 힘을 내세운다.[37]

상인들의 특성을 리뷰하면서(광부와 은둔자의 경우도 마찬가지다) 굳이 시인과 대비시키는 작가의 의도는 시인이 공허한 비현실의 노래를 하는 자가 아니라, 이러한 다른 직업군의 현실을 망라, 포괄하면서 이를 초월시키는 관조와 정신의 인물임을 보여주고자 한 것이다. 그러나 이러한 현실 섭렵은 이른바 악한소설Schelmenroman이나 교양소설Bildungsroman에서의 그것과는 다르다. 이런 소설들에서처럼 주인공 인물이 현실을 돌아다니면서 새로운 깨침을 얻거나 새로운 성격의 형성과 발전으로 나아가지 않고, 노발리스의 이 소설은 원래 처음부터 시인으로 태어난 하인리히의 현실 섭렵만이 일종의 시인 확인 과정처럼 지나간다. 소설은 분명히 말한다.

하인리히는 시인으로 태어났다. 여러 가지 우연한 일들이 그의 시인 형성을 위해 통일된 듯이 보였으며 아직껏 아무것도 그의 내적 흥분을 방해한 것은 없었다. 그가 보고 들은 모든 것은 그에게 있어 단지 새 빗장을 밀어준 것에, 새 창문을 열어준 것에 지나지 않아 보였다.[38]

시인으로 태어난 하인리히는 그 길을 성실하게 걸어서 결국 사랑에

37) *NS* 1, pp. 266~67.
38) *NS* 1, pp. 267~68.

도달하였다. 그 너머에 메르헨이라는 종합의 영지가 놓여 있는 것을 그는 이미 예감하였다.

ROMANTIK
CHRISTENTUM
MÄRCHEN

NOVALIS

제5장

메르헨, 합일合一을 향한 동경

—장편 『하인리히 폰 오프터딩겐』 (2)

1. 신비한 언어의 문

엄밀한 의미에서 소설 『하인리히 폰 오프터딩겐』(부제: 『파란꽃』)의 내용은 제9장의 클링조르 메르헨Klingsohr Märchen이라고 할 수 있다. '클링조르 메르헨'이라는 용어로 분명히 이 상황을 요약하고 있는 이는 에른스트-게오르크 게데Ernst-Georg Gäde로서 그는 이와 관련하여 다음과 같이 말한다. 우화Fabel 속 한 나라의 이야기라는 것이다.

> 시인 클링조르에 의하여 이야기되고 있는, 에로스와 파벨에 대한 메르헨은 아르크투르 나라의 서술로 시작한다.[1)]

---

1) Ernst-Georg Gäde, *Eros und Identität*, Marburg, 1974, p. 166.

소설 제9장에서 클링조르는 젊은 신혼부부와 여러 사람들 앞에서 다음과 같이 말한다. 그 후에 동화의 내용이 시작되는데, 여기서 "동화"란 곧 '메르헨Märchen'을 의미한다.[2)]

"오늘 나는 하인리히에게 동화 한 편을 이야기해주겠노라는 약속을 했습니다. 여러분이 좋으시다면, 그렇게 하겠습니다." "그거 영리한 발상인데." 슈바닝의 말이었다. "오랫동안 이야기를 듣지 못했지요."

사람들은 모두 난로의 타오르는 불가에 자리 잡고 앉았다. 하인리히는 마틸데 옆에 바싹 붙어 앉아 팔로 그녀의 허리를 감싸고 있었다. 클링조르가 이야기를 시작했다.[3)]

"길고 긴 밤이 막 시작되었습니다. 늙은 기사는 그의 방패를 때렸습니다. (……) 그러자 궁전의 높고 울긋불긋한 창문이 그 속으로부터 환해지기 시작했습니다. (……) 그러더니 이것들은 사라지고 한 수수한, 푸른 꽃다발이 자리를 차지하였고, 이어서 이 꽃다발 둘레에 넓은 원이 형성되었습니다. (……) 아름다운 프라야는 기분이 좋아진 듯했으며, 거기서 쏟아져 나오는 빛은 자꾸 타올랐습니다. '왕이 오십니다.' 이때 왕좌 뒤에 앉아 있던 화사한 새 한 마리가 말했습니다."[4)]

2) 우리말에서의 '동화'라는 말은 생활동화를 가리키거나, 혹은 어린이만을 독자로 전제하여 쓰여온 관습과 전통이 있어서 여기서는 독일어의 '메르헨'을 그대로 사용하는 것이 차라리 타당해 보인다. 그것은 환상적인 우화공간이라는 뜻에 가깝다. 메르헨은 게데의 말대로 아르크투르의 나라를 설명하면서 막을 연다.

3) *NS* 1, p. 290.

4) *NS* 1, pp. 290~92.

아르크투르 나라에는 왕과 그의 딸 프라야가 사는데, 일단 그곳은 매우 화려하다는 사실이 알려진다. 그러나 그곳은 사실은 모든 것이 경직된 추운 곳이다. 예컨대 아르크투르 나라를 하나의 '상태Zustand'라고 본 파울 에마누엘 뮐러Paul Emanuel Müller에 의하면 이 나라의 상황은 이렇게 비유된다.

> 삶은, 순수한 빛을 띤 헤드라이트로 반사되는 연극과도 같다. 조연 배우들은 모습도 불분명한 채 등장한다. 그들은 인형극의 주인공들처럼 미리 정해진 대로 움직인다. (……) 모든 것이 융합된, 경직된 성격을 띤다. 유동적인 것은 크리스털, 연극으로 가는 흐름, 예정된 극이 된다. 서술되고 있는 것은 발전이 아니다. 그 결과는 그냥 '상태'다.[5]

그러나 이러한 상태는 아름다운 새가 아름다운 미남의 등장 이후 풀려나갈 것을 들려주면서 변화된다. 왕을 향한 새의 노래다.

> 낯선 미남은 오래 머뭇거리지 못하리.
> 열기는 가까이 있고 영원은 시작되었네.
> 바다와 땅이 사랑의 불꽃 속에서 사라지니
> 여왕은 오랜 꿈에서 깨어나네.
> 파벨이 비로소 옛 권리를 가질 때
> 차가운 밤은 이 영지를 정리하리.

5) Paul Emanuel Müller, *Novalis' Märchenwelt*, Zürich, 1953, p. 47; Gäde, *Eros und Identität*, p. 166에서 재인용.

프라야의 품속에서 세계는 불이 붙고
모든 동경은 자신들의 동경을 찾으리.[6)]

Nicht lange wird der schöne Fremde säumen.
Die Wärme naht, die Ewigkeit beginnt.
Die Königin erwacht aus langen Träumen,
Wenn Meer und Land in Liebesglut zerrinnt.
Die kalte Nacht wird diese Stätte räumen,
Wenn Fabel erst das alte Recht gewinnt.
In Freyas Schooß wird sich die Welt entzünden
Und jede Sehnsucht ihre Sehnsucht finden.

왕의 딸 프라야를 묘사한 다음, 아르크투르가 등장할 때 낯선 미남을 통한 구원을 아름다운 새가 알려준다. 왕은 딸을 부드럽게 포옹하고 있으며 별들의 정령이 왕좌 둘레에 앉아 있고 기사도 자리를 차지하고 있는 것이다. 이런 초반 구조에서 이미 에로스의 역할이 나타나는데 그것은 "바다와 땅이 사랑의 불꽃 속에서 사라진다"는 표현에서 드러난다. 말하자면 대립된 원리의 '합일Identität'[7)]인데, 그럼으로써 세계는 새롭게 탄생하고 충족을 향한 동경이 성취된다. 새가 노래한 미남은 바로 에로스인 것이다. 그가 지닌 과제는 결국 프라야와의 사랑의 합일인데, 이를 통해 이른바 '황금시대das goldene Zeitalter'[8)]가 열린다. 아르크투르

6) *NS* 1, p. 292.
7) Identität는 정체성, 동일성이라는 의미도 있지만, 이 글에서는 '합일'로 번역한다. Einheit와 같은 뜻이다.

우주에서 일어나는 일종의 카드놀이가 프라야를 중심으로 벌어지는 것이다.[9] 가령 다음 문장들에서 그 상징적 의미가 이미 부각된다.

"시녀들은 테이블 하나와 꽃잎들이 가득한 작은 상자 하나를 가져왔는데, 그 꽃잎들에는 커다란 별 모양으로 이루어진 성스럽고 의미 깊은 부호가 새겨져 있었다는군요. 왕은 그 꽃잎들에 아주 경건한 모습으로 키스를 한 다음, 조심조심 그것들을 섞어서 자기 딸에게 몇 개 건네주었어요. 나머지 꽃잎들은 자기가 그대로 가졌답니다. 그 꽃잎들을 공주는 열을 지어 테이블 위에 늘어놓았지요. 그러자 왕은 자기 것을 찬찬히 들여다보고 한참씩 생각하면서 고르다가 마침내 한 개를 뽑아 들었습니다. 이따금 그는 이것을 고를까, 저것을 고를까 고심하는 것 같았지요. 그러나 그가 잘 맞는 꽃잎을 가지고 부호와 모습의 아름다운 조화를 발견할 때의 표정은 즐거워 보였지요."[10]

이러한 놀이는 주변 환경과 조화를 이루면서 "부드러우면서도 감동적인 음악"[11]과 연결된다. 이때 음악은 그것을 통해 공중을 떠도는 별들 가운데 발생하는 것처럼 보이는데, 별들의 운동은 또한 무작위거나 우

8) 사람들은 고대 그리스 시대 인류의 역사를 금, 은, 청동, 영웅, 철의 시대로 나누었는데, 황금시대는 그중 첫번째 시대이자 이상향이었다. 이 시대에 사람들은 아무 걱정 없이, 노동도 슬픔도 죄악도 없이 풍요로운 수확과 더불어 즐겁고 평화롭게 살다가 잠자듯 죽음을 맞이하였다. 그러던 중 온갖 악이 들어 있는 판도라의 상자가 열리면서 이 시대는 끝났다. 그러나 낭만주의자들은 황금시대가 미래의 문명에서 다시금 도래한다고 믿었다. Hans-Joachim Heiner, "Das Goldene Zeitalter in der deutschen Romantik", *Romantikforschung seit 1945*, ed. Klaus Peter, Königstein, 1980, pp. 280 이하 참조.

9) Gäde, *Eros und Identität*, p. 167 참조.

10) *NS* 1, p. 292.

11) *NS* 1, p. 293.

연이 아닌, 치밀한 기획 아래 이루어진다. 요컨대 별들의 움직임 안에서 드러나고 있는 이 놀이는 일정한 구조를 갖고 있다. 성스럽고 의미심장한 부호로 형성된 그 구조는 확실히 우연한 것이 아니다. 게데는 그 전개 과정이 노발리스가 「죽은 자의 노래Lied der Toten」에서 말하고 있는 놀이의 형식을 연상시킨다고 본다.[12] 즉 얼핏 보아 수수께끼 같은 놀이이지만, 거기에는 개체화Individuation와 지양Aufhebung이라는 양극의 파도 운동이 끊임없이 이루어지고 있다는 해석이다. 개별 존재는 전체에 이르고, 개체는 또 와해되어버리는 물결이 파도친다는 것이다. 별들은 이런 상태 안에서 흡사 진자추처럼 흔들린다. 커다란 무리를 이루었다가 다시 무수한 점처럼 흩어지는 모습을 노발리스는 묘사하고 있는데, 결국 그것은 어느 상태 안에서 일어나는 단계, 단계이다. 놀이는 이 상태 안에서의 별 놀이인 것이다. 이것은 일종의 리듬이라고도 할 수 있는데 합일을 향한 동경이 직접적으로 언급되고 있지는 않지만 왕의 놀이에는 분명 합일을 향한 기운이 숨어 있다. 아르크투르는 "북방성좌의 왕König des nördlichen Sternhimmels"[13]으로서 마법의 주문을 받은 자이며, 합일을 위한 노력으로서의 에로스는 전체 리듬의 본질적인 부분이라고 할 수 있다. 아르크투르 카드놀이에서 단순한 형식으로 형상화되고 있는 테마가 있다면, 그것은 메르헨의 진행에 따라서 전체 삶을 포괄하는 현실이며, 동시에 그것은 노발리스의 전 작품의 테마이기도 하다. 메르헨은 한동안 진행된 다음, 늙은 기사 아이젠으로 하여금 칼을 버리고 평화를 맛볼 것을 권한다.

12) Gäde, *Eros und Identität*, p. 167.

13) Karl Justus Obenauer, *Hölderlin/Novalis*, Jena, 1925, p. 249. 북방은 이상향의 상징적 지표다.

"'모든 것이 좋구나. 아이젠, 자네 칼을 버리고 평화란 어떤 것인지 체험해보게.' 기사는 옆구리에서 칼을 뽑아 하늘을 향해 똑바로 세웠습니다. 그러고 나서 그것을 잡아 열린 창으로 해서 도시와 얼음바다 너머로 던져버렸지요."[14]

여기서 칼은 허리춤에서 맑은 소리를 내고 울리면서 큰 불꽃과 더불어 떨어져버린다. 부서진 칼 한 조각은 건물 마당에 떨어졌는데, 그때 건물 안에서는 아름다운 소년 에로스가 요람 속에 누워서 졸고 있었고 유모 기니스탄은 에로스의 젖먹이 누이동생 파벨에게 젖을 주고 있었다. 칼은 없어지고 평화가 깃든 상황에서 에로스가 등장한 것이다. 여기서 중요한 것이 쇠막대기, 자석이다.

"이때 갑자기 아버지가 마당에서 발견한, 부드러운 쇠막대기를 가지고 들어왔어요. 슈라이버는 그것을 눈여겨보더니 신이 나서 빙빙 돌리다가 곧 빼어 들었는데 그 중간에는 실이 매달려 있었으며 북쪽으로 향해 돌아가도록 되어 있었습니다. 기니스탄도 그것을 손에 잡고 구부려도 보고 눌러도 보았으며 입김을 쏘이기도 하더니, 드디어 꼬리를 물고 있는 뱀 모양으로 만들어놓았어요. 슈라이버는 곧 구경에 싫증을 느꼈습니다. 그는 그것을 그대로 잘 그려서 이 발견물의 간직될 만할 용도를 넓혔지요."[15]

---

14) *NS* 1, p. 293.
15) *NS* 1, pp. 294~95.

슈라이버Schreiber는 독일어로 '글 쓰는 사람' '서생書生'이라는 뜻인데, 여기서 그는 아버지가 발견한 부드러운 쇠막대기를 북쪽으로 돌려놓았다. 그러자 기니스탄이 그것을 꼬리를 물고 있는 뱀 모양으로 만들어놓는다. 메르헨에서 슈라이버는 쇠막대기의 용도를 넓혀놓는 사람이 되는데, 그를 통하여 작가는 이 기능과 사실을 글로써 확실히 하고자 하는 것으로 판단된다. 무엇보다 꼬리를 입으로 무는 뱀 모양으로 변한 쇠막대기는 무엇을 의미하는가. 이에 대해서는 그것을 중요한 상징으로 보는 해석이 가능하다. 그것은 결국 자석의 기능을 가진 광석으로 확대된다.

> 그것은 자기인식의 과정을 표현하는 오래된 신비상징이다. 외면적인 것이 내면적인 것이 되고, 내면적인 것이 외면적인 것이 되는: 입에 꼬리 끝을 무는 머리가 미리 외부를 향하는 내부의 의미를 인지하고 있음을 표현한다.[16)]

2. 자석과 초월

쇠막대기, 즉 자석은 자기인식의 상징이다. 당시의 자연철학에 따르면 영혼의 비밀로 해석된다. 자석은 혼이 있는 물체이며 광물이어서 프

---

16) Friedrich Hiebel, *Novalis: Der Dichter der Blauen Blume*, Bern, 1951, p. 129; Rudolf Meyer, *Novalis: Das Christuserlebnis und die neue Geistesoffenbarung*, Stuttgart, 1959, p. 167 참조.

라야가 자석과 접촉하는 것은 생기와 영혼의 행위를 표현하는 일로 분석이 가능하다. 자기인식과 영혼을 얻는 일은 이렇듯 자석과 더불어 일어나며, 그럼으로써 잠자는 에로스 또한 그 요람에서 자석과 만나면서 깨어나게 되는 것이다.

"그녀는 그것을 요람에 댔는데 그때 에로스가 눈을 뜨더니 이불을 걷어차고 한 손으로 빛을 가리키면서, 다른 한 손으로 그 뱀 모양의 막대기를 잡으려고 했어요. 그가 그것을 잡고서 벌떡 일어나자 기니스탄은 기겁을 했으며 슈라이버는 놀란 나머지 자기 자리에서 떨어질 뻔하였답니다."[17]

에로스는 자석에서 생겨나는 힘을 통해서 이렇게 영혼이 일깨워진다. 자석에서 영혼이 드러난다면, 그것은 결국 그 안에 세계를 특징화하고 규정하는 원리가 숨어 있음을 의미한다. 이 원리가 구현되는 방식 가운데 가장 중요한 것은 우선 양극성의 극복을 향한 길이다. 노발리스는 자연철학 내지 자연과학에 대한 연구에서 양극성의 본질을 여러 번 분석한 일이 있다. 그때 그는 셸링F. W. J. Schelling의 자연철학관에 깊은 관심을 가졌었는데 특히 그의 저서 『세상의 영혼*Von der Weltseele*』으로부터 적잖은 영향을 받은 것으로 보인다. 셸링 자연철학의 중심사상은 '자연의 보편적 이원론'이라고 할 수 있는데, 노발리스가 이따금 인용, 발췌하기도 했던 부분이다. 노발리스는 셸링의 보편적 양극성 이론을 수용하면서 자신의 이론을 발전시켰다.[18] 이에 따르면 두 개의 양극성

17) *NS* 1, p. 295.

은 처음부터 고정되어 있는 어떤 것이 아니며 완전성을 갈구하는 불완전성의 표현이기도 하다. 그것을 그는 "최소한 양극성은 그저 매개물로서 초월의 역할을 할 수 있기를 바란다"[19]고 말한다. 이 점에 있어서 노발리스는 20세기의 작가 토마스 만이나 헤르만 헤세의 선배답게 양극성의 문학적 기능을 긍정적으로 파악하고 그 전망을 제시한다.[20] 양극성을 독일 민족성과 독일 문학, 철학, 사상의 운명적 속성으로 받아들이고 안주하지 않았던 것이다. 독일인을 그 정신 깊숙한 곳에서 괴롭혀온 양극성의 극복은 마침내 헤겔의 변증법을 탄생시키지만, 그보다 앞서 노발리스가 매우 유연한 탄력성으로 이 문제를 바라보았다는 사실이 주목된다.

이처럼 양극성의 극복을 위해 가장 중요한 것은 그것을 넘는 초월성인데, 이를 위해서는 '불가피하게 연결되어 있는 것의 분리'가 우선 긴요하다. 양극성을 초월로 가는 불가피한 과정으로 바라보는 생각이다. 초월의 끝은 새로운 합일이며, 이를 통해 충족이 성취된다. 노발리스는 양극성과 관련해서 『일반 초고』에서 '황금시대'에 대하여 다음과 같이 말한 일이 있다.

---

18) 노발리스는 『일반 초고: 1798/1799 백과사전 자료*Das allgemeine Brouillon: Materialien zur Enzyclopädistik 1798/1799*』에서 이 문제와 관련하여 다음과 같이 언급하였다. "양극성은 요소들의 등급을 분해하는 데에서 발생한다. 여기서 양과 질이 분해되며 등급의 표지들이 긍정적인 것과 부정적인 것으로 나누어진다. 양극성은 불완전성이다—애당초 양극성으로 존재하지는 않았다. 그것은 완전해지기 이전에 체계 안으로 등장한다"(*NS* 3, p. 342).

19) *NS* 3, p. 342.

20) 토마스 만은 개인과 전체, 시민성과 예술성, 아폴로적인 것과 디오니소스적인 것, 유한성과 무한성, 삶과 죽음, 정신과 삶 등의 양극성을 극복하기 위한 노력으로서 문학을 지향하였고, 그 방법으로 고양Steigerung, 반어적 중간Ironische Mitte을 제시하였다. 헤세 또한 이 문제의 극복을 주제로 한 문학을 펼쳐나갔으며, 『나르치스와 골드문트』에서 볼 수 있듯이 양자를 함께 받아들이는 유머 정신은 그의 독자적인 방법론이자 문학세계이다.

원형임이 확실한 지구가 있다—혹은 오류인데—분해 가능하지는 않고—이것은 생성된 황금시대의 지구이다. 지구의 양극인데 조화롭다. 나는 황금시대를 실현한다—양극의 지구를 만들면서.[21]

양극성은 여기서 황금시대의 전 단계로 이해되고 있는데, 그것은 동시에 자석의 본질적인 부분이기도 하다. 양극성을 극복하는 힘이 말하자면 그 안에 근본적으로 내재하고 있다고도 할 수 있는 것이다. 북쪽을 향한 자석이 에로스를 깨우고 그의 내면을 감동시켰다는 사실은 바로 그 힘을 보여주는 예다.

"소년은 요람에서 〔……〕 뛰어내려 긴 금발로 뒤덮인 모습으로 방 안에 서서 말할 수 없이 기쁘다는 듯 그의 손안에서 북쪽을 향해 뻗어 있는 그 보물을 바라보고 있었습니다. 그 보물은 그의 마음을 매우 감동시키고 있는 것 같았지요. 그는 눈에 띄게 부쩍 컸지요."[22]

에로스는 성장한 다음, 여행 준비를 시작하였다. 소피는 그에게 어머니 노릇을 하면서 길을 안내할 기니스탄을 지체 없이 동행하도록 일러준다. 에로스와 기니스탄은 맨 처음 그녀 아버지라고 할 수 있는 달의 나라로 간다. 거기서 머무는 동안 달의 보고를 둘러볼 수 있게 되는데, 그에게 그 일은 마치 연극공연 같아 보였다. 이 연극은 생자와 사자 사

21) *NS* 3, p. 384 참조.
22) *NS* 1, p. 295.

이에 벌어지는 싸움과도 같은 묵시록적인 느낌을 주는 장면인데, 그 묘사가 자못 끔찍하다.

"저 아래에서는 무서운 전쟁이 벌어지고 있었는데 그 속은 온통 웃기는 어릿광대들로 가득했죠. [……] 끔찍한 해골들의 무리가 검은 깃발을 펄럭이며 검은 산이 밀려오듯이 내려왔습니다. 이들은 맑은 들에서 기분 좋은 잔치를 벌이면서 싸울 준비라고는 아무것도 되어 있지 않은 젊은 이들을 습격했습니다. [……] 유령의 무리는 끔찍하게도 살아 있는 사람들의 부드러운 사지를 갈기갈기 찢어놓았어요. [……] 이때 갑자기 시커먼 잿더미에서 뿌연 강물이 사방으로 터져 나왔다는군요. 유령들은 도망가려고 했으나 물은 점점 불어나면서 그 끔찍한 악당들을 삼켜버렸지요."[23]

메르헨 중반부로 접어들면서 나타나는 이 같은 공포의 분위기는 대체 무엇인가. 에로스와 기니스탄 앞에 펼쳐지는 산 자와 죽은 자의 기이한 싸움의 모습, 유령들의 모습은 무슨 의미인가. 모든 공포는 사라지고 결국 "하늘과 땅은 감미로운 음악 속으로 함께 흘러갔다Himmel und Erde flossen in süße Musik zusammen"고 하지만, 그렇다면 공포와 유령 장면은 무엇을 말하기 위해 끼워져 있는가. 이에 대해서는 다음 해석이 상당한 도움이 된다.

삶, 자연은 개별적인 자연현상들 속에서 조각난다. 노발리스가 자신

23) *NS* 1, pp. 299~300.

의 역사철학에서 하나의 과정으로 이해하면서 발전으로 바라본 이러한 분열의 과정은 메르헨에서 두 힘 사이의 충돌로 묘사된다. 그것은 생과 사 사이의 싸움이다. 그것은 또한 만남과 이별이라는 동경의 두 원리 사이의 싸움이다. 그것은 역사의 두 원초적 원리 사이의 싸움이다. (노발리스는 그것을 예감과 기억이라고 부른다.) 그 둘은 함께 내재한다.[24]

두 요소의 합일은 앞서 말한 대로 "하늘과 땅은 감미로운 음악 속으로 함께 흘러갔다"는 결론에서 상징화된다. 이렇게 보면 만남의 원리가 결국 승리하는 것으로 보인다. 메르헨은 유령 장면이 지나가자 홀연히 아름다운 장면으로 전환된다. 감미로운 음악으로 하늘과 땅이 합쳐진 이후의 세계다. 전혀 상반된 그 세계는 가령 이렇다.

"기막히게 아름다운 꽃 한 송이가 잔잔한 물 위에서 반짝이며 헤엄치고 있었습니다. 신의 모습이, 찬란한 왕좌 위에 앉아 있는, 반짝이는 아치 모양으로 양쪽으로부터 오므라들었습니다. 소피가 거기 제일 높은 곳에서 접시를 손에 들고 어떤 멋진 남자 옆에 앉아 있는 게 아니겠습니까. 머리에는 참나무 왕관을 쓰고 오른손에는 왕홀王笏 대신에 평화의 종려수를 들고 말입니다. [……] 어린 파벨이 거기 앉아서 하프로 달콤한 노래를 부르고 있었지요. 꽃받침에는 에로스 자신이 앉아서, 그를 꼭 껴안은 채 졸고 있는 예쁜 소녀에게 허리를 굽히고 있었어요."[25]

24) Müller, *Novalis' Märchenwelt*, p. 35 참조.
25) *NS* 1, p. 300.

이러한 모습은 아름다움의 절경이다. 뿐만 아니라 에로스와 파벨을 주인공으로 한 메르헨 전체의 결말을 암시한다. 그럼에도 그 길로 가는 것은 간단치 않다. 앞의 인용문에 나타난 예쁜 소녀는 누구인가. 소녀는 에로스를 꼭 껴안은 채 졸고 있는데, 그렇다면 그녀는 프시케—여기서는 프라야일 것이다.[26] 그녀가 프라야라면, 그리고 아직도 조는 상태에 머물러 있다면, 에로스와 프라야 두 사람의 사랑은 아직 온전한 성숙의 단계에 와 있지 않다고 보아야 할 것이다. 따라서 그 능력과 단계는 합일에 이르는 도정에 미숙한 상태일 수밖에 없다. 물론 이와 반대되는 해석도 있을 수 있다. 사랑의 능력은 완전하지 않더라도 합일이라는 목적에는 도달하였다는 견해다.[27] 이에 의하면 에로스와 프라야는 합일로 향하는 행동을 하고 있으며, 각기 자신의 개별화, 고립을 극복하고 있다. 아르크투르 나라의 묘사에서 그것이 바로 드러나고 있다. 그러나 메르헨 전체의 마지막 장면의 예견으로서 연극 장면을 이해한다면, 졸고 있는 아름다운 소녀는 프라야이며 여기서 꽃은 소설 전체에 나오는 파란꽃과 비슷한 기능을 하고 있어 보인다. 이렇듯 동경의 온전한 성취는 삶에서 완벽하게 이루어질 수 없고, 에로스와 프라야의 경우라 하더라도 절반 정도의 성취라고만 할 만하다. 예컨대 에로스가 기니스탄의 유혹을 받은 후 그의 집에서는 이상한 일이 벌어졌다. 슈라이버가 부모를 속이고 하인을 옭아매고 집의 주도권을 잡으려 하는 장면이 나온다. 이때 어린 파벨은 슈라이버를 피해 도망가는데, 성찬대 뒤 문을 발견하고 그 문을 젖히자 아래로 내려가는 계단을 만난다. C. S. 루이스의

26) 그리스 신화에서는 에로스의 애인이 프시케Psyche인데, 여기서는 프라야Freyja로 나타난다. 이 메르헨이 북방신화에 바탕을 두고 있기 때문일 것이다.

27) Müller, *Novalis' Märchenwelt*, p. 63 참조.

『나니아 연대기』를 포함한 거의 모든 환상소설에 공통적으로 나타나는 '환상으로 가는 길'의 전형적인 장치다. 물론 이때 슈라이버가 파벨을 잡으려고 하자 비밀계단은 없어지고 그때부터 파벨이 만나는 새로운 세상이 펼쳐진다. 이 세상은 합일이라는 에로스의 명제가 이루어질 것으로 기대되는 공간이자 시간이다.

3. 합일을 향한 동경

에로스 자신에 의해서 부단히 노력되고 있는 합일화의 원리는, 이 소설 자체의 구조를 결정짓고 있다. 그것은 '합일을 향한 동경Sehnsucht nach Identität'이라는 주제이며 동시에 그 구조다. 그 구조를 증명해내는 일은, 합일을 향한 동경이 소설의 중심 모티프가 된다는 것을 밝히는 일과 통한다. 따라서 복잡해 보이는 상징구조로 되어 있는 클링조르 메르헨의 전개와 내용은 결국 합일을 향한 동경이 겪는 과정 자체와 통한다. 파벨이 만나는 새로운 세상은 지금까지와는 완전히 다른 모습으로 나타난다.

"공기도 음울한 그림자 같았어요. 하늘에는 검은빛이 나는 물체가 있었습니다. 모든 물체는 다른 빛깔과 검은색으로 갈라지면서 뒷면에 가벼운 빛을 떨구고 있어서 무엇이든 확연히 구별될 수 있었습니다. 빛과 그림자는 여기서 그 역할을 바꿔 하고 있는 것 같아 보였지요."[28]

---

28) *NS* 1, p. 301.

모든 것이 뒤바뀐 세상에서 파벨은 스핑크스라는 괴물을 만나는데 그를 통하여 그녀는 '옛날 자매들alten Schwestern'을 만난다. 그들은 램프불 아래에서 천을 짜고 있었으며 파벨도 그 일에 가담하는데, 분위기는 스산하지만 그녀는 노래까지 부르며 실을 감는다. 나지막한 소리로 부르는 그녀의 노래는 의미심장하다.

작은 네 방에서
옛날의 네 아이들을 깨워라.
쉴 곳을 주어야지.
아침이 멀지 않았다네.

난 너희 실들을
하나의 실틀로 돌리지.
반목의 시대는 가고
하나의 삶이 존재해야지.

한 사람 한 사람은 모든 사람들 속에서 살고
모든 사람들은 또한 한 사람씩 사는 것이지.
한 사람의 살아 있는 입김으로
한 마음이 너희들 가운데 일렁이는 것일세.

아직 너희들은 영혼일 뿐,
꿈과 마법일 뿐이라니까.

두려운 마음으로 동굴 속으로 들어가서
성 삼위일체께 경배하라.[29)]

Erwacht in euren Zellen,
Ihr Kinder alter Zeit;
Laßt eure Ruhestellen,
Der Morgen ist nicht weit.

Ich spinne eure Fäden
In Einen Faden ein;
Aus ist die Zeit der Fehden.
Ein Leben sollt' ihr seyn.

Ein jeder lebt in Allen,
Und All' in jedem auch.
Ein Herz wird in euch wallen,
Von Einem Lebenshauch.

Noch seid ihr nichts als Seele,
Nur Traum und Zauberey.
Geht furchtbar in die Höhle
Und neckt die heil'ge Drey.

---

29) *NS* 1, pp. 302~303.

이 노래는 합일을 열망하는 은밀한 예증이다. '옛날 자매들'의 활동은 원래 파벨의 의도와는 다른 것이었다. 그들은 말하자면 이 세상에서 생명이 없는 것들, 그러니까 이별, 죽음 따위를 다루었다. 실감기와 짜기 같은 활동은 세상적인 노동의 표상이지만 합일의 명제 앞에서는 이별을 예시한다. 그것은 합일을 향한 동경의 부정적 원리를 표출한다. 그녀들은 옹색한 밤중에 그들의 일을 한다. 이 밤은, 그러나 『밤의 찬가』의 그 밤이 아니다. 『밤의 찬가』에서의 밤은 절대적인 합일의 영역이었지만, '옛날 자매들'이 일하는 밤은 옹색하고 어둡다(『그림 메르헨』을 비롯한 많은 민담에서 '옛날 자매들'은 얼마나 스산한 모습으로 나왔던가. 그들은 때로 '늙은 자매들' '늙은 여인들'로 번역되는 것이 어울릴 때도 있었다). 『밤의 찬가』에서의 밤도 물론 지상적인 것의 부정을 의미했지만 거기서는 시간과 공간이라는 차원은 결여된 상황이었다. '자매들'의 밤은 삶의 반대되는 영역이었다. 밤, 즉 죽음은 삶과 함께 양극성의 구조 위에서 자석의 체계를 이룬다. 삶과 죽음은 서로 연결되어 있고 앞으로 올 미래의 황금시대에서 하나로 극복되어야 하는 명제이다. 여기서 죽음은 『밤의 찬가』에서의 그것과는 달리 고립의 가장 극단적인 최후의 형식으로 이해되는데, 이 메르헨에서는 아무것도 감지되지 않는다. '옛날 자매들'에 의한 이러한 활동을 뮐러는 "부정적 동경negative Sehnsucht"이라고 규정하면서 "마지막 무letztes Nichts" 이외에 아무것도 아니라고 말한다.[30] 왜냐하면 그들이 말하는 동경은 세속적인 것일 뿐이기 때문이다. 말하자면 새로운 합일로 올라서는 개별화의 승화가 아닌, 세속으로

30) Müller, *Novalis' Märchenwelt*, p. 54.

의 용해일 따름이라는 것이다. 그것은 합일로 가는 길이 아니라 오히려 합일을 파괴하는 파편화의 길이다. 파벨의 의도는 그것이 아니다. 삶이라는 실패와 물레를 들고 천을 짜는 것은 그냥 물레 감기이지만 파벨은 그 이상의 온전한 삶, 합일을 갈망한다. 악독한 슈라이버와 '옛날 자매들'의 적의와 공격을 벗어나서 파벨은 아르크투르 왕 앞에 이르자 이렇게 외친다.

'그 굳건한 왕좌를 바로잡으세요! 당신의 상처 난 마음에 기쁜 사자使者를 맞으세요! 빨리 현명함을 되찾으세요! 평화를 영원히 일깨우세요! 쉼 없는 사랑의 안식을 취하세요! 마음의 정화를 얻으시길! 고대에 생명을 불어넣고 미래의 형상을 만드시기를!'[31]

에로스의 여행의 의미는 확연해진다. 기니스탄의 유혹을 받으면서 치렀던 과제에서 벗어나, 은빛으로 된 긴 날개가 돋은 채 사랑의 신과 더불어 유희를 벌이는 매력 있는 소년으로 돌아온 것이다. 그러니까 파벨이 에로스를 다시 제자리로 갖다 놓은 것이다. 그러는 사이 어머니는 장작더미 위에서 불길의 고통을 당하고 죽는데, 그 죽음은 우주적 외연을 확장하는 결과로 이어진다. 불꽃은 태양의 빛, 낮의 행성이라고 할 수 있는 빛을 흐리게 함으로써 마침내 바다에 떨어진 검은 재밖에 아무것도 남는 것이 없어진다. '마지막 무'이다. 번쩍거리는 화염이지만 "높이 서서히 솟았다가 북쪽으로[32] 가버린다."[33] 노발리스는 메르헨에서 앞

31) *NS* 1, p. 304.

32) 북방은 자석의 모범을 보여주는 나침반이 그렇듯이, 자석이 올바른 상황에 있음을 나타낸다. 에로스와 프라야가 합일하는 곳도 북방이라는 점에서 북방은 단순한 장소가 아닌 이상

으로 도래할 황금시대를 통해 지상적인 것의 해체를 이런 모습으로 파악하고자 했다. 불꽃은 아르크투르 나라 곳곳을 떠돌면서 구원에 작용한다. 동시에 이러한 전개는 '옛날 자매들'의 밤이 이제는 지양되고 있음을 의미한다. 한편으론 이 자매들이 '무'로 돌아가버리고, 다른 한편으론 태양의 종말로 말미암아 슈라이버와 그의 패거리들도 종말을 맞이한다. 어머니가 불에 타 죽음으로써 그들도 자신들의 죽음을 재촉한 것이다. 여기서도 자석의 작용이 나타나는바, 자석은 그를 특징지어준 양극성이 극복되는 북쪽을 향하는데, 거기서 자신도 없어진다.

그러나 클링조르 메르헨에서 노발리스가 말하고자 했던 다른 성격의—『밤의 찬가』의 밤과 다른—밤은 또 다른 세밀한 고찰을 요구한다. 가령 불꽃이 도착했는지 여부에 대한 파벨의 질문에 아르크투르의 대답은 이렇다. "밤은 지나가고 얼음은 녹았다."[34] 이때 밤은 부정적인 의미의 밤이다. 그것은 차갑고 경직된 상태를 뜻한다. 그러므로 밤이 지나갔다는 것은 "모든 것이 살아나기 시작했다"[35]는 뜻이다. 파벨은 다시 아르크투르에게 가서 정원사, 칭크(아연)와 골트(금)의 동행을 요구하면서 왕의 마차를 타고 길을 떠난다. 칭크는 타버린 어머니의 재를 모은다. 그다음 일행은 거인 아틀라스를 깨우고 다시 집으로 돌아온다. 새로 세운 성찬대에 소피가 서 있고, 파벨은 어머니의 유골을 그녀에게 건네준다. 아버지는 아틀라스처럼 새로운 삶으로 가는 전류를 통해 깨어났으며, 그 이후로 아버지와 기니스탄은 소피와 친해진다. 그다음 소피

향으로의 지표이기도 하다.

33) *NS* 1, p. 307.

34) *NS* 1, p. 308.

35) *NS* 1, p. 308.

가 어머니의 재를 그녀 접시의 물에 섞자 "모든 사람들이 신의 음료수를 마시고 말할 수 없이 즐거운 마음으로 그들 내부로 어머니의 다정한 인사를 받아들였다."[36] 이 장면에 대해서도 먹고 마시는 만찬의 행위를 통한 인간의 내면적 합일이 일어난다는 해석이 있다.[37] 어쨌든 소피가 말한 엄청난 비밀이다. 그럼으로써 파벨은 지하세계에서도 노래로 예언하는 일이 가능해진다. 앞서 부른 노래, 즉 "한 사람 한 사람은 모든 사람들 속에서 살고 / 모든 사람들은 또한 한 사람씩 사는 것이지. / 한 사람의 살아 있는 입김으로 / 한 마음이 너희들 가운데 일렁이는 것일세"라는 노래가 보여주는 유대의 감동이 그것이다. 어머니의 재를 함께 마심으로써 형성된 유대다. 함께 마시는 일은 합일을 이루고 난 다음 메르헨의 결말 부분을 위한 전제가 더욱 분명해지는 경향과 관계된다.

에로스는 그의 미션을 완수하고 북방에 가서 프라야와 합일한다. 잠자는 프라야는 전류가 흐르는 사슬에 의해 깨어나고 긴 키스가 영원한 결속의 자물쇠를 잠근다. 에로스와 프라야는 아르크투르와 소피에 의해서 한 쌍의 새로운 지배자로 추대된다. 소피는 사랑하는 사람의 손에 팔찌를 걸쳐주었고, 프라야는 그것을 공중에 던짐으로써 새 왕 부부가 백성과 세상을 맺어주는 표징을 만든다.

> "팔찌는 공중으로 날아갔습니다. 그러자 곧 흰 팔찌가 사람들 머리 위에 떠도는 것이 보였지요. 그 팔찌는 반짝이는 빛을 내면서 봄의 영원한 축제를 즐기고 있는 도시와 바다 그리고 지구 너머로 날아갔지요."[38]

---

36) *NS* 1, p. 312.

37) "죽음을 통한 내적 재생의 신비가 있다"(Hans-Joachim Mähl, *Die Idee des Goldenen Zeitalters im Werk des Novalis*, Heidelberg, 1994, p. 402).

지상을 싸고돌면서 흡사 성령강림의 느낌마저 주는 팔찌의 효과는 모든 사람들을 하나로 묶는 상징으로 나타난다. 메르헨은 그리하여 끝부분에 이르러 엄청난 고양高揚의 모습을 드러낸다. 새로운 왕 부부, 즉 에로스와 프라야는 부지불식간에 신혼부부의 예식으로 들어가고 그것은 곧 황금시대의 또 다른 모습이 된다.

> "왕은 얼굴이 빨개진 그의 신부를 포옹했습니다. 백성들은 왕이 본보기라도 되듯 서로서로 애무하였습니다. 이름을 부르는 다정한 말소리와 키스 소리밖에 들리는 것이 없었지요."[39]

황금시대는 모든 것을 껴안는 사랑으로 시작된다. 그도 그럴 것이 사랑이란 이 세계의 비밀이기 때문이다. 이 메르헨에서 그것은 에로스의 성취된 미션으로 드러난다. "영원의 나라"가 세워지고 "사랑과 평화 속에 싸움은 끝난다."[40] 파벨이 이렇게 노래하듯 메르헨은 거대한 사랑의 축제로 흘러간다. 양극성은 극복되고 밤과 낮의 세계는 서로 연결된 모습, 통합의 상태로 지양된다.

---

38) *NS* 1, p. 314.

39) *NS* 1, p. 315.

40) *NS* 1, p. 315.

영원의 나라는 세워졌어요.	Gegründet ist das Reich der Ewigkeit,
사랑과 평화 속에 싸움은 끝나고	In Lieb' und Frieden endigt sich der Streit,
아픔의 긴 꿈은 지나갔지요.	Vorüber ging der lange Traum der Schmerzen,
소피는 마음의 영원한 사제랍니다.	Sophie ist ewig Priesterin der Herzen.

ROMANTIK
CHRISTENTUM
MÄRCHEN

NOVALIS

제6장

황금시대의 예시豫示

1. 뱀 모양의 쇠막대기

『하인리히 폰 오프터딩겐』(부제: 『파란꽃』) 제9장을 구성하는 클링조르 메르헨에는 시작품들이 여러 편 나온다. 메르헨 자체와 밀착된, 메르헨의 일부로서 상징적 기능을 하는 경우도 있지만, 시가 독자적인 위치와 기능을 확보하고 있는 것처럼 보이는 때도 많다. 제일 먼저 나타난 시는 마치 메르헨 전체의 예시처럼 보이는 새의 노래 형태를 띠고 있다.

낯선 미남은 오래 머뭇거리지 못하리.
열기는 가까이 있고 영원은 시작되었네.
바다와 땅이 사랑의 불꽃 속에서 사라지니
여왕은 오랜 꿈에서 깨어나네.
파벨이 비로소 옛 권리를 가질 때

차가운 밤은 이 영지를 정리하리.
프라야의 품속에서 세계는 불이 붙고
모든 동경은 자신들의 동경을 찾으리.[1)]

Nicht lange wird der schöne Fremde säumen.
Die Wärme naht, die Ewigkeit beginnt.
Die Königin erwacht aus langen Träumen,
Wenn Meer und Land in Liebesglut zerrinnt.
Die kalte Nacht wird diese Stätte räumen,
Wenn Fabel erst das alte Recht gewinnt.
In Freyas Schooß wird sich die Welt entzünden
Und jede Sehnsucht ihre Sehnsucht finden.

한편 두번째 시는 바로 동경의 나라에서 사랑의 판타지 여행을 이끄는 내용으로 펼쳐진다. 꽤 긴 시다.

사랑은 어두운 길 위를 걷는 것,
달빛만이 비추이네.
그림자의 나라가 열리며
이상한 몸차림을 하였네.

금빛 무리를 거느린

1) *NS* 1, p. 292.

푸른 연기가 떠돌며
강물과 대지 너머로
사랑은 서둘러 환상을 끌고 가네.

한껏 부푼 가슴은
기막힌 기분이 되며
장래의 즐거움을 미리 생각하니
벅찬 정열이 솟아나네.

그리운 마음은 한탄을 하지만,
사랑이 가까이 오는 것은 모르네.
사랑의 얼굴 속으로
희망 없는 원망은 깊이 묻힌다.

작은 뱀 막대기는 충실히 남아서
북쪽을 가리키니
두 사람은 시름에서 벗어나
그 아름다운 안내자를 따르네.

사랑은 황야를 지나고
구름의 나라를 지나
달의 뜨락에 들어서서
그 딸을 손안에 넣네.

그는 은빛 왕좌에 앉았으나
그저 비통할 뿐
그때 자기 자식의 소리가 들리자
그녀 팔에 쓰러져버리네.[2)]

Die Liebe ging auf dunkler Bahn
Vom Monde nur erblickt,
Das Schattenreich war aufgethan
Und seltsam aufgeschmückt.

Ein blauer Dunst umschwebte sie
Mit einem goldnen Rand,
Und eilig zog die Fantasie
Sie über Strom und Land.

Es hob sich ihre volle Brust
In wunderbarem Muth;
Ein Vorgefühl der künft'gen Lust
Besprach die wilde Glut.

Die Sehnsucht klagt' und wußt' es nicht,
Daß Liebe näher kam,

---

2) *NS* 1, pp. 297~98.

Und tiefer grub in ihr Gesicht
Sich hoffnungsloser Gram.

Die kleine Schlange blieb getreu:
Sie wies nach Norden hin,
Und beyde folgten sorgenfrey
Der schönen Führerin.

Die Liebe ging durch Wüsteneyn
Und durch der Wolken Land,
Trat in den Hof des Mondes ein
Die Tochter an der Hand.

Er saß auf seinem Silberthron,
Allein mit seinem Harm;
Da hört' er seines Kindes Ton,
Und sank in ihren Arm.

두 편의 시 가운데 특히 두번째 시, 그중에서도 제5연은 클링조르 메르헨의 상징성을 풀어주는 열쇠를 지니고 있어서 주목된다. 여기서 등장하는 "뱀 막대기"와 "북쪽"은 메르헨의 중심부에서 계속적으로 그 내용을 형성해가는데, 메르헨 자체에는 이에 대한 상세한 설명이 없다. 그러나 시에서 그것이 무엇을 의미하는지 나타난다. 다시 보자.

작은 뱀 막대기는 충실히 남아서
북쪽을 가리키니
두 사람은 시름에서 벗어나
그 아름다운 안내자를 따르네.

먼저 작은 뱀 막대기가 무엇을 의미하는지가 문제다. 그것이 북쪽을 가리킨다는 것은 또한 무슨 의미인가. 이와 관련하여 메르헨 속에는 다음과 같은 지문이 나온다.

"이때 갑자기 아버지가 마당에서 발견한, 부드러운 쇠막대기를 가지고 들어왔어요. 슈라이버는 그것을 눈여겨보더니 신이 나서 빙빙 돌리다가 곧 빼어 들었는데 그 중간에는 실이 매달려 있었으며 북쪽으로 향해 돌아가도록 되어 있었습니다. 기니스탄도 〔……〕 드디어 꼬리를 물고 있는 뱀 모양으로 만들어놓았어요."[3]

여기서 관심의 초점은 당연히 작은 뱀 막대기와 북쪽에 모아진다. 뱀 막대기란 대체 무엇을 가리키는가. 메르헨 자체가 상징으로 구성된 환상동화라면, 이 부분은 이해의 핵심을 이룬다. 어린 에로스에게 생동감을 불어넣음으로써 메르헨 자체에 발동을 걸고 진행시키는 뱀 막대기는 구약의 놋뱀을 강력히 연상시킨다.[4] 앞의 시 제5연의 "두 사람은 시

---

3) *NS* 1, p. 294.

4) 놋뱀은 예수 그리스도의 모형이다. 성경은 예수의 십자가 죽음을 예언하고 그 영적 의의를 모세 당시 있었던 놋뱀 사건을 인용하여 제시했다. 부활의 예수를 바라봄으로써 영생을 얻을 수 있다는 것이다. 모세는 광야에서 불뱀에게 물린 이스라엘 백성을 낫게 하려고 하나님의 지시로 놋뱀을 만들고 장대에 매달아 이것을 보는 자마다 죽지 않고 살도록 했다(민수기 21장

름에서 벗어나 / 그 아름다운 안내자를 따르네"라고 된 부분에서 "두 사람"은 에로스와 기니스탄이었다. 두 사람은 아버지 집을 떠나서 길을 나선 뒤 "달의 뜨락Hof des Mondes"이라고 표현된 달의 나라에 들어선다. 그리고 그 딸과 만나는데 그녀가 바로 파벨인 것이다. 메르헨의 사실상의 주인공이 파벨이라는 점을 고려한다면, 전 7연으로 된 이 시는 메르헨 전체의 내용과 주제를 예시하고 있는 것으로서 주목된다. 이를테면 "사랑은 어두운 길 위를" 걷지만 "달빛만이" 비추인다든지(제1연), "금빛 무리"를 거느리고 "사랑은 서둘러 환상을" 끌고 간다든지(제2연), "장래의 즐거움을 미리 생각"한다는(제3연) 구절들은 어둠을 헤치고 맞게 되는 사랑, 그 이상의 시간을 바라보게 한다.

2. 시간성

1) 길고 긴 밤이 시작되었다. 늙은 기사는 방패를 세 번 때린다. 그러자 궁전 안이 환하게 밝아지고, 궁전 앞 공원은 보석으로 된 꽃과 열매로 가득해진다. 그는 이때 아르크투르 왕의 딸 프라야와 만난다.

2) 이윽고 왕은 딸과 만난다. 무수한 별들이 홀 안을 가득 채우고, 기

6~9절). 신약에 와서 이 사건은 "모세가 광야에서 뱀을 든 것같이 인자도 들려야 하리니 이는 저를 믿는 자마다 영생을 얻게 하심이라"(요한복음 3장 14~15절)고 설명된다. 따라서 메르헨에 나오는 뱀 모양으로 변한 쇠막대기는 모세의 놋뱀의 기독교적 설명으로 보인다. 이 책 제5장 「메르헨, 합일을 향한 동경」에서 "자기인식과 영혼을 얻는" 기능으로 해석되었던 쇠막대기는 더 나아가 여기서 모세의 놋뱀이라는 계시와 만난다. 노발리스의 기독교적 세계를 고려할 때 이 같은 해석은 설득력을 얻는다. 이는 낭만주의와 기독교의 합일을 위하여 노력했던 노발리스의 정신세계의 일환으로 읽힐 수 있다.

사가 그 옆에 함께 앉는다. 꽃잎들이 가득한 작은 상자에 왕은 경건하게 입 맞추고 꽃잎 몇 개를 딸에게 주고, 자신도 나머지를 가진다. 별들은 떠돌면서 꽃잎 모습을 그려내고 있는데, 그 전체적인 움직임은 예술 같다. 왕은 즐거운 나머지 기사에게 칼을 버리고 평화를 체험해보라고 명령한다.

3) 기사는 칼을 버려버린다.

4) 이때 아름다운 소년 에로스와 젖먹이 누이동생 파벨이 유모 기니스탄과 함께 등장한다. 서기 슈라이버도 나온다. 아이들의 아버지와 어머니도 등장하지만 이름은 아직 밝혀지지 않는다. 여기서 아버지가 부드러운 쇠막대기를 가지고 들어온다. 북쪽으로 향하도록 되어 있는 막대기다. 기니스탄이 그것을 꼬리를 물고 있는 뱀 모양으로 만들어놓고, 슈라이버는 그 용도를 넓힌다. 기니스탄이 그 막대기를 요람에 대자 에로스가 그것을 잡고 일어나는데, 기니스탄은 깜짝 놀란다. 슈라이버도 기겁을 한다. 뱀 모양의 막대기가 에로스를 요람에서 끌어내어 활력의 성인으로 만들어준 것이다. 작품은 그 막대기를 "북쪽을 향해 뻗어 있는 보물"이라고 표현한다.

여기까지가 말하자면 메르헨의 도입부로서, 뱀 모양의 막대기로 말미암아 어린 에로스가 성숙한 주인공으로 올라서는 장면이다. 여기서 그 쇠막대기가 북쪽을 향해 뻗어 있다는 사실이 지닌 긍정적 역동성의 의미가 깊이 주목될 만하다. 그러나 이 문제는 단순한 쇠막대기뿐 아니라 메르헨 전체의 구조에 대한 분석과 연관된다. 이를 위해서는 무엇보다 사건의 시간과 공간, 그리고 인물들 사이의 전개 과정에 대해 살펴볼 필요가 있다. 먼저 시간에 대해서 다시 짚어보자.

"길고 긴 밤이 막 시작되었습니다." (p. 290)

차가운 밤은 이 영지를 정리하리. (p. 292)

"그들이 길을 떠난 것은 밤이어서 달이 하늘 높이 걸려 있었지요." (p. 297)

아침이 멀지 않았다네. (p. 302)

'밤은 지나갔다.' (p. 308)

"도시는 밝았습니다." (p. 310)

'저는 즐거운 날들을 실 짜듯 짤 거예요.' (p. 310)

"말할 수 없이 경쾌한 낮의 밝음이 홀을, 궁성을, 도시를, 그리고 하늘을 가득 채웠습니다." (p. 313)

밤으로 시작된 시간은 밝은 낮으로 변화되는 과정을 보여주는데, 이러한 이행을 메르헨은 "사랑스러운 자매, '아침'과 '저녁'"이라는 말로 표현함으로써 시간의 주체화를 각성시킨다.[5] 파벨이 계단을 지나 운명

5) *NS* 1, p. 298: "사랑스러운 자매, '아침'과 '저녁'은 주로 두 사람의 신참자를 보고 즐거워했다

의 나라에 있는 제단 뒤로 내려갔을 때 그녀에게 필요한 것도 시간이었다. "어린 파벨은 얼마쯤 내려갔다."[6] 한편 에로스가 지상에서 만난 재앙에 대한 기니스탄의 이야기도 달나라에서 떠나온 이후의 긴 시간을 보여주는 것이다. 이렇듯 메르헨에서 기대되는 것은 현실적인 의미에서는 전혀 알 수 없는 시간이라고 할 수 있는바, 이에 대해서는 다음 견해가 참고될 만하다. "에로스와 프라야의 메르헨 진행은 하룻밤에 전개된다. 결정적인 사건들은 새벽녘에 이루어진다."[7] 어쨌든 앞에서 인용했듯이 메르헨에는 시간을 명시하거나 시사하는 많은 지문이 나오는데, 때로는 현실적이고 때로는 비현실적인 부분을 함께 함축한다. 앞의 인용에서 "긴 밤이 막 시작되었다"는 첫 문장은 메르헨이 완전한 어둠 속에서 시작됨을 알리면서 밤 여행의 첫머리에 에로스와 기니스탄이 출발하고 있음을 알려준다. 이와 동시에 아버지의 집이 묘사되는데 그 장면은 아르크투르 왕의 별놀이와 겹쳐진다. 여기서 중요한 것은 아버지의 집은 환한 대낮이라는 점이다. 한쪽은 낮인데, 도시의 다른 쪽은 밤인 비현실의 장면으로 메르헨은 그 환상성을 열면서 시작되는 것이다. 그 장면은 이렇다.

> "창문으로 멋진 풍경이 보였고 청명한 하늘이 땅 위에 깔려 있었답니다."[8]

오. 둘은 포옹을 하면서 따사로운 눈물을 흘렸답니다."

6) *NS* 1, p. 301.

7) Peter Küpper, *Literatur und Leben*, Köln, 1959, p. 85; Johannes Mahr, *Übergang zum Endlichen: Der Weg des Dichters in Novalis' Heinrich von Ofterdingen*, München, 1970, p. 211에서 재인용.

8) *NS* 1, p. 296.

그러나 아르크투르 왕에게 밤은 현실의 밤이 아닌, 일종의 메르헨 개시의 상황으로서의 밤이므로 그 중첩의 의미가 새겨져야 한다. 새로운 낮은 파벨이 여행을 떠날 때 시작하고, 홀과 궁성, 도시와 하늘에 가득 찬 상쾌하고 밝은 대낮의 빛은 메르헨 도입부 프라야의 출발 당시와는 사뭇 다르다. 그런가 하면 궁성에 빛이 환하게 들어와 있을 때에도 주위는 여전히 어둠에 싸여 있곤 하였다. 새로운 낮도 밤처럼 비현실적으로 묘사되는데, 예컨대 그 낮의 빛은 태양으로부터 오지 않는다. 그 대신 낮의 주민들 사이에서 달이 등장한다. 낮은 프라야가 깨기 전에 시작한다. 밤에서 낮으로의 이행은 파벨이 변화하는 사이에 이루어진 사건의 의미를 규정한다. 결국 낮은 메르헨이 전개되면서 이루어진 세계의 상황에 대한 상징이 된다.

다른 한편 얼음, 혹은 경직된 상태에서 용해되어가는 모습도 시간이라는 측면에서 살펴질 수 있다. 그 같은 상황의 몇몇 보기를 예증해 보자.

"이 모든 것이 산을 둘러싼 굳은 수면의 바다에 반영되었답니다." (p. 291)

"모든 창문마다 그 앞에는 예쁜 오지그릇들이 놓여 있었는데, 그 속에 갖가지 얼음꽃과 눈꽃들이 가득한 가운데 그윽한 빛을 내고 있었어요." (p. 291)

'밤은 지나가고 얼음은 녹았다.' (p. 308)

'곧 그녀 정원엔 꽃이 필 것이고, 황금빛 열매의 향기가 퍼질 것이오.' (pp. 310~11)

"대지 위에 힘찬 봄이 완연했습니다." (p. 312)

"봄의 영원한 축제가 펼쳐진 대지" (p. 314)

얼음과 눈으로 단단했던 바다, 그리고 대지가 녹는 모습인데, 거기에는 당연히 시간의 흐름이 개입한다. 앞의 인용은 두 부분으로 나누어질 수 있는데, 하나는 '얼어붙어' 있는 동토의 이미지이며, 다른 하나는 그것이 '녹아서 풀리는' 봄의 이미지다. 처음엔 "얼음으로 얼었으나zu Eis erstarrt"[9] 나중엔 "생기발랄해진다lebendig gewordne."[10] 궁성을 둘러싸고 있던 얼음바다는 "콸콸 소리를 내며brausend"[11] 도시를 감싼다. 온갖 "얼음꽃과 눈꽃"[12]들은 사라지고 "신나는 생활wunderbares Leben"[13]을 회복한다. 이러한 변화는, 그러나 표현상의 그것에 한하지 않는다. 얼음 혹은 경직과 봄, 그리고 생동은 당연히 상징이다. 그것은 메르헨 모두에 나오는 시 가운데 "차가운 밤은 이 영지를 정리하리Die kalte Nacht wird diese Stätte räumen"[14]라는 예언, 그리고 "밤은 지나가고 얼음은 녹았다.

9) *NS* 1, p. 291.
10) *NS* 1, p. 313.
11) *NS* 1, p. 310.
12) *NS* 1, p. 291.
13) *NS* 1, p. 313.
14) *NS* 1, p. 292.

〔……〕 모든 것이 살아나기 시작했다Die Nacht ist vorbey und das Eis schmilzt. 〔……〕 Alles fängt zu leben an"[15]는 왕의 선언에서도 확인된다.

이렇듯 밤과 얼음으로부터 낮과 봄으로 변화된 일련의 사건들은 보다 나은 시간으로의 이행을 말해준다. 좋지 못한 시간의 반복은 끝나고 새로운 상황은 영원히 지속될 것으로 보인다. 퇴닉스는 이렇게 선포하지 않는가. "열기는 가까이 있고 영원은 시작되었네Die Wärme naht, die Ewigkeit beginnt."[16] 그런가 하면 메르헨의 마지막 장면에서는 "영원히 ewig"라는 낱말이 네 번씩이나 나온다.

"'어머니는 우리 가운데 있어요. 그녀의 존재는 우리를 영원히 행복하게 해줄 겁니다. 우리 집으로 따라오세요. 그곳 사원에서 우리는 영원히 살 것이며 세상의 비밀을 간직할 것입니다.' 파벨은 열심히 물레를 돌리면서 큰 소리로 노래를 불렀지요.

영원의 나라는 세워졌어요.
사랑과 평화 속에 싸움은 끝나고
아픔의 긴 꿈은 지나갔지요.
소피는 마음의 영원한 사제랍니다."[17]

"영원히"라는 말은 파벨이 지하세계로 첫발을 내디뎠을 때에도 나왔

15) *NS* 1, p. 308.
16) *NS* 1, p. 292.
17) *NS* 1, p. 315.

다. 스핑크스가 "넌 아직 아이야Du bist noch ein Kind"[18]라고 말했을 때 파벨은 대답했다. "영원히 아이일 거예요Und werde ewig ein Kind sein."[19] 그러면서 파벨은 이미 자신의 길이 다른 시간으로 인도되리라는 것, 그리고 "세상의 비밀"을 처음부터 알고 있다는 사실로 나아간다. 그 비밀은 마지막에 "우리 집"에 영원히 살리라는 것과 관련된다. 그 비밀이 무엇인지 스핑크스가 물었을 때 파벨이 대답한다.

> "'영원한 비밀이란 무엇이지?' '사랑이죠.' 그녀가 말했습니다. '누구에게 있지?' '소피에게 있죠.'"[20]

어둠에서 밝은 낮으로 옮겨가고 딱딱한 얼음 상태에서 생동하는 봄으로 풀려가는 시간이 파벨에게서는 영원성으로 정착된다는 사실에 메르헨 이해의 비밀도 숨어 있다. 오직 파벨을 통해서만 영원한 봄, 영원한 낮이 지상에 편재할 수 있기 때문이다.[21] 주인공 아이 이름이 '우화'를 의미하는 파벨이라는 사실이 여기서 깊이 주목되어야 할 것이다.[22]

새로운 세상은 시간이라는 관점에서 바라볼 때, 낮, 봄, 그리고 영원이라는 세 가지 모멘트로 특징지어진다. 한편 소설 전체로 시야를 확대한다면 주인공 하인리히의 발전 과정과도 조응될 수 있다. 예컨대 제

---

18) *NS* 1, p. 301.

19) *NS* 1, p. 301.

20) *NS* 1, p. 308.

21) Mahr, *Übergang zum Endlichen*, p. 214 참조.

22) 메르헨의 주인공들은 그 이름들이 이미 상징적이다. 파벨Fabel이 '우화'를 의미하는 것을 비롯하여, 슈라이버Schreiber는 '글 쓰는 사람', 에로스Eros는 '사랑', 소피Sophie는 '지혜'를 뜻한다.

6장에서 "나에게도 영원한 낮의 아침이 시작된다. 밤은 지나갔다"[23]고 하인리히가 고백한 것은 그로서도 생활의 경험이 나타나는 것이다. 물론 그 이전에 슈바닝은 그에게 이렇게 일러주기도 한다. "네가 북쪽에서 온 줄 사람들은 알고 있다. (……) 우린 여기서 너를 벌써 녹이려고 하지."[24] 그러면서 슈바닝은 다시 마틸데를 안심시키며 이렇게 말한다. "네 빛나는 눈동자를 보면 저 아이의 졸고 있는 청춘이 잠을 깰 거다. 저 아이의 나라에선 봄이 늦게 온단다."[25] 그러나 봄은 시간의 사랑을 통해서 다가와 '영원'으로 발전하며, 제7장, 제8장에 와서 거듭 강조되다가 마침내 메르헨의 피날레를 바로 그 '영원'으로 장식한다.

아우크스부르크에 하인리히가 도착하고 있는 것을 보여주는 메타포는 그의 인간적 발전 과정을 연결해준다. 작가 노발리스는 자신의 이야기 과제를 넘겨주기 전에, 파벨이 황금시대로 이 지상을 넘겨 보내기 전에 바로 그 파벨처럼 그 스스로 '영원'히 머무르고 싶었는지도 모른다. 하인리히의 그다음의 삶은 파벨의 행로를 통해서 드러나지 않는가. 그의 시적인 활동은 마틸데에 대한 사랑을 완수하고, 이 세상에서도 객관적으로 완성되어가는 발전을 추구하지 않는가.

3. 공간성

살아 있는 생명으로 소생하여 역동적으로 움직임으로써 메르헨을 끌

---

23) *NS* 1, p. 278.

24) *NS* 1, p. 270.

25) *NS* 1, p. 270.

고 가는 에로스를 중심으로 한 무대, 즉 공간 또한 메르헨의 성격을 규정짓는 중요한 요소가 된다. 사건의 무대는 아르크투르의 나라와 아버지의 집Haus des Vaters으로 대별될 수 있는데, 양자는 철저히 분리되어 있다. 둘을 연결해주는 유일한 매개가 있다면 자석으로 세상 속에 던져진 쇠로 된 칼의 조각일 것이다. 아버지의 집 아래에는 완전히 고립된 "운명의 나라das Parzenreich"가 있다. 아버지의 집에서 안내인 한 사람이 그 나라로 내려가고, 또 다른 안내인이 아르크투르 나라로 올라간다. 그렇다면 가장 위쪽에는 아르크투르 나라, 중간에는 아버지의 집, 제일 아래에 운명의 나라가 있는 셈이다. 물론 "달의 나라das Reich des Mondes" "헤스페리덴(그리스 신화에서 헤스페로스의 딸들)의 정원들" "태양의 자리" 등도 나오지만, 그 층위는 분명치 않다. 가령 달의 나라는 에로스가 "바다 저쪽"[26] 산에 도착하는 순간 나타남으로써 그 구체적 자리는 보이지 않는다. 그렇다 하더라도 모든 사건들은 무대의 변화에 따라서 결정되며, 그것들을 늘 하나로 통합하려는 시도와 연결된다. 세 공간의 위상을 자세히 들여다본다면 다음과 같다.

① "그러자 궁전의 높고 울긋불긋한 창문이 그 속으로부터 환해지기 시작했습니다. [……] 그 모습들은 어찌나 기기묘묘하고 빛과 색깔은 생생했던지 공원 한가운데에 있는 얼음으로 얼어붙은 높은 분수에 이르기까지 장관이었답니다. [……] 그러고 나서 그것을 잡아 열린 창으로 해서 도시와 얼음바다 너머로 던져버렸지요."[27]

---

26) *NS* 1, p. 298.

27) *NS* 1, pp. 290~91, 293.

② "아이들의 아버지는 매번 아이들을 돌아보고 기니스탄에게 다정하게 인사를 건네면서 들락날락거렸습니다. 〔……〕 기품 있고 자애스러워 보이는 소년의 어머니가 자주 방에 들어왔어요. 〔……〕 얼마 후 소피가 돌아왔어요."[28]

③ "천사의 발치에 앉았는데 천사는 두 팔로 그들의 머리를 감싸며 내려다보고 있었지요. 이런 장면들은 수시로 뒤바뀌면서 무한히 신비한 공상의 세계를 끝없이 보여주었지요. 하늘과 땅은 공공연하게 반란을 일으켰습니다. 온갖 놀라운 일들이 벌어졌어요. 힘찬 소리가 나면서 무기들을 들고 일어났어요. 끔찍한 해골들의 무리가 검은 깃발을 펄럭이며 검은 산이 밀려오듯이 내려왔습니다. 〔……〕 유령의 무리는 끔찍하게도 살아 있는 사람들의 부드러운 사지를 갈기갈기 찢어놓았어요."[29]

인용문 ①의 공간은 아르크투르 왕궁, ②는 아버지의 집, ③은 운명의 나라, 즉 명부의 세계인데, 이들은 모두 각각 떨어져 있는 별도의 세상이면서 이 메르헨 속에서는 서로 연결되어 있다. 무엇보다 등장하는 주인공들이 동일 인물이면서도 서로 다른 공간을 이동하고 있다. 우선 파벨이 하늘을 떠받치고 있는 아틀라스를 잠에서 깨워냄으로써 땅을 높이 올려 든다. 가령 이렇다.

---

28) *NS* 1, pp. 294~95.

29) *NS* 1, pp. 299~300.

'이 지상이 다시 흔들리거나 혼란에 빠지지 않도록 옛 위정자가 다시 일어나야 하겠습니다.'[30]

"그는 눈을 뜨더니 정정한 모습으로 일어났습니다. 파벨은 위로 올라오고 있는 지상에 서 있는 자연의 동반자에게 뛰어오르더니 친절하게 그에게 아침 인사를 했지요."[31]

이런 식으로 왕궁과 지상(혹은 땅)은 서로 가까워지고 공간적 동행에 이른다. 운명의 여신 파르첸이 죽고 에로스와 파벨이 결합한 다음 지하계, 즉 명부도 조명을 받는다. 한편 자신만의 나라를 포기한 달은 무대 역할을 지키는 것으로 만족하는 모습을 보여준다.

"옛날의 달이 멋진 신하들과 함께 들어왔는데, 그 뒤로는 기니스탄과 그녀의 신랑을 백성들이 의기양양하게 데리고 들어왔습니다. (……) '파르첸 나라를 내게 허락해주시죠. 그 기이한 생김새의 건물이 지상에서 솟구쳐 궁정 위에 세워진 모양의 나라 말입니다.'"[32]

메르헨에는 많은 무대가 있다. 슈라이버의 싸움을 통해서 그 무대들은 이리저리 분리되며 모든 일들을 통괄하는 힘은 없어 보인다. 이 가운데 자석만이 파벨을 통해서 일종의 유대에 해당하는 힘을 획득한다. 아틀란티스 이야기에서 분리되어 있는 장소들을 결합시키는 힘이 있다면

30) *NS* 1, p. 310.
31) *NS* 1, p. 310.
32) *NS* 1, p. 314.

바로 쉼 없이 일하는 파벨의 활동이라고 할 수 있는바, 소설의 주인공 하인리히는 제9장 메르헨에 앞서서 제8장에서 이 활동의 기능을 암시하는 말을 한다.

> "난 전쟁이 대체로 시적인 효과를 지니는 것 같은 생각이 들어요." 하인리히가 말했다.[33)]

시와 전쟁은 상용 불가능한 먼 거리의 세계인데, 하인리히의 이 같은 발언은 메르헨뿐 아니라, 소설 『하인리히 폰 오프터딩겐』의 전체 주제와도 연결되는 깊은 함축적 의미를 띤다. 대체 시와 전쟁은 어떻게 결부되는가. 먼저 주의할 부분은 하인리히의 말 가운데 나타난 '전쟁'이라는 단어인데 독일어로 그것은 'Krieg'이다. 그러나 독일어에 이와 비슷한 단어들은 여럿이다. 'Streit' 'Kampf' 등등이 대표적인데, 이 단어들이 신기하게도 하인리히 발언에 바로 앞선 클링조르의 말 가운데 모두 나와 있다. 그것들은 "대립되는 본질이 〔……〕 시와 쉼 없는 싸움Streit을 하는 것일세"[34)]에서 먼저 나오고, 뒤이어 "시, 즉 이 힘센 싸움Kampf에게는 아마도 좋은 소재일 걸세"[35)]에서도 등장한다. Krieg이 병력을 동원하는 가장 큰 규모의 싸움이라면, Streit와 Kampf는 그보다 작은 규모의 싸움들이다. 그중에서도 전자는 갈등이나 분규 같은 경우에 해당된다면, 후자는 내면적인 투쟁도 포함한다. 이렇게 볼 때 하인리히에 의해서 전쟁이라는 말로 확대 적용된 시의 함의는, 이에 앞서 자연 속에

33) *NS* 1, p. 285.
34) *NS* 1, p. 284.
35) *NS* 1, p. 284.

서 일어나는 다양한 대립적 요소와 현상, 마찬가지로 인간 내면에서 일어나는 온갖 욕망과 나태가 일으키는 요소들 사이의 갈등과 그 싸움 전반을 포괄하는 것으로 볼 수 있다. 가장 중요한 사실은 공간과 시간이 분리된 다양한 무대를 통해 전개된 메르헨이 이러한 포괄적 힘에 의해 운용되면서 하나의 메시지를 만들어내고 있다는 점이며, 그것은 "시와의 쉼 없는 싸움rastloser Streit mit der Poesie"을 통해서 수행되고 있다는 사실이다. 요하네스 마르Johannes Mahr는 이것이 "파벨의 쉼 없는 활동die rastlose Tätigkeit Fabel"에 의해서 가능하게 되었다고 해석한다.[36)]

4. 황금시대가 보인다

이러한 해석은 자연스럽게 파벨을 "움직이는 원리Fabel als bewegendes Prinzip"로 보게 한다.[37)] 파벨이라는 인물이 메르헨에서 일어나고 있는 모든 사건의 움직이는 원리라는 것이다. 아르크투르와 소피 옆에 있는 유일한 인물인 그녀는 어떤 변화도 겪지 않고 어린아이로 남아 있으면서 결국에는 활동력을 발휘한다. 그녀는 처음부터 자신이 어느 곳들을 지나갈지 알고 있었으며 처음에 지하계에 들어갔다가 결국엔 새로운 세대를 만나게 될 것을 알고 있었다.

"'소피와 사랑', 파벨은 의기양양하게 외치고 문으로 들어갔지요."[38)]

---

36) Mahr, *Übergang zum Endlichen*, p. 217 참조.

37) 같은 책, p. 224.

38) *NS* 1, p. 301.

파벨만이 다양한 여러 무대를 출입할 수 있었다는 것이다. 지하계, 집과 하늘 등 어디나 마음대로 왕래할 수 있었고 어떤 인물들과도 접촉할 수 있었다. 아르크투르 궁성을 처음 찾아갔을 때에도 파벨은 단호한 모습을 보여준다.

'그 굳건한 왕좌를 바로잡으세요! 당신의 상처 난 마음에 기쁜 사자使者를 맞으세요! 빨리 현명함을 되찾으세요! 평화를 영원히 일깨우세요! 쉼 없는 사랑의 안식을 취하세요! 마음의 정화를 얻으시길! 고대에 생명을 불어넣고 미래의 형상을 만드시기를!'[39]

어린 파벨의 말과 생각이라기에는 믿기지 않는 이러한 선포는 현실 아닌 상징의 세계를 보여주면서, 움직임을 가능케 하는 원리가 바로 문학, 그것도 환상적인 메르헨임을 확실히 증거한다. 파벨, 즉 우화는 모든 형상을 그 스스로 자유케 하면서 그 형상들의 본질을 드러내준다. 메르헨 안에서 일어나는 것에 대한 물음은 곧 우화에 대한 물음이기도 하다. 우화에 대한 물음과 관련해서는 이미 소설 제4장에서 불우한 10대 소녀 출리마의 다음과 같은 진술을 통해서도 나타난다.

"자연은 거기서 훨씬 인간적이며 이해되기 쉬웠던 것 같아요. 빤히 들여다보이는 현재 속에 있는 어두운 기억은 이 세상의 모습을 아주 날카로운 구도로 드러내지요. 그럼으로써 우리는 두 개의 세계, 즉 그 때문에

39) *NS* 1, p. 304.

무거운 것과 폭력적인 것을 잃어버리고 우리 감각의 마법적인 시와 우화가 되는 두 세계를 즐기는 것이죠."[40]

자연은 그 현재의 모습 가운데 지나간 과거에 대한 기억이 존재함으로써 이해 가능하며, 눈앞에 놓여 있는 상황의 가능성, 그리고 이전에 이미 펼쳐졌던 상황에 대한 지식으로 인해서 알기 쉬운 것이다. 눈에 보이는 것은 이중의 세계인데, 여기서 그것은 마법의 문학과 감각적인 우화다. 우화는 이때 "자연과 정신, 주어져 있는 것과 기억되는 것이 새로운, 살아 있는, 생동하는 통일체로 연결되는 그 어떤 것"이다.[41]

파벨은 메르헨에서 '아버지'와 기니스탄 사이의 소생이면서 동시에 달의 딸이라는 신분으로 나온다. 지상과 달나라라는 서로 다른 두 천체계는, 그러나 그녀 안에서 하나로 통합되고 그녀는 그런 의미에서 통합을 표현한다. 이때 아버지는 관능을, 기니스탄은 판타지를 각각 대변하는 것으로 해석되기도 한다.[42] 이와 같은 비유는 파벨에게 생동하는 상, 새로운 독자적 현실의 의미를 부여한다. 파벨은 에로스에게 빠져 있는 기니스탄을 자유롭게 풀어주면서 아버지 또한 슈라이버의 포로 상태로부터 벗어나게 한다. 그것은 동시에 에로스의 착종에서부터 판타지를 끌

40) *NS* 1, p. 237.

41) Mahr, *Übergang zum Endlichen*, p. 226.

42) 실제로 노발리스는 이 작품의 보유편이라고 할 수 있는 「베를린 메모Die Berliner Papiere」에서 "하인리히의 어머니는 판타지다. 아버지는 관능이다Heinrichs Mutter ist Fantasie. Der Vater ist der Sinn"(*NS* 1, p. 342)라고 했다. 그러나 판타지는 기니스탄과 결부되어 있으며 에로스의 아버지에게도 해당한다. "이성Vernunft-판타지Phantasie, 이해력Verstand, 기억Gedächtniß, 심장Herz"(*NS* 1, p. 338)이라는 도식의 메모를 남겨놓은 것으로 보아 그 관계에 대한 노발리스의 생각이 짐작된다. '이해력'은 1800년 7월 18일 슐레겔에게 보낸 편지에도 나와 있다. "화석화된, 그리고 화석화되고 있는 이해력……" 판타지와 밀접한 관계에 있는 이성은 바로 아버지다. Mahr, *Übergang zum Endlichen*, p. 226.

어내고 이성이라는 미혹에서 관능을 풀어주는 일이었다. 파벨의 도움으로 관능과 판타지를 위협하는 위험을 극복하였을 때 비로소 이 둘은 새로운 지상에 군림하는 왕의 대리인으로서 통합될 수 있었던 것이다.

파벨만이 이른바 황금시대의 시작을 불러올 수 있는 것은 이러한 문맥에서 설득력이 있다. 클링조르 메르헨이 보여주는 것은 파벨이 모든 천상적·지상적 힘을 풀어서 그 통합 가운데 새로운 황금시대를 오도록 한다는 것이다. 이러한 사실은 아틀라스가 깨어난 다음에 이미 공표되었다. 예컨대 파벨은 이렇게 묻는다. "우리 옛날 여자 친구들은 어디에 있지요, 헤스페리덴?"[43] 이에 대해 아틀라스는 이렇게 답한다. "소피 옆에 있지. 곧 그녀의 정원엔 꽃이 피고 황금열매가 열릴 거야."[44]

'황금시대'라는 표현은 메르헨 끝부분에 이르러 엄청난 규모로 실재화되는데 파벨에게 페르세우스가 건네는 말 가운데에서도 그것은 드러난다. "너 자신으로부터 찢어지지 않는 황금실을 네가 짜낼 것이야."[45] 파벨은 파르첸 왕국의 역할을 물려받는다. 부정적인 색깔로 가득한 지하계에 앉아서 파벨은 왕좌 위에 있는 피닉스의 날개에 앉는다. 파르첸에게 생명의 실이 헝클어진 덩이로 쌓여 있을 때에도 파벨은 그 스스로 황금실을 짜면서 그것을 찢지 않았다. "파벨은 천상의 노래를 부르면서 실을 짜기 시작했습니다. 가슴에서 실을 뽑아내는 것 같았어요."[46]

요컨대 클링조르 메르헨은 영원히 지속될 황금시대의 시작을 알리고 있는데, 그것은 밤에서 낮으로의 이행, 얼음에서 봄으로의 이행을 통해

---

43) *NS* 1, p. 310.
44) *NS* 1, p. 310.
45) *NS* 1, p. 314.
46) *NS* 1, p. 314.

낯을 드러낸다. 아울러 이러한 이행작업은 파벨을 통해서 이루어지는데, 파벨의 현실적/상징적 성격이 '문학'이라는 점이 작품 전체의 관건이 된다. 문학이 과연 황금시대를 여는 힘을 갖고 있으며, 그것은 독자적인 영향력을 갖고 있는가. 또한 파벨은 제9장 메르헨 이외, 말하자면 제1장에서 제8장에 이르는 소설 전체의 구조 안에서 어떤 위상으로 기능하고 있는가 하는 등등의 문제가 상세한 해설을 기다리고 있다. 파벨은 이와 같은 문제제기의 출발점에 서 있으며 논의의 중심을 이끈다. 황금시대의 시작에 해당함 직한 메르헨 끝부분에 나오는 신화적 주인공들의 활발한 움직임에 대해서도 보다 자세한 분석이 요구된다.

ROMANTIK
CHRISTENTUM
MÄRCHEN

NOVALIS

제7장

메르헨, 시와 얽혀서 꽃피다

1. 메르헨 속의 시

노발리스의 장편소설『하인리히 폰 오프터딩겐』, 즉『파란꽃』은 메르헨을 개화시킴으로써 메르헨 자체의 본질을 숙성시킴은 물론, 낭만주의의 핵심적 장르로서 메르헨의 중요성을 부각시켰다. 이때 그 메르헨의 숙성 과정, 더 나아가 메르헨을 품고 있는 소설 전체의 전개 과정에 필수적으로 간여하고 작용한 요소로서 시Gedicht의 영향을 간과할 수 없다. 시는 처음부터 끝까지 긴밀하게 개입하여 소설 전체, 특히 메르헨의 형성에 크게 기여한다.

낯선 미남은 오래 머뭇거리지 못하리
열기는 가까이 있고 영원은 시작되었네.
바다와 땅이 사랑의 불꽃 속에서 사라지니

여왕은 오랜 꿈에서 깨어나네.
파벨이 비로소 옛 권리를 가질 때
차가운 밤은 이 영지를 정리하리.
프라야의 품속에서 세계는 불이 붙고
모든 동경은 자신들의 동경을 찾으리.[1)]

소설 제9장부터 시작되는 메르헨은 그 도입부에서 이처럼 시를 먼저 내놓는다. 시는 메르헨 자체가 그렇듯이 매우 상징적이다. 메르헨의 성격을 암시하면서 그 자체로 독립적이다. 왕의 등장에 즈음하여 새가 부르는 노래 형식으로 되어 있는 이 시는 노래를 부르는 가수가 사람이 아니라는 점에서 메르헨 일반의 성격을 예시한다고 할 수 있다. 메르헨은 진행과 더불어 계속해서 예시적 성격의 시를 앞서거니 뒤서거니 깔아놓는데, 다음에 나오는 시는 사랑의 판타지를 보여주면서 메르헨의 본질을 누설하기 시작한다.

사랑은 어두운 길 위를 걷는 것,
달빛만이 비추이네.
그림자의 나라가 열리며
이상한 몸차림을 하였네.

금빛 무리를 거느린
푸른 연기가 떠돌며

1) *NS* 1, p. 292. 원문은 이 책 p. 150 참조.

강물과 대지 너머로
사랑은 서둘러 환상을 끌고 가네.

한껏 부푼 가슴은
기막힌 기분이 되며
장래의 즐거움을 미리 생각하니
벅찬 정열이 솟아나네.

그리운 마음은 한탄을 하지만,
사랑이 가까이 오는 것은 모르네.
사랑의 얼굴 속으로
희망 없는 원망은 깊이 묻힌다.[2)]

오래된 달은 동경의 나라를 상징하고 기니스탄과 에로스라는 두 등장인물은 각각 환상과 사랑을 상징한다. 여기서 이 시는 동경이라는 나라에서 사랑의 환상과 동행하고 있음을 상징적으로, 그러나 매우 분명하게 표명한다. 그것은 주제의 선언이라고 말해도 무방할 정도다. 달의 "어두운 길"이란 동경이며 그것은 다시 "그림자의 나라"로 이어진다. 그 사랑은 또한 금빛 무리를 거느린 푸른 연기에 둘러싸인다. 거기서 사랑은 환상을 급히 끌고 간다, 강과 대지를 넘어서. 자, 다시 뜯어보자. 여기서 사랑이란 무엇인가. 그것은 어두운 그림자 나라에서 떠도는 푸른 연기라는 환상이다. 그리고 이제 이 메르헨은 환상을 그린다는 것을 보

2) *NS* 1, p. 297. 원문은 이 책 pp. 152~53 참조.

여주고 있는 것이다. 시는 계속된다.

작은 뱀 막대기는 충실히 남아서
북쪽을 가리키니
두 사람은 시름에서 벗어나
그 아름다운 안내자를 따르네.

사랑은 황야를 지나고
구름의 나라를 지나
달의 뜨락에 들어서서
그 딸을 손안에 넣네.

그는 은빛 왕좌에 앉았으나
그저 비통할 뿐
그때 자기 자식의 소리가 들리자
그녀 팔에 쓰러져버리네.[3)]

제5연부터 마지막 제7연까지의 내용은 의미심장하다. 여기에는 뱀 모양을 한 막대기가 등장하는데 그것은 의심할 여지 없이 구약 민수기에 나오는 예수 그리스도의 예표로서의 놋뱀을 일컫는다. 여기서도 사랑은 달의 뜨락에 들어서며, 왕은 거기서 딸을 만난다. 파벨이다. 그녀는 시를, 보다 넓은 의미에서 메르헨과 문학 전체를 의미한다고 할 수

3) *NS* 1, pp. 297~98. 원문은 이 책 p. 153 참조.

있다.

메르헨 안에는 이 두 시 이외에 네 연으로 된 세번째 시와 단 하나의 연으로 된 마지막 네번째 시가 들어 있다. 그중 세번째 시를 다시 읽어 보자.

작은 네 방에서
옛날의 네 아이들을 깨워라.
쉴 곳을 주어야지.
아침이 멀지 않았다네.

난 너희 실들을
하나의 실틀로 돌리지.
반목의 시대는 가고
하나의 삶이 존재해야지.

한 사람 한 사람은 모든 사람들 속에서 살고
모든 사람들은 또한 한 사람씩 사는 것이지.
한 사람의 살아 있는 입김으로
한 마음이 너희들 가운데 일렁이는 것일세.

아직 너희들은 영혼일 뿐,
꿈과 마법일 뿐이라니까.
두려운 마음으로 동굴 속으로 들어가서
성 삼위일체께 경배하라.[4)]

이 시는 푀닉스의 별 모습을 바라보면서 파벨이 부른 노래다. 파벨은 이때 옛날의 아이들, 즉 죽음으로 변화된다. 첫 세 연은 마치 부활의 노래 같은 울림을 지니며, 제4연은 영혼에서 유령이 나오는 것 같은데 그 행동은 발푸르기스의 밤Walpurgisnacht[5]을 방불케 한다. 마지막 네번째 시는 메르헨의 종결 부분이자 제1부의 끝 장면이다.

> 영원의 나라는 세워졌어요.
> 사랑과 평화 속에 싸움은 끝나고
> 아픔의 긴 꿈은 지나갔지요.
> 소피는 마음의 영원한 사제랍니다.[6]

이 시에서 사랑과 평화, 에로스와 프라야는 맺어지고 소피는 가장 높은 단계의 지혜로 모든 것들을 지배하는 최고의 가치이자 힘으로 우뚝 선다.

2. 로맨스—아틀란티스

전 9장으로 구성된 『하인리히 폰 오프터딩겐』 제1부는 메르헨 내용의 제9장을 제외한 제1장에서 제8장에도 많은 시들을 담고 있다. 그 가

---

4) *NS* 1, pp. 302~303. 원문은 이 책 p. 141 참조.
5) 독일 민간전설에서 마녀들이 광란의 축제를 벌인다는 5월 1일 전야. 『파우스트』에 나온다.
6) *NS* 1, p. 315. 원문은 이 책 p. 146 참조.

운데에서도 이른바 '연애영웅담Romanzendichtung'이라고 할 수 있는 제4장에 나오는 시들은 뒤의 메르헨 내용을 미리 예표하고 있다는 점에서 주목을 끈다. 그중 전 7연으로 된 장시 한 편을 살펴보자.

지친 내 가슴은 낯선 하늘 아래에서
아직도 부서지지 않나요?
가냘픈 희망은 내게
늘 그대로 어른거리나요?
돌아가리라고 말할 순 있나요?
강물처럼 눈물이 흐릅니다.
마침내 내 가슴엔 걱정이 가득합니다.

당신에게 은매화 꽃과
검은 머리카락의 삼나무를 보여줄 수 있다면!
형제자매들이 둥글게 춤추는 곳에
당신을 부를 수 있다면!
그대 수놓은 옷을 입고
멋진 장신구로 단장하고
그 모습 그대로의 당신 애인을 볼 수 있다면!

Bricht das matte Herz noch immer
Unter fremdem Himmel nicht?
Kommt der Hoffnung bleicher Schimmer
Immer mir noch zu Gesicht?

Kann ich wohl noch Rückkehr wähnen?
Stromweis stürzen meine Thränen,
Bis mein Herz in Kummer bricht.

Könnt ich dir die Myrthen zeigen
Und der Zeder dunkles Haar!
Führen dich zum frohen Reigen
Der geschwisterlichen Schaar!
Sähst du im gestickten Kleide,
Stolz im köstlichen Geschmeide
Deine Freundinn, wie sie war.

〔제3, 4연 생략〕

젊은 날의 꿈은 멀어졌군요!
조국은 저 아래 놓여 있네요!
나무들은 벌써 쓰러졌고
고성은 불타버렸습니다.
바다의 물결처럼 무섭게
거친 군대가 들이닥쳤고
낙원은 사라져버렸습니다.

무서운 불길이
푸른 상공으로 치솟았고

거친 병사의 무리들이 말들을 타고
거만하게 문안으로 밀려왔답니다.
칼들이 번적거렸고, 우리 형제들
우리 아버지들은 돌아오지 않았어요.
우리는 무자비하게 이끌려 나왔지요.

내 눈은 희미해졌습니다.
멀리 가버린 내 모국,
아, 내 눈은 사랑과 그리움에 가득 차서
당신을 향하고 있어요!
이 아이가 없다면
벌써 난 내 손으로 과감하게
삶의 끈을 끊어버렸을 겁니다.[7)]

Fern sind jene Jugendträume!
Abwärts liegt das Vaterland!
Längst gefällt sind jene Bäume,
Und das alte Schloß verbrannt.
Fürchterlicherlich, wie Meereswogen
Kam ein rauhes Heer gezogen,
Und das Paradies verschwand.

---

7) *NS* 1, pp. 234~35.

Fürchtliche Gluten flossen
In die blaue Luft empor,
Und es drang auf stolzen Rossen
Eine wilde Schaar ins Thor.
Säbel klirrten, unsre Brüder,
Unser Vater kam nicht wieder,
Und man riß uns wild hervor.

Meine Augen wurden trübe;
Fernes, mütterliches Land,
Ach! sie bleiben dir volle Liebe
Und voll Sehnsucht zugewandt!
Wäre nicht dies Kind vorhanden,
Längst hätte ich des Lebens Banden
Aufgelöst mit kühner Hand.

젊은 여인이 라우테를 튕기며 부르는 노래 소리에는 깊은 사연이 담겨 있었는데, 그것은 전쟁과 그 피해에 관한 것이었다. 아마도 전사했거나 행방불명된 애인, 무엇보다 잃어버린 조국에 대한 슬픔이 깊이 배어 있는 노래에 주인공 하인리히의 마음은 크게 움직였다. 젊은 그는 이 세상이 매우 복잡하게 얽혀 있는 것을 알았다. 그러나 노래로 호소된, 동방에서 온 여인의 더듬거리는 독일어가 가져다준 감정은 그리움에 대한 공감이었고 그것은 시적인 것이었다. 하인리히는 여인을 붙잡는 대신 그녀의 악기 라우테를 잡았는데, 그녀는 그것을 그에게 기념으로 선물

했다. 그녀에게 희망을 주었다는 것이다. 그러나 그녀에게 노래가 꼭 필요하듯 라우테 역시 반드시 있어야 할 것이기에 그는 그녀 머리에 있는 금띠를 달라고 했으며, 그녀에게는 그의 어머니가 갖고 있던 베일을 주었다. 그리고 둘은 헤어졌다. 기약 없는 이별이었지만 이 장면은 전형적인 남녀의 사랑을 예시하는 로맨스 풍경이다. 소설은 제5장에 이르러서 은둔자와의 만남을 보여준다. 여기서도 여러 편의 시가 나타난다. 먼저 「은둔자의 노래」를 듣는다.

깊은 밤 계곡에서
기꺼이 난 웃으며 지낸다.
쟁반 가득한 사랑이
매일 내게 올라오니까.

당신의 거룩한 눈물방울들이
내 영혼을 끌어올려주네.
하늘의 문 앞에서
난 이러한 삶에 취해 있다네.

잠든 모습이 행복해 보이는데
내 마음 조금도 아프지 않도다.
오! 여인들 가운데 여왕이
내게 성실한 마음을 주네.

불안의 눈물 흘린 세월이

이 좋지 못한 소리를 씻어주며
그에게 영원을 허락해준
그 모습이 그 소리에 파묻혀 있다오.

무수히 긴 그 낮의 날들이
내겐 한순간으로만 생각되는군.
순간 난 여기로 실려 와서
고맙게도 뒤돌아보고 있네.[8)]

Gern verweil' ich noch im Thale
Lächelnd in der tiefen Nacht,
Denn der Liebe volle Schaale
Wird mir täglich dargebracht.

Ihre heiligen Tropfen heben
Meine Seele hoch empor,
Und ich steh in diesem Leben
Trunken an des Himmels Thor.

Eingewiegt in seelges Schauen
Ängstigt mein Gemüth kein Schmerz.
O! die Königinn der Frauen

---

8) *NS* 1, pp. 254~55.

Giebt mir ihr getreues Herz.

Bangverweinte Jahre haben
Diesen schlechten Thon verklärt,
Und ein Bild ihm eingegraben,
Das ihm Ewigkeit gewährt.

Jene lange Zahl von Tagen
Dünkt mir nur ein Augenblick;
Werd ich einst von hier getragen
Schau ich dankbar noch zurück.

모두 5연으로 된 이 시는 찬송가와도 같은 영적인 분위기를 자아낸다는 평도 있는데,[9] 서사의 진행과는 직접적 관계가 약한 서정적 분위기를 띠고 있는 것이 사실이다. 특히 젊은 여인을 바라보면서 느끼는 행복감은 노발리스가 이러한 표상과 환상에 얼마나 탐닉하고 있었는지 잘 드러내준다.[10] 이 시는 하인리히 일행이 젊은 여인과 헤어져 며칠 동안 여행을 더 계속한 다음 높은 산 깊은 계곡에 이르러 광산에 대한 이야기를 광부들과 더불어 나눈 이후에 등장한 것이다. 일행은 거기서 한 노인을 만났는데 그때 들려온 노랫소리였다. 당시의 정황은 소설에서 다음과 같이 묘사된다.

9) Heinz Ritter, *Der unbekannte Novalis*, Göttingen, 1967, p. 230 참조.
10) 같은 곳 이하 참조.

> 모두들 놀랐으나 안심이 되었으며 노래하는 사람을 찾아내려고 하였다. 얼마쯤 찾다가 보니 그들은 오른쪽 옆벽 모서리에서 사람 발자국이 있는 듯한, 아래로 꺼진 길을 만나게 되었다. 곧 가느다란 빛이 새어 나오는 것을 볼 수 있었는데, 그것은 점점 뚜렷이 가깝게 다가왔다. 먼젓번 동굴보다 훨씬 큰 새 천장이 나타나더니 그 뒤로 램프 옆에 앉아 있는 한 사람의 모습이 보였다. 그 모습은 평평한 돌 위에 커다란 책 한 권을 놓고 앉아서 그것을 읽고 있는 듯이 보였다.
>
> 그는 그들에게 몸을 돌리더니 그들을 향해 마주 걸어왔다. 나이를 어림할 수 없는 사내였다. 〔……〕 그의 눈에는 맑은 산에서 무한한 봄날을 들여다보는 듯한, 말할 수 없는 명징함이 깃들어 있었다. 〔……〕 마치 아는 사람이기라도 한 양, 그는 그들에게 인사하였다.[11]

말하자면 이 「은둔자의 노래」는 자연의 소리이다. 그러나 그 자연은 시에서 나타나듯이 특이한 자연이다. 자연 속에 묻혀 있는, 자연과 하나가 되어 있는 상태가 아니라, "명상을 방해받지 않는 조용한 곳을 찾았을 뿐"[12]이다. 여기서 중요한 것은 은둔자가 "뜨거운 정열에 탐닉하던 젊은 시절 은둔자가 되었다"[13]는 사실이다. 그러니까 세속에서의 절망이나 회피의 수단, 혹은 결과로서의 체념이 아닌, 정열의 주체적 결단이었다는 것이다. 은둔자의 이러한 자연관-인생관은 동시에 이 소설 전체와 제9장 메르헨의 본질과 연관된다. 특히 앞의 시가 말해주는 의

---

11) *NS* 1, p. 255.
12) *NS* 1, p. 256.
13) *NS* 1, p. 256.

미가 이러한 본질의 표명에 있어서 각별한 의미를 지닌다. 그 요점은 두 가지다. 첫째, 깊은 계곡과 같은 자연 속에서 오히려 사랑을 느낀다는 점이다. 둘째, 그 사랑은 신의 사랑이자 동시에 에로스적인 인간애라는 노발리스 특유의 사랑관이 여기서 다시 확인된다. "여인들 가운데 여왕이 내게 성실한 마음을" 줌으로써 그는 조금도 외롭지 않고 행복하다. 그 사랑은 우선 관능적인 사랑이며, 노발리스가 소피에게서 느꼈던 사랑이다. 그러나 소피의 무덤에서 며칠씩 밤을 지새우며 환상의 세계를 경험하고 거기서 마침내 신성을 발견했듯이 「은둔자의 노래」 역시 "거룩한 눈물방울들이 / 내 영혼을 끌어올려"주며 "무수히 긴 그 낮의 날들이 / 내겐 한순간"으로 생각된다는 중요한 메시지를 담는다. 계몽주의적 세속의 세계가 지양되고 낭만주의적 초월의 세계가 감지된다. 이러한 사고의 발전을 통한 신성의 발견이 이 시 도처에서 번득인다. 메르헨에 이르기까지 소설은 시의 개입을 통한 이러한 작가의 견해를 곳곳에서 드러낸다. 은둔자와 만나기 전 광산에서 노인이 불러준 광부의 노래는 이러한 과정에 들어가는 생각의 편린을 보여준다. 각 연이 4행으로 된 전 11연의 장시 가운데 일부를 살펴보자.

그는 땅의 주인,
땅의 깊이를 헤아리며
땅의 품속에서
모든 번뇌를 잊어버린다.

〔……〕

그는 땅과 맺어져 있고
마음속으로 친숙하며
땅이 마치 그의 신부라도 되듯
땅의 정열을 불태운다.

그는 매일같이
새로운 사랑으로 땅을 바라보고
근면과 고난을 두려워하지 않고
땅은 그에게 휴식을 주지 않는다.

[……]

태곳적 성스러운 바람이
그의 얼굴을 스치고
바위 틈바귀 캄캄한 밤 속에서
영원한 한 줄기 빛이 그를 비춘다.[14)]

Der ist der Herr der Erde,
Wer ihre Tiefen mißt,
Und jeglicher Beschwerde
In ihrem Schooß vergißt.

---

14) *NS* 1, p. 247.

〔……〕

Er ist mit ihr verbündet,
Und inniglich vertraut,
Und wird von ihr entzündet,
Als wäre sie seine Braut.

Er sieht ihr alle Tage
Mit neuer Liebe zu
Und scheut nicht Fleiß und Plage,
Sie läßt ihm keine Ruh.

〔……〕

Der Vorwelt heilige Lüfte
Umwehn sein Angesicht,
Und in die Nacht der Klüfte
Strahlt ihm ein ewges Licht.

광부의 노래에는 기본적으로 세 가지 메시지가 담겨 있는데, 그중 가장 근본이 되는 요소는 신성에 대한 경외이다. 이 점은 노발리스 문학의 요체이기도 한데, 여기서 기기묘묘한 자연의 성질이 잘 드러나며 신성 또한 의심할 여지 없이 포착된다는 점이 분명하게 제시된다. 시 제1연과 제6연에서 예컨대 무엇보다 땅의 주인으로 표시된 "그Der"는 누구인가.

시 전체의 맥락은 물론, 그를 둘러싼 소설의 묘사와 진행에서 그는 신, 곧 '하나님'을 가리킨다. 가령 광산의 풍경 및 광부와의 대화에 나오는 몇몇 장면을 살펴보자.

"광산은 틀림없이 신의 축복을 받았습니다그려! 그도 그럴 것이 그 관계자들을 더욱 행복하게 해줄 어떤 다른 예술도 없었고, 하나님의 지혜와 섭리에 대한 믿음을 더 일깨워줄 아무런 예술도 없었으니까요."[15]

"하지만 어떤 값진 산물이 그에게 이 끔찍이 깊은 땅속에서도 꽃을 피우게 할까요. 그것은 매일같이 알 수 없는 신호로 그 염려의 손길을 뻗치고 있는 하나님 아버지에 대한 신실한 믿음이지요."[16]

"정말이지 인간에게 광산의 고귀한 예술을 가르쳐주고 바위의 품속에 이렇듯 진지한 인간 생활의 상징을 숨겨놓은 것은 신의 은총을 받은 인간이었음이 틀림없다오."[17]

다음으로는, 땅을 보석으로 생각하면서 그 전체를 예술작품으로 바라보는 예술관을 지적할 수 있다. "바위 조각들에게서 / 은밀한 세계를 알아"내며 "왕의 궁전으로 / 금의 강을 끌어와"서 "호화로운 보석으로 / 왕관이 단장된다"는 시행들에서 자연으로서의 광산을 창조한 신의 위대성이 구체적으로 나타난다. 그 현장은 완벽한 예술작품의 면모를 갖

15) *NS* 1, p. 244.
16) *NS* 1, pp. 245~46.
17) *NS* 1, p. 246.

추고 있다는 것이다. 결국 예술작품과도 같은 아름다운 질서를 광산은 갖추고 있으므로 광산=신=예술의 외경스러운 등식이 이 작품에서 가능해진다.

끝으로 주목되어야 할 부분은, 역시 인간적인 관능의 사랑을 호명하면서 이를 영적인 신성과 결부하려는 노발리스 특유의 기질 혹은 노력이다.[18] 이 시에서도 그것은 은밀하면서도 집요하게 추구된다. 시 제3, 4연을 다시 음미해보자.

> 그는 땅과 맺어져 있고
> 마음속으로 친숙하며
> 땅이 마치 그의 신부라도 되듯
> 땅의 정열을 불태운다.
>
> 그는 매일같이
> 새로운 사랑으로 땅을 바라보고
> 근면과 고난을 두려워하지 않고
> 땅은 그에게 휴식을 주지 않는다.

땅과 일체감을 강조하려는 시인의 열망은 이처럼 반드시 에로스적인 구체성을 통해서 표현된다. 이 표현은 단순한 표현이 아니라 영육의 사

18) 노발리스의 이러한 기질은 의도적인 노력으로 이어지면서 지금까지 노발리스 세계의 특수한 성격을 형성해왔다. 이성으로서의 신부를 예수와 동일시하고자 했던 『밤의 찬가』, 특히 마지막 부분은 가장 전형적인 예시가 될 것이다. 이 책 제3장 「밤과 십자가, 그리고 에로스」 참조.

랑을 하나로 보고자 하는 노발리스 철학의 발로이며[19] 결국 메르헨이라는 장르를 수행하지 않을 수 없는 이론적 거점이 된다. 에로스적 관능의 사랑과 예술론이 어우러진 상황을 보여주는 또 다른 시, 광부의 노래가 있는데 그 배경에는 다음과 같은 생각이 깔려 있다.

> "노래와 현악기 연주는 광부의 생활 속에 있습니다. 뿐더러 어떤 계층의 사람도 우리보다 더 즐겁게 이 같은 흥을 즐기고 있지 못할 것이오. 음악과 춤은 원래 광부의 즐거움이랍니다."[20]

노발리스는 원래 광산에 관심이 많았다. 북독 오버비더슈테트 출신의 그가 산이 많은 남독 프라이베르크를 즐겨 찾은 까닭도 지질·광산학에 대한 연구열 때문인 것으로 기록된다.[21] 아무튼 광부와의 대화를 거쳐 은둔자와 만나는 과정을 통해서 주인공 하인리히는 고립된 산골이나 편벽한 지하의 세계가 주는 어두운 연상이 아닌 유쾌한 관능과 사랑을 매개로 한 신성을 경험하는 각별한 시간을 갖는다. 이러한 시간은 특히 가볍고 낭만적인 시의 개입에 의해 조장되고 촉진됨으로써 메르헨으로 가는 길에 논리적 설득력을 배가시켜준다. 그러나 시의 기능과 역할에 대해서는 이보다 훨씬 앞서서 그 운명을 조용히 규정짓는 장면이 나온다. 제3장에 장시로 주어진 이방의 젊은이가 부르는 노래다.

---

19) 이에 대해서는 이 책 제5장 「메르헨, 합일을 향한 동경」 참조.

20) *NS* 1, p. 246.

21) "Aufzeichnungen zum Berg- und Hüttenwesen", *NS* 3, pp. 713 이하; "Freiberger naturwissenschaftliche Studien", *NS* 3, pp. 815 이하 참조.

가수는 거친 길을 걸었네.
가시에 옷이 찢기었지요.
강물과 늪을 건너야 했으나
아무도 그에게 도움의 손길을 내밀지 않았지요.
외로이, 길도 없는 그의 피곤한 가슴에
지금은 한탄이 흐르고 있네.
라우테도 거의 들을 수 없고
깊은 고통만이 그를 짓누르네.

'나는 슬픈 운명을 타고났어요.
여기 버려진 채 방황하고 있네.
즐거움과 평화를 불러오지만
아무것도 나와 함께할 수 없군.'[22]

Der Sänger geht auf rauhen Pfaden,
Zerreißt in Dornen sein Gewand;
Er muß durch Fluß und Sümpfe baden,
Und keins reicht hülfreich ihm die Hand.
Einsam und pfadlos fließt in Klagen
Jetzt über sein ermattet Herz;
Er kann die Laute kaum noch tragen,
Ihn übermannt ein tiefer Schmerz.

22) *NS* 1, pp. 225~26.

'Ein traurig Loos ward mir beschieden,
Ich irre ganz verlassen hier,
Ich brachte Allen Lust und Frieden,
Doch keiner theilte sie mit mir.'

가수로 번역된 낱말은 곧 시인이며, 노래 또한 바로 시다. 하인리히는 꿈에 본 파란꽃을 찾아서 집을 떠나 여행길에 나서는데, 어머니와 함께하는 이 길에서 처음으로 만난 사람들은 상인들이다. 그러나 상인들과의 대화 속에서 하인리히는 뜻밖에도 장사에 대한 관심이 아닌 가수, 즉 시인에 대한 비상한 관심을 보이고 앞의 인용시와 같은 슬픈 내용을 듣게 된다. 이에 앞서서 하인리히는 상인들로부터 귀중한 로맨스 이야기를 듣는다. 혼기에 찬 어느 공주의 사랑 이야기다. 어느 날 공주가 숲속으로 말을 타고 간다. 거기서 그녀는 한 노인, 그리고 그의 아들과 만난다. 기품 있고 매력적인 그녀를 본 젊은 아들은 넋이 나갈 정도로 그녀에게 빠져버렸다. 둘 사이의 사랑은 공주가 목걸이에 달린 보석을 잃어버리는 사건을 계기로 급진전된다. 비바람 치는 어느 날 둘은 길을 잃고 동굴에서 함께 밤을 지새운다. 둘은 애인이 된 것이다. 그러나 궁중은 공주의 실종으로 발칵 뒤집혔고 왕의 수심은 깊어간다. 공주가 실종된 지 일 년 되는 날 궁중에 라우테를 든 이방의 청년이 나타나 노래를 부르는 일이 일어난다. 공주의 연인, 이제는 남편인 청년이었다. 청년의 등장은 다음과 같이 묘사된다.

"그 소리는 드물게 듣는 아름다운 것이며 목소리 또한 이방의 놀라운 인상을 담고 있었죠. 그는 이 세상의 기원·천체·식물·동물 그리고 사람의 발생, 자연의 전지전능한 영력, 태곳적 황금시대와 그때를 주재하던 사람과 시, 증오와 야만의 현상 그리고 그것들이 선량한 여신들과 싸우는 현상에 대해서, 그리고 마침내는 여신들의 앞날의 승리, 비탄의 종식, 자연이 다시 젊어지고 영원한 황금시대가 되돌아오는 것 등에 대해 모두 라우테로 다루었습니다."[23]

청년은 바로 노발리스가 생각하는 시인의 표상이며, 이 소설의 주인공 하인리히를 대변한다. 뿐만 아니라 제9장 메르헨의 파벨을 예시하기도 한다. 소설은 이처럼 제3장에서 로맨스 장면을 통해 메르헨의 구조를 미리 제시하는데 이를 독일어로 'Die Romanzen'이라고 부르기도 한다.[24] 이 로맨스 장면은 두 남녀와 그들이 낳은 어린아이, 그리고 청년의 아버지인 노인 등 네 사람이 궁중에 나타나고 마침내 왕이 그들을 포옹함으로써 해피-엔딩을 맞는다. 시인들은 소리 높여 노래를 불렀고 온 나라가 축제를 즐겼다고 하면서 끝부분에 "다만 전설에 의하면 대홍수로 인해서 아틀란티스는 눈이 멀었다고 합니다"[25]라는 대목이 나오는데, 이것은 뒤의 제9장 메르헨의 시작이 아틀란티스 왕으로부터 비롯된다는 점과 관련하여 각별히 주목되어야 할 것이다.

---

23) *NS* 1, p. 225.

24) Ritter, *Der unbekannte Novalis*, p. 227; Johannes Mahr, *Übergang zum Endlichen: Der Weg des Dichters in Novalis' Heinrich von Ofterdingen*, München, 1970, p. 101; Rolf-Peter Janz, *Autonomie und soziale Funktion der Kunst*, Stuttgart, 1973, p. 13 등 참조.

25) *NS* 1, p. 229.

3. 시와 시인론

아틀란티스 왕과 그의 딸인 공주의 로맨스를 앞세운 이야기가 메르헨으로 확대·심화되는 의미로 나아가기 전에 노발리스는 보다 직접적으로 시와 시인에 관한 그의 생각을 시와 소설을 통해서 개진한다. 그 첫번째 매니페스토는 소설 벽두에 주어진 헌사이며, 그다음으로는 상인들을 통한 시인론이다.

나는 그대 고귀한 예술에 나를 바칠 수 있노라.
그대, 사랑하는 이여, 뮤즈가 되어
내 시의 고요한 수호신이 될지니.

영원한 변화 속에서 이곳 지상의
노래의 은밀한 힘이 우리에게 인사하노라.
이곳에서는 젊음으로써 우리를 에워싸 흐르고,
그곳에서는 영원한 평화로써 그 나라를 축복하도다.[26)]

Ich darf für Dich der edlen Kunst mich weihn;
Denn Du, Geliebte, willst die Muse werden,
Und stiller Schutzgeist meiner Dichtung seyn.

26) *NS* 1, p. 193.

In ewigen Verwandlungen begrüßt
Uns des Gesangs geheime Macht hienieden,
Dort segnet sie das Land als ew'ger Frieden,
Indes sie hier als Jugend uns umfließt.

여기서 그대는 물론 뮤즈며, 시다. 헌사-헌시이므로 당연히 시 자체에 바치는 시다. 전 8연으로 된 이 시의 내용으로 부각될 수 있는 점은 두 가지다. 하나는 시가 '부드러운 여인의 원형'이라는 점이며, 다른 하나는 '젊음과 영원한 평화'라는 점이다. 이렇듯 여성적 관능성, 젊음, 평화는 노발리스 시-문학관의 핵심을 이루며 소설 『파란꽃』의 서두에 주어지는 선언이다. 그러나 작가는 이러한 생각의 관념적 선포를 지양하고 주인공 하인리히의 피카레스크적 여정과 이를 통한 교양소설적 성장에 동행함으로써 그의 문학관을 드러내고 확인한다. 무엇보다 클링조르 메르헨이라는 특유의 장르를 독자적인 세계로 구성함으로써 그의 시문학의 양식화를 성공시킨다. 상인들을 통한 시론의 직접적인 개진은 뒤의 제8장에서 클링조르가 하인리히와 나누게 되는 시론에 앞선 서론적 성격을 띤다.

"아주 말씀드리지요." 사람 좋아 보이는 상인들은 말하였다. "〔……〕 당신에겐 시인의 소질이 있지 않나 생각되는군요. 〔……〕 당신은 시인의 요소로서 신기한 것을 좋아하고 있소."

〔……〕 상인들은 말을 이어나갔다. "〔……〕 이에 반해 시 예술에 대해서는 무언가 외부에서 이렇다 할 만하게 드러낼 수가 없어요. 〔……〕 모든 것은 내적입니다. 예술가들이 외적 의미를 즐거운 감수성으로 충만시

키는 경우, 시인은 기분이라는 내적 성역을 놀랄 만한 멋진 생각으로 새롭게 충만시키는 겁니다. 그는 우리들 가슴속의 신비한 그 힘을 원하는 대로 일깨워가지고 언어를 통해 우리에게 미지의 멋진 세계를 인식시켜 주지요. (……) 우리는 낯선 언어를 들으면서 그것이 의미하는 바를 알게 됩니다. 하나의 마력이 시인의 언어를 지배하지요."[27]

상인들의 이러한 경험과 판단에 의하면 시인은 우선 신기한 것을 좋아하는 비범한 사람이다. 그는 또한 기분이라는 내적 성역을 놀랄 만할 멋진 생각으로 새롭게 충만시키는 사람으로서, 두 조건에 공통점이 있다면 사물을 새롭게 본다는 점이다. 그러므로 이를 언어로 표현할 때, 그 언어 역시 낯선 언어가 되며, 이 모든 것은 결국 지금까지의 세계와 다른 신비한 마법의 세계가 된다는 것이다. 시는 낭만주의의 산물이라는 인식이 태동하는 순간이다. 은둔자와 광부를 거치면서 서서히 확인되어간 이러한 시론/시인론은 제6장에 와서 여행이 끝나면서 마무리 단계로 접어든다. 그 단계는 제7장, 제8장을 지나면서 완결되는데 각 장의 핵심 부분을 요약 발췌하면 다음과 같다.

하인리히는 시인으로 태어났다. 여러 가지 우연한 일들이 그의 시인 형성을 위해 통일된 듯이 보였으며 아직껏 아무것도 그의 내적 흥분을 방해한 것은 없었다. (……) 벌써 시인은 가까이 왔으며 사랑스러운 소녀의 손을 잡고서 모국어의 라우테를 통해서, 감미롭고 부드러운 입의 감촉을 통해서 창백한 입술은 열리고 소박한 박자는 무한한 멜로디로 전개

---

27) *NS* 1, pp. 209~10.

되었다.[28]

푸른 산 위에 신이 태어났다네.
그는 우리에게 하늘을 갖다주었지.
태양은 그를 뽑아서
빛과 함께 그를 보내셨네.

〔……〕

그는 무수한 빛을 뿜으며
이 세상에 그의 내부를 보여주니,
사랑은 그 껍질로부터 흘러나와
그 옆에서 영원한 벗으로 머무른다.

그는 황금시대의 정신으로서
옛날부터 시인의 벗이었나니,
시인은 언제나 그 취한 노랫가락에서
그의 사랑스러움을 깨워주었나니.

그는 시인으로 충실했고
아름다운 모든 입에 대한 권리가 주어졌고
아무도 그것을 막을 수 없고

28) *NS* 1, p. 268.

신은 그를 통해 모든 이에게 그것을 알렸나니.[29)]

Auf grünen Bergen wird geboren,
Der Gott, der uns den Himmel bringt.
Die Sonne hat ihn sich erkohren,
Daß sie mit Flammen ihn durchdringt.

[……]

Er sprützt in ungezählten Strahlen
Sein inneres Leben in die Welt,
Die Liebe nippt aus seinen Schalen
Und bleibt ihm ewig zugesellt.

Er nahm als Geist der goldenen Zeiten
von jeher sich des Dichters an,
Der immer seine Lieblichkeiten
In trunknen Liedern aufgethan.

Er gab ihm, seine Treu zu ehren,
Ein Recht auf jeden hübschen Mund,
Und daß es keine darf ihm wehren,

29) *NS* 1, pp. 274~75.

Macht Gott durch ihn es allen kund.

제6장에서 발췌된 위의 두 대목 중 첫번째 것은 소설 지문이며, 두번째는 클링조르의 시다. 소설 지문은 하인리히의 시인으로서의 기질이나 성격에 대한 묘사 대신 그가 꿈을 꾸고, 파란꽃을 보고, 여행을 하면서 시와 시인에 대한 숱한 직간접의 경험을 하고 마침내 여행을 끝냈다는 사실과 함께 사실상 그가 시인으로서의 운명을 타고났음을 귀납적으로 선언하고 종결짓는다. 그러나 이러한 종결은 물론 클링조르와 마틸데를 만나서 새로이 출발하는, 편력으로서의 종결일 뿐이다. 클링조르가 환영의 뜻으로 부른 노래에서는 시란 신에 의해서 주어지는 천부의 성격임이 분명하게 설명되고, 그 내용은 사랑이라는 것이 다시금 강조된다. 이러한 성격은 주로 클링조르에 의해서 제7장, 제8장에서 구체화되는데, 그는 마치 신과 인간 사이의 영매자와도 같은 모습으로 시의 엄위하면서도 사랑스러운 성질을 갈파한다. 그중 몇 가지를 읽어보자.

"젊은 시인은 서늘하게 될 수 없으며 충분히 분수를 알기 힘들지. 폭넓고 신중하며 조용한 마음은 참다운 음악적 대화에서 얻어진다오. [……] 시인은 금방 깨어질 듯한 유리와 같이 민감하며, 구부러지지 않는 차돌처럼 단단한, 순수한 빛이라네."[30]

"[……] 시란 우선 엄격한 예술로서 다져지게 되어 있다네. [……] 단

30) *NS* 1, p. 281.

순한 즐거움으로서는 시가 되다가 마는 것일세. (……) 순수하게 열려 있는 감정, 깊은 생각과 유능한 관찰력, 그것을 서로 걸맞게 맺어주며 유지시켜주는 모든 능력, 그것들이 이 예술이 요구하는 것이라네."[31]

"죽을 때까지 서로 성실하거라! 사랑과 성실은 너희들의 인생을 영원한 시로 만들어줄 것이다."[32]

이처럼 시 속에서 시와 얽혀서 메르헨은 태어나게 된 것이다.

---

31) *NS* 1, p. 282.
32) *NS* 1, p. 284.

ROMANTIK
CHRISTENTUM
MÄRCHEN

NOVALIS

제8장

히아신스와 로젠블뤼트헨

—『자이스의 제자들』

1

소설 『자이스의 제자들*Die Lehrlinge zu Sais*』(1798)은 노발리스의 다른 두 작품들, 즉 소설 『하인리히 폰 오프터딩겐』(1799)과 장시 『밤의 찬가』(1800)와 더불어 그의 3대 작품에 속하는 소설이라고 할 수 있다. 가장 짧은 길이의 소설이지만, 세 작품들 가운데 가장 먼저 발표된 작품으로서 그 성립 시기나 형태로 보아서 초기 습작의 인상이 있으며 『하인리히 폰 오프터딩겐』으로 가는 예비작의 성격도 있다. 이 작품은 또한 그 자체로서는 미완으로 평가되기도 한다. 노발리스 스스로 불만을 나타낸 작품이기도 한데, 이론적으로도 일관성이 없다는 견해도 있다. 자연히 주목을 덜 받았으며, 오늘날까지도 이 작품만을 전적으로 단독 연구한 논문이나 책자는 없는 것 같다.[1] 이 미완성 원고에서 볼 수 있는 것은 결국 히아신스와 로젠블뤼트헨의 메르헨뿐이다. 이를 통해서 얻게 되는 것은 자연에 대한 공부, 그리고『하인리히 폰 오프터딩겐』에 대한 예비 감각과 지식이라고 할 수 있겠는데, 그것도 온전한 것은 못 된다. 노발리스가 전체 텍스트 가운데 이 메르헨을 기술적으로 추가하였다 하더라도 크게 성공적이지는 못했다는 이야기다. 그러나 이 소설의 구조는, 광범위하며 테마상의 분석도 다양한『하인리히 폰 오프터딩겐』보다 간명하게 조망될 수 있다. 그 구도가 매우 논리적이며 비교적 평이하기 때문이다. 복합적인 면이 있더라도 쉽게 해명된다.

이 소설은 두 부분으로 구성된다. 첫번째는「제자Der Lehrling」라는 비교적 짧은 부분이며, 두번째는「자연Die Natur」이라는 부분이다.[2] 메르헨은「자연」에 포함되어 있다.「제자」는 여덟 문단으로 나누어져 있는데 그것은 외면상 우연한 분절이 아니며 작품 내용과 적절하게 상응한다. 각 대목은 생각의 어떤 단위를 보여준다. 일종의 테마를 각각 나타내는 것이다. 첫 세 문단은 언어의 신비한 문자적 측면을 추상적인 방법으로 다루고 있으며, 그다음 중간의 두 문단은 제자의 환경에서 나온 세 형상(선생, 멋진 아이, 그리고 민첩한 동창생)에 대해서 말한다. 마지막 세 문단은 제자가 자기 스스로에 대해서 말하는 부분이다.

첫번째 문단의 테마는 "거대한 상징문자große Chiffernschrift"로서 그 모습들에는 기이한 자연형식과 "인간의 길Wege der Menschen"이 모두 함께 속한다. 그것은 노발리스가 프라이베르크에서 공부했던 자연탐구 시기에서 나온 테마일지도 모른다. 두번째 문단의 테마는 모든 진실된 언어는 언어 자체를 위해 발언된다는 생각으로서 그 발상이 꽤 현대적

---

1) Jurij Striedter, "Die Komposition der *Lehrlinge zu Sais*", *Novalis*, ed. Gerhard Schulz, Darmstadt, 1970, p. 259.

2)「제자」는 전집(*Novalis Schriften*) 제1권 79~82쪽,「자연」은 82~109쪽에 수록되어 있다.

이다. 이러한 생각은 그의 단상록에서 자주 반복된다. 동시에 세번째 문단에서도 다시 나타난다. 스스로 자족적인 언어는 우주의 조화를 반영하는 생각이라는 것이다. 그러나 형식 면에서 살펴본다면, 이러한 내용은 소설이라기보다 그의 단상을 방불케 한다. 여기에서는 노발리스의 언어이론이 단계적으로 발전하고 있는 모습이 포착되며, 단순한 단상록과는 차이가 있다. 예컨대 첫번째 단계는 신비한 문자의 발견이다. 그러나 그 시선은 대상에 달라붙어 있다고 해석된다.[3] 이러한 고착은 의미의 깊은 해명이나 넓은 조망을 방해하지만, 철저한 분석과 인식을 통해 두번째 단계로 넘어가는 이행 과정을 제공한다. 언어는 이때 대상으로부터 풀려난다. 언어는 여기서 규정적이며 목적지향적인 상황에서 벗어나 자유로운, 자기설정적인 놀이의 모습을 취한다. 그러나 이러한 상태도 하나의 통과 과정이다. 주체성이라는 영역으로의 진입이 그다음 단계인데 하나의 새로운 세상이다. 언어는 다시 세번째 최종 단계에 들어서서 높은 수준의 모습을 보여준다. 제한된 대상에서 벗어나 이제 세계 전체의 보편적 총체성과 연관을 맺는 것이다. "모든 세계에서 나오는 심포니로 이루어진 화음ein Accord aus des Weltalls Symphonie"[4]이라는 언어관이 그것이다. 이렇듯 언어의 의미와 그 가치는 문단의 진전에 따라서 단계적으로 발전한다. 첫 문단에서 "거대한 상징문자"가 언급되었다면, 두번째 문단에서는 "진짜 산스크리트어ächte Sanscrit", 그리고 세번째 문단에서는 심지어 "성스러운 문자die heilige Schrift"라는 표현이 나올 정도다.[5]

3) Striedter, "Die Komposition der *Lehrlinge zu Sais*", p. 263.
4) *NS* 1, p. 79.
5) *NS* 1, p. 79.

노발리스 특유의 설명에 따르면, 테마라는 관점에서 볼 때 "강화Potenzierung"라는 표현, 그리고 발언의 형식이라는 관점에서 "대수화Logarythmisierung"라는 표현이 나오는데[6] 이 둘은 우선 구체적인 일반화, 정신화라는 뜻을 지닌다. 그런가 하면 다른 한편으로는 정신적인 것과 추상성을 대상화한다는 뜻도 된다. 노발리스가 단상록을 비롯한 곳곳에서 "낭만화Romantisieren"를 이러한 두 가지 경향의 마주 봄 내지 비교로 정의한다면 이 작품『자이스의 제자들』의 시작 부분은 구도상 이 정의에 딱 들어맞는다. 물론 이러한 뜻은 여러 단상록들을 통해 거듭 발전해간다.[7] 여기서 주목되는 것은 단상록과 이 작품 첫머리 세 문단의 내적 긴장과 그 지속의 긴장이 서로 배제하지 않고 있다는 점이다. 가령 세번째 문단의 끝부분에 나타나는 교차 현상은 서로 멀리 떨어져 있다. 이때 작품 내용이 구체적이 될 때, 진술된 그 내용은 그 대상(혹은 사물)으로부터 풀려나와서 저 무한대로 던져진다. 이렇게 된다면 발언자와 발언된 내용 양자는 어디서 다시 하나가 될 수 있단 말인가 하는 질문이 제기될 수 있다. 노발리스에게 있어서는 제한된 조건의 세계에 있어서도 두 개의 경향이 교차하고 유한과 무한이 만나는 점이 있다. 그것이 앞서 거론된 낭만적 "강화"의 "대표자Exponent"이며 낭만적 "대수화"의 "뿌리"이다.[8] 여기서 비로소 처음으로 구체적이며 인격적인 이름이 등장한다. 바로 작품의 제목과 짝을 이루는 "교사(선생님der Lehrer)"이다.

---

6) *NS* 2, p. 335.

7) 단상록「꽃가루Blütenstaub」를 통해서 집중적으로 피력된다. *NS* 2, pp. 413 이하.

8) 노발리스는 이런 자연과학적 용어들을 즐겨 사용했다. 이 같은 경향은 자연과학에 심취해 있던 프라이베르크 시절과 무관하지 않다. *NS* 2, p. 36.

우리 선생님에게서 나온 목소리가 틀림없었다. 그는 도처에 흩어져 있는 모습들을 모을 줄 알고 있었기 때문이다.[9]

네번째 문단의 첫 대목이다. 앞서 가해진 진술들을 통해서 세상으로 날아간 진술들은 교사의 구체적 형상으로 흘러들어간다. 동시에 진술의 구체화는 이러한 형상을 늘 준비한다. 제멋대로 흐트러지는 모습들을 모으는 현상은 교사의 기본처럼 여겨질 뿐 아니라 이 작품 구도 안에서 그 위치와 기능을 특징지어주기도 한다.

이 작품에서는 두 가지 요소가 자주 언급된다. 그 하나는 지나간 것의 현재화라는 문제, 다른 하나는 안과 밖이 하나로 만나는 문제이다. 여기서 교사는 회상을 통해서 곧잘 자신의 형성 과정을 보고한다. 이러한 회상 과정에서 일어나는 그 모습은 앞선 세 문단에서 그대로 암시된다. 외면적으로 주어진 자연형식을 고유한 내면의 형식으로 자유스럽게 놀게 하는 배려의 방법이 그것이다. 인간 한 사람씩 개인을 둘러볼 때에도 그 구성의 방법은 유지되는데, 예컨대 개개의 테마를 느슨하게 연속적으로 연결하는 식이다. 그러나 내면을 향한 길은 자주 이야기되듯이 "신비에 가득 찬 길geheimnisvoller Weg"이다.[10] 그 길은 직접 연락되거나 가르쳐줄 수 없는 마지막 결정의 길이다. 노발리스에게 모든 가르침은 첫걸음이 되는 도전, 방향의 제시, 그리고 자립의 요구 이상의 것이 될 수 없다. 교사는 이 작품에서 이와 다른 어떤 것도 체험하지 못한다. 그는 고유의 길 첫걸음을 묘사하고 방향을 가르쳐줄 뿐이며, 제자

9) *NS* 1, p. 79.
10) "Blüthenstaub-Fragment" 16, *NS* 2, p. 418.

들에게 스스로의 길을 걸을 것을 말해줄 뿐이다. 학생들이나 독자들이나 방향만을 알 뿐 어떤 정보도 지식도 별로 얻을 것이 없다. 독자들은 자립성과 기억의 힘에 기대어 목표에 이르고자 하는 예감과 더불어 앞으로 나아갈 뿐이다.

구체적인 인물 묘사를 들여다보면, 이 작품에는 개별적인 비유나 독창적인 작용이 별로 없는 편이다. 노발리스가 나중에 『하인리히 폰 오프터딩겐』에서 사용하였던 것과 비슷한 정도이다. 가령 하인리히가 그의 신부에게 고백할 때 그는 외면상 영원히 원초적인 마스크를 보여준다. 화자가 직접 자신의 태도를 설명하는 『하인리히 폰 오프터딩겐』에서야 비로소 이러한 기술이 화자나 작가의 일정한 의도를 다루고 있다는 사실이 명백해진다. 이 기법은 『하인리히 폰 오프터딩겐』에서나 『자이스의 제자들』에서나 동일하다. 어디에서나 장소가 갖는 의미는 개별적·초개별적 인상을 강화시킬 수 있다. 인물들은 개별적이거나 조형적으로 묘사되기보다는 알기 쉬운 투명한 모습으로 그려지며, 그럼으로써 보다 고상하고 성스러운 예감이 새롭게 강조될 수 있다. 이런 식으로 『자이스의 제자들』 네번째 문단 이후에는 어린아이가 등장하는데 유리 슈트리터Jurij Striedter는 그를 "자연의 메시아"라고 부른다.[11)]

그러나 사실상 아이에 대해서 무언가 특정한 서술이 나온 것은 별로 없다. 사람들과 사물들의 세상에서 영적이거나 놀라운 것은 밖으로부터 올 뿐, 인간의 내면에서 정신을 환기시키는 어떤 것이 피어오르지는 않는다. 어린아이를 제외한 제3의 인물로는 제자의 동창생이 나오는데, 그의 성격은 분명해 보이지 않는다. 한편으론 미숙해 보이고, 다른 한

---

11) Striedter, "Die Komposition der *Lehrlinge zu Sais*", p. 268.

편으론 우대받는, 거의 은총을 입은 인물이라고까지 이야기될 수 있는 인물이다. 그는 교사에 의해 길 떠나는 아이의 동반자로 위탁된 사람이다. 만일 중간 문단의 세 형상들과 시작 부분의 세 문단을 평행으로 끌어다 놓는다면 다음과 같은 슈트리터의 견해가 그럴싸하다.

> 놀랍도록 멋진 아이는 가장 먼저 세번째의 최고 단계에 어울린다. 교사는 이야기에서 두번째 단계에 이른다. 그리고 미숙한 그 사람은 첫번째 문단에 나온 첫번째 단계의 사람과 흡사하다. 그들은 통찰의 순간과 함께 전체를 예감케 하는 각각의 개별적인 것을 얻을 수 있었을지 모른다. 그러나 전체 자체는 파악할 수 없었으리라. 왜냐하면 그들의 시선은 차츰 흐려졌으니까. 그러나 계속되는 질서는 문제적이다. 기껏해야 자극을 줄 수 있을 따름이며 그 이상은 기대될 수 없다. 그도 그럴 것이 형상의 영역에는 경직된 정의와 정돈이 박탈되고 그 충족은 채워지지 않는 암시만이 남아 있기 때문이다. 아이와 미숙한 사람은 계속 전진한다. 교사의 이야기는 중단되고 배우는 사람들에게 '원래의 나'를 참조하도록 지시한다.[12)]

여기서 '나', 즉 자아란 여섯번째 문단에 나오는 독백을 의미한다. 이때부터 끝까지 진술의 담지자와 그 대상은 그대로 그 자리에 머무른다. 사람의 모습이 아닌, 보편적으로 서술되는 내용은 '나'의 언어로 그 스스로에게 흘러든다. 한편 제자가 보여주는 특징은 전형적인 모습과는 우선 모순되어 보인다. 모든 현상들 배후에서 예감되는 신비한 여신 찾

---

12) 같은 글, pp. 268~69.

기와 관련된 질문 같은 것들이 그렇다. 여기서 '나'의 내면으로 가는 길은 보이지 않고 그 길은 사물의 뒤로 가는 것 같다. 이 두 길이 나중에 하나가 된다고 하더라도 처음부터 외부에서 찾은 것이 '나'의 예감이자 자리이다. 말하자면 여신의 실존에 대한 믿음이 독자적인 감정 안에서 자리를 잡는 것이다. 독자적인 고유의 내면으로의 전환과 사물의 배후 찾기가 언급되는 각각의 문장들은 세상과 교통하는 인물들을 묘사한다.

작품의 제1부가 「제자」이며, 이와 관련된 분석이 스스로 끝난 후 제2부로 「자연」이 등장하는 것은 자연스러우면서 의미가 있다. 근본 테마는 이렇듯 인간과 자연의 관계이다. 주목되는 것은 이때 자연에게서 독자적인 자립성이 얼마쯤 양보되고 있다는 사실이다. 자연은 더 이상 '나'를 통해 개인적인 기억이나 굴절로 나아가지 않고 인간의 파트너가 된다. 이러한 현상은 세 개의 그룹을 형성하면서 전개되는데, 자연에 대한 철학적 통찰이 담겨 있는 부분이 첫 그룹이다. 다음 부분은 인간적인 온갖 기이한 형상들이 등장하는 그룹이며, 마지막 그룹이라고 할 수 있는 부분에서는 인간과 자연이 완전히 합일을 이룬다. 그러나 자연이 자유로운 파트너로 간주됨으로써 독백의 형식에 더 이상 머무르지 않고 많은 소리를 담은 대화의 형식에서 그 합일이 발생한다. 이때 자연은 직간접적으로 조화를 시도한다. 이러한 현상은 「자연」에 앞서 「제자」 부분에서도 조짐을 보인 바 있는데, 결국 두 부분이 이 목적 아래 은밀한 구도로 맺어져 있다고 할 수 있다. 제자는 모든 것을 이야기하는 '나'는 아니지만 이야기 안에 있는 인물 자신이기는 하다. 그럼으로써 인간과 자연의 융화는 나중에 두 파트너의 합일로 나타난다. 그러나 이것이 원래 소망하는 어떤 상像과 자아의 합일이라고만 이해되는 것은 아니다. 여기서 표현된 현상으로의 변화가 진술 방법에 상응하는 변화를 물론 가져온다. 이런 식으로 두 부분은 일종의 소설적 전개를 이어간다. 메르헨 자체가 전체 텍스트 안에서 걸맞은 기능을 갖고 진술 방법으로의 변화를 거듭한다.

노발리스는 대표작 『하인리히 폰 오프터딩겐』에서의 본격적인 메르헨에 앞서서 이 작품에서도 일종의 실험을 하였다. 『하인리히 폰 오프터딩겐』에서 작가는 에로스와 파벨 메르헨을 클링조르라는 화자의 이야기와 창작으로 이끌고 갔다. 이때 메르헨의 결말은 제1부의 결말과 같았고, 제2부에서는 메르헨의 방법, 문체, 그리고 모티프가 소설의 그것들과 꼼짝없이 연결되어 있었다. 『자이스의 제자들』에서도 문체나 기법상의 연결이 「자연」의 종결 부분에서 특히 분명해 보인다. 테마와 구성, 생각과 표현의 상호의존적인 구도를 노발리스는 이 작품을 통해서 심각하게 고민하고 배려했다. 첫 작품이었고, 어설픈 대로 그 나름의 성취를 통해 그는 다음 창작으로 나아갈 수 있었던 것이다. 구성의 평면성을 포기하고 그는 복잡하고 다양한 방법 위에서 낭만주의와 메르헨이 갖는 상징적·함축적 의미를 조합해내고 싶었던 것이 틀림없어 보인다.

『자이스의 제자들』은 테마에 있어서 자연과학과 초월철학Transzendenzphilosophie에 관한 노발리스의 관심이 처음으로 피력된 작품이며, 자연이 인간에 의해 직접적으로 인식되지는 않는다는 인식론을 표명한 작품이기도 하다. 그는 현상의 형식들로부터 간접적으로 구조를 유추함으로써 본질이 해명된다는 입장이었다. 그리하여 프라이베르크에서의 자연 공부의 중심에 "자연의 신비"[13]라는 관념, "간접적인 계시"론,

13) *NS* 3, p. 152.

"인물을 통한 실재의 언어"[14] 등등의 관념을 갖다 놓았다. 이 모든 관념들은 노발리스가 그의 자연관을 시적으로 표현하고자 했던 『자이스의 제자들』의 주제가 되었다. 그에게 있어서 '시적'이라는 것은 표현형식에 상응하는 대상이 있으므로 예술작품이 성립할 때 가능한 상태였다. 그러므로 "신비스러운" "간접적인 계시"와 "인물들"을 통해서 말하는 자연은 바로 그러한 상황 속에서 표현되는 것 이외의 다른 것일 수 없었다. 따라서 작품은 자연이 텍스트 안에서 인물들을 내어놓듯이 독자들에게 그 스스로를 내어놓아야 한다. 교사가 제자의 상징문자 풀이를 도와주듯이 그 문자는 해명의 기술을 통해 의미가 밝혀지고 작가는 비로소 독자와 만난다. 독자는 한 발짝 한 발짝 작가에게 다가가서 복잡한 인물들과 친해지고 다양한 변주의 전개를 보게 된다. 이런 의미에서 이 작품은 평범한 소설이라기보다는 하나의 문학론이며, 메르헨론을 구성해가는 이론적 작업 과정이라고도 할 수 있다.

그러므로 『자이스의 제자들』은 노발리스의 자연관으로의 안내 그 이상의 작품이다. 무엇보다 종합적인 사고의 노력이 들어 있다. 노발리스의 모든 저작물들의 이해를 돕는 결정적인 소통의 방법들과 문제들이 포함되어 있다. 특히 소설, 시 등의 작품들과 수많은 단상들 사이를 이어주는 소중한 다리의 역할을 하고 있는데, 그것만으로도 독보적이다. 후반부에 놓여 있는 히아신스와 로젠블뤼트헨 메르헨은 이 같은 이론의 구체적 실현이라는 관점에서 주목된다.

14) *NS* 3, p. 248.

2

옛날 옛적 혈기왕성한 한 청년이 살았다. 그는 착했고, 유달리 기이한 데가 있었다. 아무것도 아닌 일에 늘 슬퍼하였고, 다른 사람들이 즐겁게 놀고 있을 때 고독하게 앉아서 이상한 일들에 골몰하였다. 동굴과 숲이 그의 거처였고 짐승과 새들, 나무와 바위들과 말을 하였다. 당연히 그는 사람들과 철이 든 말들은 나누지 않았고 아주 멍청하게 폭소를 터뜨렸다. 하지만 그는 무뚝뚝하고 진지했으며 참나무피리, 긴꼬리원숭이, 앵무새, 피리새 따위에 정신이 팔려 지냈다. 그들이 그에게 길을 가르쳐주었고 그는 그 길을 따랐다. 거위가 꿈같은 이야기를 들려주었고 시냇물이 발라드가 되었다. 돌멩이, 장미꽃 넝쿨을 벗 삼아 지냈다. 청년의 부모는 당연히 혼란스러웠다. 뭘 어떻게 해주어야 할지 알 수 없었다. 청년은 건강하고 먹기도 잘 먹었다. 잘 놀았고 소녀들과도 잘 어울렸다.

그는 그림처럼 아름다웠고 춤도 예쁘게 추었다. 소녀들 가운데엔 밀랍처럼 고운 모습의 한 아이가 있었다. 금빛 비단 같은 머리카락과 버찌처럼 붉은 입술을 한 그 소녀는 인형처럼 커갔고 까마귀처럼 새까만 두 눈망울을 하고 있었다. 소녀는 그때 로젠블뤼트헨(작은 장미꽃송이라는 뜻)이라고 불렸고 소년은 히아신스라고 하였다. 그는 소녀를 무척 사랑했다. 다른 아이들은 그 사실을 몰랐다. 제비꽃이 처음으로 그 사실을 말했고 집고양이들이 그걸 알아챘다. 부모 집들은 거기서 가까웠다. 히아신스와 로젠블뤼트헨은 밤에 창 옆에 서 있었다. 쥐를 잡으러 달려가던 고양이들이 두 사람이 서 있는 것을 보더니 큰 소리로 웃고 킥킥거렸다. 그 소리를 들은 둘은 화가 났다. 제비꽃은 이 사실을 딸기에게만 살짝 얘기해주었는데, 딸기가 자기 친구 구스베리에게 그 말을 해버렸다. 구스베리는 히아신스가 지나갈 때마다 수군거렸고, 화원과 숲 전체가 비밀을 알게 되었다. 히아신스가 밖으로 나오자 사방에서 이런 외침이 들려왔다. "로젠블뤼트헨은 내 애인이다!" 그러자 히아신스는 화가 났다. 하지만 도마뱀이 따뜻한 돌멩이 위에 올라와 앉더니 꼬리를 흔들고 노래를 부르자, 히아신스의 가슴 깊은 곳에서 웃음이 터져 나왔다.

착한 아이 로젠블뤼트헨은
갑자기 눈이 멀었네.
히아신스를 엄마로 생각하고
그 목을 서둘러 끌어안았지.
하지만 그녀는 낯선 얼굴을 알아챘지.
생각해보니까 놀라지 않았지.
어떤 말도 못 들은 것처럼 그냥
항상 키스만 하면서 앞으로 갔으니까.[15]

Rosenblütchen, das gute Kind,
Ist geworden auf einmal blind
Denkt, die Mutter sei Hyazinth,
Fällt ihm um den Hals geschwind;
Merkt sie aber das fremde Gesicht,
Denkt nur an, da erschrickt sie nicht,

---

15) *NS* 1, p. 92.

Fährt, als merkte sie kein Wort,

Immer nur mit Küssen fort.

이상은 소설 『자이스의 제자들』 속 메르헨의 앞부분 줄거리이다.[16] 메르헨은 다음과 같이 계속된다. 이어서 한 남자가 먼 낯선 곳에서 오는데, 긴 수염을 단 그는 오랜 여행을 한 터였다. 깊은 눈동자에 이상한 주름투성이 옷을 입은 진기한 모습의 남자는 히아신스의 부모 집 앞에 앉았다. 히아신스는 호기심이 생겨서 그 앞에 빵과 포도주를 가져다주었다. 남자는 깊은 밤까지 이야기를 해주었는데 히아신스도 꿈쩍하지 않고 함께 들었다. 미지의 지방에 관한 이야기들이 흥미로웠던 것이다. 사흘 동안 그렇게 있었는데, 그러다가 그 남자는 히아신스와 함께 깊은 굴로 기어 들어가게 되었다. 로젠블뤼트헨은 늙은 마술사를 몹시 싫어했는데, 히아신스가 마술사 이야기에 빠져서 아무 걱정 없이 넋을 잃고 먹는 것도 챙기지 않을 지경이었기 때문이다. 마침내 마술사가 떠나면서 조그만 책자를 히아신스에게 주었지만, 누구도 그걸 읽을 수는 없었다. 로젠블뤼트헨은 히아신스를 긍휼히 여기는 모양이었는데 그가 집에 돌아왔을 때는 마치 새로 태어난 기분이었다. 그는 부모님 목에 매달려 눈물을 흘렸다. 그는 낯선 나라에 갔고 한 멋진 나이 든 부인이 숲에서 나와서 건강에 대해 말해주었다고 했다. 그녀는 불 속에 책을 던져버렸고 그를 보내면서 축복을 빌었다고도 했다. 어쩌면 곧 다시 거기에 올 수도 있고 못 올 수도 있다고 하면서 로젠블뤼트헨 안녕! 하고 말해주었다. 로젠블뤼트헨도 그녀에게 어떻게 될지 모른다고 하면서 이런 말

16) 이 이야기는 전집(*NS*) 제1권 91~94쪽에 수록되어 있다.

을 했다. 즉 옛날로 생각을 되돌려본다면 가슴 벅찬 사랑과 더불어 평온이 떠오른다는 것이다. 특히 베일을 쓴 젊은 여인이었던 어머니는 어디에 있는가 하는 생각이 들었고, 그의 기분은 그 어머니를 향해 타오른다는 것이다. 그는 길을 떠났고 부모는 슬픔에 젖어 한탄하면서 눈물을 흘렸다. 로젠블뤼트헨은 방에 앉아서 아픈 눈물을 흘렸다. 히아신스는 갈 수 있는 한 달려갔다. 계곡과 숲을 가로지르고 산과 강을 넘었다. 드디어 신비한 지방에 이르렀다. 히아신스는 사람과 짐승, 바위와 나무들에게 성스러운 여신에 대해 질문했으나 대부분은 그저 웃을 따름이었다. 많은 이들은 말이 없었고, 결국 결론은 없었다. 처음에 히아신스는 거친 들판을 지났고, 안개와 구름이 자욱한 길을 걸었다. 황량한 사막도 건넜다. 그의 기분은 이상하게 변해갔고 시간도 길어지고 불안감이 찾아오기도 했다. 그러나 만나는 지역이 넓어지고 다양해지고 공기 맛도 여러 가지였다. 사람들의 언어는 서로 달라 이해하기 힘들었다. 하지만 그 언어들은 푸른 색깔, 서늘하고 조용한 모습으로 그의 가슴을 충만케 했다. 그의 가슴속에는 아득하고도 달콤한 그리움이 점점 샘솟았고, 그 나뭇잎은 넓게, 그리고 수액이 넘쳐났다. 새소리, 짐승 소리가 커졌고 열매들은 향기를 더해갔고 하늘은 어두워지고 공기는 따뜻해졌다. 사랑은 물론 뜨거워졌다. 시간은 이제 목표점을 본 듯 빨라졌다. 어느 날 그는 크리스털 샘과 만발한 꽃 더미를 만났다. 그들은 하늘처럼 높은 검은 기둥 사이의 계곡으로 내려오고 있었다. 그들은 익숙한 언어로 다정하게 히아신스에게 인사하였다. "성스러운 여신 이시스Isis가 사는 곳이 어딘가요?" 히아신스의 질문이었다. 꽃들과 샘들은 웃으면서 대답하였는데, 히아신스는 그들이 일러준 대로 종려나무와 열대 식물들로 덮여 있는 곳에서 그 거처를 찾아냈다. 그리움으로 가득 찬 그의 가슴은 두근거렸고 황홀한 불안이 엄습했다. 천상의 향기가 가득한 가운데 오직 꿈만이 이 최상의 신성성에 이를 수 있다는 듯, 그는 잠에 빠져들었다. 아늑함 가운데 그는 꿈을 꾸었다. 히아신스의 기분은 아주 편안하였는데 한 번도 보지 못한 멋진 경치 속에서 지상에서의 마지막 비행이 이루어졌다. 그는 천상의 처녀 앞에 섰으며 가벼운, 반짝이는 베일을 들어올렸다. 로젠블뤼트헨이 그의 팔에 안겼다. 먼 곳에서 들려오는 음악이 사랑하는 재회의 비밀, 그리움의 만끽을 감싸고돌았다. 음악 소리는 또 이 황홀한 장소에서의 온갖 낯선 것들을 멀리 보내버렸다. 히아신스는 나중에 부모들과 친구들과 로젠블뤼트헨과 함께 오래 살았다. 또 무수한 자손들이 나이 든 멋진 부인에게 조언과 불에 대해서 감사하였다고 전해진다. 그도 그럴 것이 그 시절엔 사람들이 그들이 원하는 것보다 훨씬 더 많은 아이들을 가졌기 때문이다. 히아신스와 로젠블뤼트헨 이야기는 이상과 같다.

그다음으로는 제자들의 이야기가 있다. "제자들은 포옹을 한 다음 길을 계속 걸었다"[17]고 소설은 다시 시작한다. 넓게 울려 퍼지는 홀이 밝고 텅 빈 모습인데 거기서 무수한 언어로 된 기기묘묘한 대화가 이루어지고 있다고 묘사된다. 내면의 힘은 서로 엇갈리고 있고, 그 힘들은 자유를 향해, 오래된 관계 속에서 되돌아오려고 힘쓴다. 몇 사람은 원래의 자리에 서 있고 그를 둘러싼 다양한 충동이 있는 것을 조용히 바라본다. 다른 이들은 고통에 대해 비탄하며 자연 속에 있는 오래된, 훌륭한 생명에 대해 또한 안쓰러워하는데 거기엔 하나가 된 공동체의 자

17) *NS* 1, p. 95.

유가 있다. 노발리스는 여기서 "오, 인간이 자연의 내면적 음악을 이해하면서 외면적 조화를 위한 의미를 깨달았더라면"[18] 하며 탄식한다. 우리가 함께 속해 있으면서도 타자 없이는 어느 것도 지속할 수 없다는 사실을 잘 모른다는 것이다. 소설은 이 부분에서 단상적 성격의 진술을 행하다가 이 문단 끝머리에서 다음과 같은 잠언을 뱉어낸다.

"사고란 다만 감성적 꿈일 따름이다. 죽은 감성, 창백한 잿빛의, 나약한 삶일 뿐이다."[19]

이어서 자연과 인간, 그리고 공동체와의 관계 속에서 이루어지는 지문이 계속되는데, 주목할 만한 부분은 다음과 같다.

"자연이 인간에게 무엇일 수 있는가 하는 것은 오직 시인만이 느껴왔다"며 아름다운 청년이 말을 시작했다. "인간성이 그들 속에서 완전히 용해되고 있다고 말할 수 있으며, 그리하여 맑은 거울 같은 투명한 움직임을 통해 모든 인상이 각 방면에서 무한히 변화되고 번식한다고 할 수 있다. 자연에서 모든 것이 발견된다. [……] 자연은 시인들에게 변화무쌍한 기분이기도 하지만 의미심장한 만남과 기피, 아이디어, 때로는 엄청난 이념을 통해서 정신과 생기가 약동하는 인간 이상의 놀라운 역할을 한다. 환상의 무진장한 왕국은 어느 시인에게도 헛된 교제를 하도록 하지 않는다. 자연은 모든 것을 아름답게 할 수 있으며, 생기를 불어넣고

18) *NS* 1, p. 95.
19) *NS* 1, p. 96.

확실하게 할 줄 안다. 개별적으로는 무의식적이며, 의미도 없는 메커니즘만이 지배하는 듯한 경우에도 깊은 안목으로 인간의 가슴에서 멋진 연민의 느낌을 본다. 개별적으로는 우연이라 하더라도 함께 만난다."[20]

히아신스와 로젠블뤼트헨 메르헨으로 이름 붙여진 이 작품은, 그 전체가 완전한 메르헨이라고 하기에는 무리가 있다. 인식론적인 단상의 개입이 심하기 때문이다. 히아신스의 모습에 대한 서술로 시작되고 있지만, 자연으로의 교육, 로젠블뤼트헨에 대한 사랑이 나오며 자연을 이해하려는 히아신스의 노력이 부각된다. 에른스트-게오르크 게데는 이 작품을 분석하면서 "인식과 에로스", 그리고 "에로스와 자연"이라는 두 가설을 설정하는데, 전자에서는 히아신스와 로젠블뤼트헨의 사랑이 주는 의미와 그 관계를 노발리스 스스로 논리적으로 해명하고자 한다는 단상론적 소설의 특징에 주목한다.[21] 특히 그는 "천상의 처녀himmlische Jungfrau" "사물의 어머니Mutter der Dinge"와 같은 표현이 인식의 지평을 넓힌다고 말한다. "사물의 어머니"가 거주하고 있는 나라는 세계를 구성하는 본질인 시간과 공간이 지양되어 있는 무無라고도 정의될 수 있다. 그러나 그 무는 생산하는 무라고 게데는 말한다.[22] 시간과 공간에서 벗어난 세계, '사물'로부터 해방된 그 상태는 "자기 동일성이 없는 상태Nichtidentische"이다. 동시에 이것은 영원한 시간의 주거지라는 의미에서 시간의 발생을 의미하기도 하는데, 그는 여기서 "사물의 어머

20) *NS* 1, pp. 99~100.

21) Ernst-Georg Gäde, *Eros und Identität*, Marburg, 1974, pp. 182~94 참조.

22) 같은 책, p. 189.

니"가 장시 『밤의 찬가』에서의 밤과 같은 개념일 수 있다고 분석한다.[23] 양자는 동일성과 비동일성의 비교를 통하여 모든 비동일적인 것, 개별적인 것으로부터 영향을 받아서 공간과 시간의 지양 가운데 '사물'을 배태한다는 것이다. 이런 관계를 히아신스는 사랑을 하면서 경험하게 되며, 자신의 존재의 단계를 주목한다. 동일성으로 가는 지향, 즉 에로스에 의해 그것이 가능해진다고 그는 바라본다. 자연과 에로스의 관계도 이 작품에서 명백하게 드러나는바, 자연 개념은 에로스의 원리와 명백하게 결부된다. 자연 개념은 이 원리에 의해 세워짐으로써 인간 고유의 인식 목적을 표현해준다. 이때 인간은 자연과 합치된다.

> "행복하게도 나는 이 아들을, 자연을 사랑하는 이를 찬양하노라. 자연은 생식하고 분만하는 힘의 이중성 안에서 자신을 그에게 허락한다. 또한 무한히 지속하는 결혼으로서의 합일 안에서 바라보도록 그에게 허락한다."[24]

『자이스의 제자들』의 주제와 결론은 이처럼 작품 속 지문에 직접적으로 진술되어 있다.

---

23) 같은 곳.
24) *NS* 1, p. 106.

ROMANTIK
CHRISTENTUM
MÄRCHEN

NOVALIS

제9장

노발리스 메르헨의 구조와 성격

—장편소설 『하인리히 폰 오프터딩겐』을 중심으로

1. 노발리스와 메르헨

노발리스(본명: 프리드리히 폰 하르덴베르크)는 낭만주의 정신을 가장 전형적으로 구현한 독일 작가로서, 오늘의 현대문학에서 차지하는 영향과 그 현재성은 매우 중대하다. 메르헨Märchen이라는 장르는 이 작가에 의해서 문학적 기능과 위상이 확립되었다고 할 정도로 양자, 즉 노발리스와 메르헨의 관계는 긴밀하다. 이 긴밀성은 그것을 생산한 독일 낭만주의 전통, 그리고 이 양식에 의해 한층 낭만주의 장르로서 견고하게 부각된 메르헨 정착의 전후 상황을 통해 입증된다. 노발리스는 1798년 장편소설 『자이스의 제자들』을 발표한 이후 다음 해인 1799년 장편소설 『하인리히 폰 오프터딩겐』(부제: 『파란꽃』), 그리고 1800년 장시 『밤의 찬가』를 연달아 발표한 다음, 이듬해인 1801년 29세로 요절하였다. 그러나 이러한 짧은 생애에도 불구하고 뒷날 그에게는 각 권 8백 쪽

안팎의 두툼한 전집 다섯 권이 상재되었으며(완간이라는 표현은 아직 쓰이지 않았다), 그에 대한 연구는 시간이 지날수록 전 세계 학계에서 더욱 활발하고 진지하게 진행되고 있는 형상이다.[1] 이러한 상황에서 노발리스 문학의 키워드로 부상한 메르헨과 작가의 관계를 집중적으로 검토하는 일은 작가 자신의 문학세계를 규명하고 메르헨이라는 장르의 본질을 살펴보는 데에 매우 긴요하다. 뿐만 아니라 그럼으로써 낭만주의 문학의 깊은 뿌리와 밖으로 표현되는 장르 양식의 불가결한 연관성이 밝혀질 수 있을 것으로 보인다.

메르헨이라는 장르 개념은 노발리스에게서 1799년 『하인리히 폰 오프터딩겐』이라는 장편소설을 통해서 최초로, 그리고 본격적으로 등장한다. 제1부 전 9장(뒤에 짧은 「제2부—수도원 앞뜰」, 그리고 노발리스의 친구 루트비히 티크의 보고가 보유처럼 붙어 있다)으로 된 이 소설에서 메르헨은 제9장에 나온다. 메르헨 탐구를 위한 장편소설인 것이다.

> 식탁으로 많은 사람들이 왔다. 하인리히는 그의 새아버지에게 그의 약속을 지켜주도록 부탁했다. 클링조르는 모여 있는 사람들에게 말했다. "오늘 나는 하인리히에게 동화 한 편을 이야기해주겠노라는 약속을 했습니다. 여러분이 좋으시다면 그렇게 하겠습니다."[2]

---

1) 노발리스 전집(*Novalis Schriften*)은 1977년 슈투트가르트의 W. 콜하머W. Kohlhammer 출판사에서 파울 클루크혼Paul Kluckhohn과 리하르트 자무엘Richard Samuel을 편자로 하여 제1권이 발간된 이후 1988년 제5권까지 간행되었다. 제5권에는 클루크혼 대신 한스-요아힘 멜Hans-Joachim Mähl과 게르하르트 슐츠Gerhard Schulz가 편자로 참여했다. 규모는 전 5권이 4천여 쪽에 달한다. 요절한 작가로서는 방대한 작품 양인데 여기에는 물론 각종 해석록도 포함된다.

2) *NS* 1, p. 290. 전집 제1권에 수록된 *Heinrich von Ofterdingen*은 부제이기도 한 『파란꽃』(열림원, 2003)이라는 제목으로 졸역되기도 했다.

소설의 내용은 크게 보아서 둘로 대별된다. 하나는 전설 속의 시인 하인리히 폰 오프터딩겐이라는 청년이 꿈속에서 본 파란꽃을 찾아 길을 떠나는 편력기다. 다른 하나는 이제 그 여행이 끝나서 하인리히가 외갓집에 도착한 이후 마틸데라는 처녀를 만나고 사랑하게 되는 이야기다. 메르헨은 이때 마틸데의 아버지 클링조르가 두 사람의 결합을 축하하면서 해주는 환상적인 이야기를 가리킨다. 그러므로 메르헨은 꿈에 본 파란꽃의 현실적 실현으로서의 사랑의 내용을 구성하는데, 그 내용 자체가 다시 환상이라는 이중적 구조의 산물이라는 독특한 성격을 지닌다. 여기서 확실한 것은 메르헨이 노발리스 문학의 결정체라는 사실이다. 환상적인 낭만주의 작가 노발리스의 문학적 실현이 메르헨이라는 장르의 탄생으로 결정된다는 점은 매우 자연스럽고 당연하다. 전설과 함께 메르헨이 낭만주의 일반에서 애용되는 모티프 및 장르라는 사실은 널리 인정되어온 터였다.[3]

우리말의 '동화'로만 옮길 수 없는 메르헨의 보다 깊은 뜻은 일찍이 독일 낭만주의자들 사이에서 상당한 고민의 대상이었다. 후고 모저 Hugo Moser 같은 학자도 이와 관련하여 "경이는 사랑스러운 어린이의 신앙일 뿐 아니라 독일 낭만주의자의 그것이기도 하다"[4]라고 무게 있는 판단을 내린 바 있다. 그는 말하기를, 기독교적 초월성이라는 초자연적인 의미에서 경이로움이라는 요소가 전설 내지 전설적인 단편소설 등에 나타나는가 하면, 다른 측면에서는 메르헨의 특징을 통한 비자연적

3) Hugo Moser, "Sage und Märchen in der deutschen Romantik", *Die deutsche Romantik*, ed. Hans Steffen, Göttingen, 1970, pp. 253~73 참조.

4) 같은 글, p. 253.

인 경이로움이 있다고 했다. 말하자면 '설마 그런 일이 있을 수 있을까' 하는 놀라움이라는 경이가 한쪽에서는 기독교적 초자연성übernatürlich, 다른 한쪽에서는 메르헨의 비자연성außernatürlich으로 현재화하고 있다는 것이다. 낭만주의자 노발리스가 이러한 메르헨의 특징에 주목하고 이를 자신의 문학 안에서 가장 본질적인 성격으로 부화시키려 한 것은 매우 자연스러운 일이다.[5] 게다가 노발리스는 기독교에도 깊은 관심을 갖고 있어서[6] 모저가 분류한 i) 기독교, ii) 메르헨의 두 면을 함께 포괄하는, 이 점에서는 동시대의 가장 중심적인 인물이었다고 할 수 있다. 기독교와의 관계에 있어서 노발리스가 갖고 있었던 위상에 대한 당시의 객관적인 상황은 다음 지적들에서도 잘 나타난다.

> 유럽이 기독교의 땅이었던, 하나의 기독교가 인간적으로 형상화된 이 세상에 숨 쉬고 있었던 반짝이는 시대였다. 하나의 커다란 공동체적 관심이 이 넓은 정신적 제국의 동떨어진 지방들을 묶어주었다.[7]

---

5) *Reallexikon der deutschen Literaturgeschichte* 2, Berlin, 1965, pp. 262~70. '메르헨'이라는 개념은 폭이 꽤 넓다. 그림 형제〔야코프 그림Jakob Grimm(1785~1863), 빌헬름 그림Wilhelm Grimm(1786~1859)〕에 의해 가장 빈번하게 사용된 용어로, 이들의 『어린이와 가정 메르헨*Kinder und Haus Märchen*』에서 가장 대중적으로 다루어졌고, 전설Sage, 우화Fabel, 수수께끼Rätsel 등과 매우 근접한 개념으로 받아들여져왔다. 한때 '민간동화 혹은 전래동화Volksmärchen'와 '창작동화Kunstmärchen'로 분류되기도 했다. 초기에는 구전되어 온 민간동화가 주류였다가 창작동화의 발달과 함께 여러 타입들이 등장했으나, 이런 타입들 사이의 구분이 뚜렷한 것은 아니다. 그러나 확실한 것은, 실제 현실과 밀접한 개별 체험의 재현 가능성이 있는 '구전된 이야기Sage'와는 달리, 그 형식과 사건의 연계에 있어서 주인공이 있고 결정적인 시점으로 가는 지향점이 있다는 점이다. 노발리스에 의해 독립적인 장르로 서게 된다는 것이 이 글이 추구하고 있는 목적이다.

6) 노발리스는 『기독교 혹은 유럽*Die Christenheit oder Europa*』이라는 주목할 만한 논문을 썼으며, 이에 대해서는 발터 옌스와 한스 큉이 『문학과 종교*Dichtung und Religion*』(김주연 옮김, 문학과지성사, 2019)를 통해 깊이 있게 통찰하였다. pp. 205~256 참조.

7) *NS* 3, p. 507.

노발리스는 달랐다. 기독교적으로 주님을 모시는 세계에 무의식적으로 사로잡혀 있는 그는 이상론적 철학과 정밀한 근대 자연과학 교육도 받은 터였고, 애인의 죽음을 통해 종교적으로도 각성된 상태였다. 이제 그는 고대문화와 기독교 사이의 대립을 새롭게 인식할 수 있었고, 그리스도를 통해서 그리스 신화의 세계를 분명히 극복하고자 했다. (……) 노발리스, 그는 불안해진 괴테가 비웃은 대로 낭만적 지성의, 일종의 "지배자" 혹은 "나폴레옹"인가? 노발리스 자신은 의심할 여지 없이 "새 시대 종교의 첫 주자의 한 사람"으로 자처한다. "이 종교와 더불어 새로운 세계사가 시작된다."[8]

요컨대 노발리스는 기독교에 대해서 아주 우호적이었고, 이러한 호감은 당시 피히테로부터 영향받은 바 적지 않았다. 피히테로부터 그는 대립을 통해 통일로 가는 변증법적 사고를 배웠는데, 그럼으로써 노발리스의 사상은 절대자에 대한 갈망으로 이어진다. 그는 "스피노자는 자연의 상태에까지 올라섰다. 피히테는 자아의, 혹은 개인의 상태에까지 갔다. 나는 신이라는 명제에 이르렀다"[9]고 고백한다. 노발리스는 이렇듯 현실을 넘어서는 경이로움이라는 존재를 초자연적인 질서와 관계되는 기독교적 논리 안에서 통찰하고자 했다. 다른 한편으로 그는 비자연적 질서라고 할 수 있는 메르헨을 실제 창작 현장에서 다룸으로써 문학이 '경이'를 생산할 수 있다는 믿음을 가졌고 그의 작품을 통해서 이를

8) 옌스·큉, 『문학과 종교』, pp. 216~17.
9) 같은 책, p. 211.

실천하였다. 실제로 1798년에 쓰인 장편소설 『자이스의 제자들』의 주요 내용이 히아신스와 로젠블뤼트헨을 모티프로 한 메르헨이라는 사실이 음미될 만하다. 『하인리히 폰 오프터딩겐』은 물론 장시 『밤의 찬가』에 앞서서 발표된 이 작품은 사실상의 처녀작으로서 노발리스의 문학적 출발점을 깊이 있게 시사하고 있다. 그는 꽃과 같은 자연에서 문학적 모티프를 발견하지만 초자연적 세계로 질주하지 않고, 거기에서 유발되는 독특한 양식을 만들어낸 것이다.

물론 메르헨에는 다양한 역사와 개념이 있고, 노발리스와 무관한 상황 속에서 전개된 부분도 없지 않다. 그러나 그림 형제에 앞서서 메르헨의 근대문학적 가능성에 주목하고 이를 양식화하는 일에 있어서 노발리스는 전위적 자리에 있는 것이 사실이다. 또한 이 문제에 있어서 『하인리히 폰 오프터딩겐』은 중심에 있으며, 그중에서도 하인리히의 장인이 되는 클링조르가 들려주는 이른바 클링조르 메르헨Klingsohr Märchen은 압권을 이룬다. 이 작품으로 노발리스가 낭만주의의 대표 작가가 되었을 뿐 아니라 메르헨이라는 새로운 장르가 낭만주의의 독자적인 성취로서 문학사적 의미와 가치를 지니게 된다.

2. 『하인리히 폰 오프터딩겐』과 메르헨

장편 『하인리히 폰 오프터딩겐』과 메르헨의 관계는 이 작품이 메르헨을 껴안고 있다고 해석되어도 타당한 형상이다. 전 2부로 이루어진 소설에서 제1부의 부제가 「기대Erwartung」, 제2부의 부제가 「실현Erfüllung」이라고 되어 있는 것 자체가 바로 메르헨에의 기대, 메르헨의 실현이라고 생각되는바, 이 작품은 바로 독일 낭만주의가 메르헨을 통해서 구현되고 있음을 보여주는 대표적인 실례라고 할 수 있다. 『하인리히 폰 오프터딩겐』이 장편소설의 형식을 갖추고 있으나 메르헨이 되기 위한, 말하자면 메르헨을 향한 기대로 충만한 '예비 메르헨' 성격을 지니고 있음은 소설 벽두부터 강하게 암시된다.

> 황홀함에 넋을 빼앗기고 갖가지 인상에 눈 익은 그는 이제 반짝이는 냇물을 따라 묵묵히 헤엄쳐 나갔다. 그 냇물은 못에서 나와 바위 속으로 흘러들고 있었다. 〔……〕 그는 샘가의 부드러운 풀밭에 앉아 있었는데, 그 샘은 하늘로 솟아오르면서 엷어지고 있었다. 〔……〕 그러나 그를 꼼짝 못하게 하고 있는 것은 샘가에 서서 그 넓고 빛나는 잎새로 그를 건드리고 있는 연파랑의 키 큰 꽃 한 송이였다. 그 꽃 주위로는 갖가지 색깔의 무수한 꽃들이 원형으로 둘러서 있어 황홀한 냄새가 공기를 가득 채우고 있었다. 그는 그 파란꽃 이외엔 아무것도 볼 수 없었다. 그는 무어라 형용할 수 없는 부드러운 마음이 되어 그 꽃을 오래오래 바라보았다. 마침내 그는 그 꽃이 갑자기 튀어나와 변하기 시작하자 가까이 접근하려고 하였다. 〔……〕 꽃잎은 그 널찍한 푸른 깃을 펄럭였는데, 그때 거기서 한 부드러운 덩굴이 물결쳤다.[10]

여기서 주인공은 한 송이 꽃이다. 파란꽃은 그 빛깔 자체가 비현실적인데, 그 둘레로 많은 다른 꽃들이 함께하고 있지만 청년 하인리히의 눈에는 다른 아무것도 들어오지 않는다. 주인공인 사람이 자연인 꽃

10) *NS* 1, p. 197.

에 동화되어 일차원의 세계로 들어서는데, 이것은 전통적인 전래동화 Volksmärchen의 전형적인 출발 장면이다. 그러나 전래동화가 지닌 성격들[11]과 아주 달리 클링조르 메르헨에는 독특한 몇 가지 특징이 나타난다. 가장 두드러진 특징은 일찍이 리카르다 후흐Ricarda Huch가 지적했듯이 소설 자체가 메르헨이 되어야 한다는 노발리스의 생각이 중심을 이루고 있다는 사실이다.[12] 말하자면 안데르센이나 그림 형제에게서처럼 경이로운 일 자체가 소재가 되어 갖가지 변용이 일어나는 이른바 창작동화에서 발원한 기이한 전래동화들, 혹은 민중 속에서 무의식적으로 배태된 기이한 소재들을 수집한 사이비 창작동화들과는 전연 다르다는 것이다. 노발리스는 소설이면서 그 자체가 메르헨인 양식의 구현을 도모했던 것이다. 이러한 양식은 후흐의 표현에 따르면 "기적의 정원Wundergarten"이다(혹은 "경이의 정원"으로 번역되어도 좋다). 중요한 것은 그 정원에는 파란꽃이 피어나며 그 주위로 온갖 꽃들이 다양하게 더불어 피고 있다는 점이다. 그 정원이 바로 소설인 것이다. 이 정원은 전래동화나 창작동화에서 볼 수 없는 독특한 공간이며 서서히 '완성되어가는 공간'이다. 그 공간은 근대적인 의미에서의 소설이라는 양식을 연상시킨다. 소설이 '완성되어가는 공간'이라는 생각은 사실상 많은 소설 이론들에도 불구하고 어느 정도 공통의 함의를 지닌다. 가령 가장 열정

11) 김환희, 『옛이야기와 어린이책』, 창비, 2009, pp. 194~202. 전래동화라고 하면 사람들은 일반적으로 우리나라의 옛이야기 또는 서양의 그림 형제나 안데르센의 요정담을 연상한다. 『그림 메르헨』, 김서정 옮김, 문학과지성사, 2007; 한스 크리스티안 안데르센, 『안데르센 메르헨』, 김서정 옮김, 문학과지성사, 2012 참조.

12) Ricarda Huch, *Die Romantik*, Tübingen, 1951, pp. 288~89 참조. "시의 정원에서 전설, 메르헨, 신화 한 조각만이라도 기이한 것으로 여겨지는 것이 낭만주의가 아니다. 낭만주의는 노발리스가 『하인리히 폰 오프터딩겐』에서 그렇게 하기를 원했듯이 소설 전체가 색깔을 지닌 특성으로 받아들여져서 파란꽃을 상기시키는 유일한 기적의 정원이어야 했다."

적으로 소설의 이론에 매달린 게오르크 루카치는 "소설은 다른 장르가 지닌 완성된 형식의 성격과 달리 진행형, 그러니까 하나의 과정으로 나타난다"[13] 고 말한 바 있는데, 이러한 견해는 이 문제에 관한 한 그의 앞 세대나 뒤 세대에서 약간의 변주만 보일 뿐 비슷한 양상으로 나타난다.

꿈속에서 본 파란꽃에 매혹된 하인리히는 그냥 꿈속에만 머무르는 몽환적인 삶을 마다하고 집을 나서서 길을 떠난다. 그러나 그의 여정은 단순히 꿈을 좇아가는 소년적인 출가가 아닌, 상당한 논거를 배경으로 한 합리적인 결단의 결과라는 점이 아버지와의 대화를 통해 인지된다.

> "모든 꿈, 아주 뒤숭숭한 꿈이라도 신의 섭리를 생각하지 않을 수 없는, 비밀스러운 커튼을 뜻깊게 찢어버리는 신기한 현상이 아닐까요? 그 커튼은 우리 마음속 깊이 수천 개의 주름을 떨어뜨리고 있지요. [……] 제겐 꿈이야말로 삶의 규칙성과 통속성에 대항하는 울타리라는 생각이 듭니다. [……] 왜냐하면 그 꿈은 제 영혼 속에 넓은 수레바퀴처럼 들어와서 힘차게 돌아가고 있는 걸 느끼게 되니까요."[14]

이 말 속에는 꿈의 성격을 규정짓는 중요한 요소들이 들어 있는데, 대략 세 가지로 정리된다. 첫째, 하인리히에게 꿈은 신의 섭리와 관계되는 현상이다. 둘째, 꿈은 삶의 규칙성과 통속성에 대항하는 그 어떤 것이다. 마지막으로, 꿈은 꿈속에 그냥 머물러 있지 않고 영혼을 움직이는 실천적 활력소로서 인식된다. 이러한 그의 주장은 요컨대 꿈이 일상

13) Georg Lukács, *Die Theorie des Romans*, Darmstadt and Neuwied, 1982, p. 93.
14) *NS* 1, pp. 198~99.

을 넘어서는 영적인 힘이라는 것이다. 그렇기 때문에 그는 꿈에서 깨어나자 자리를 박차고 길을 떠날 수 있었다. 이때 중요한 것은, 하인리히의 여정에 부모가 이해와 동의를 하고 함께 길을 나섰다는 점이다.

하인리히는 어머니와 함께 고향집을 떠났다. 이 출가는 꿈, 꿈속에서 본 꽃을 찾아 떠나는 낭만적 동기에 의해 이루어졌지만, 거기에는 꿈의 현실적 능력을 믿는 견고한 현실인식이 뒷받침된다. 길을 나선 하인리히 모자가 처음 만난 것은 상인들인데, 노발리스는 이들을 통해 다시 꿈과 현실의 동행 관계, 그 복합적 성격을 강조한다. 상인들은 현실과 무관한 꿈이나 예술의 불가능성을 피력하는데, 그 논조는 막무가내로 현실의 중요성만을 역설하는 것이 아니다. 그들은 양자의 불가분한 관계를 말하면서 오히려 꿈과 예술, 특히 문학에 대한 깊이 있는 인식을 보여줌으로써 이 소설이 메르헨 형성을 통한 소설적 완성의 길에 들어서고 있음을 보여준다. 양자의 불가분성에 대한 설명은 가령 다음과 같다.

> "만일 당신이 당신 아버지의 예술을 이해하지 못하고, 듣건대 학식 있는 것들에 치우친다면 성직자가 될 필요도 없으며 이러한 생활을 멋지게 즐기자는 생각을 포기해도 좋습니다. 학문이 세속에서 멀리 떨어진 상태에 놓이고, 영주들이 비사교적이며 경험이 부족한 사람들에 의해 충고를 받는 일은 별로 좋지 않지요. 그들은 세상일에 참견하지 않음으로 해서 생기는 고독 때문에 〔……〕 현실에서 벗어난 일에 주목하지 못할 수 있습니다."[15]

15) *NS* 1, p. 207.

꿈이나 예술, 혹은 학문, 더 나아가 신이나 종교의 영역까지도 현실과 대비되는 쪽에서 이분화되지만, 그것들이 곧 상보적인 것으로 상호 인식되는 첫 단계가 상인들과의 만남이다. 이 단계를 거쳐서 시와 문학이 지닌 내밀한 속성과 그 본질에 대한 진술이 이어지는데, 아이러니컬하게도 그것들은 시인이 아닌 상인들의 입을 통해서 전개된다.

> "이에 반해 시 예술에 대해서는 무언가 외부에서 이렇다 할 만하게 드러낼 수가 없어요. 어떤 연장이나 손으로 만들어내는 게 아닙니다. 눈과 귀가 있어도 이에 대해서는 아무것도 알아채지 못합니다. 왜냐하면 말을 그저 듣는다는 것은 이 신비스러운 예술만이 지닌 특유의 효과는 아니니까요. 모든 것은 내적입니다. 예술가들이 외적 의미를 즐거운 감수성으로 충만시키는 경우, 시인은 기분이라는 내적 성역을 놀랄 만한 멋진 생각으로 새롭게 충만시키는 겁니다."[16]

그러나 상인들을 통해서 등장하는 소설의 중요한 구도는 청년 시인과 공주의 사랑 이야기, 곧 '로맨스Romanze'다. '이야기Erzählung'라는 장르 형태로 된 그 이야기는 그것이 이 소설 속에서 일종의 화두로 깔리면서 소설 전체에 모티프로 작용하고 있다는 점에서 의미심장하다.[17] 제3

---

16) *NS* 1, pp. 209~10.

17) Heinz Ritter, *Der unbekannte Novalis*, Göttingen, 1967, pp. 210~11. 저자는 사랑의 이야기가 소설 전체 속에서 수평적 모티프로 이용되고 있는 모습을 다음과 같이 도식화했다.

이야기Erzählung		**장편소설Roman**
아틀란티스의 왕	=	클링조르
공주	=	마틸데
청년 시인	=	하인리히

장에서 상인들이 전해주는 이야기의 내용은 이렇다. 숲속에 있는 청년의 아버지 집에서 두 젊은 남녀가 만나게 된다. 여성이 공주라는 사실을 모르는 청년은 그녀의 아름다움에 매료되었고 그녀는 청년을 다시 찾아온다. 두 사람의 관계는 "그리고 곧 그녀의 천사 같은 영혼엔 아무런 생각도 남아나지 않게 되었다" "청년 역시 그녀에게 영혼을 모두 바쳐버렸다"는 지문 속에 잘 녹아 있다. 이 과정에서 공주가 잃어버린 마스코트 귀금속 홍옥은 이야기의 시작 부분에서 중요한 역할을 한다. 그러나 사랑의 이야기 내용은 비교적 간단하지만, 그 완결성이 장편 속의 메르헨으로 옮겨 가자 그렇게 간단하게만 전개되지는 않는다. 그렇기는커녕 그 상징성 때문에 문제는 복잡해진다.

'이야기Erzählung'와 '장편소설Roman'의 관계는 제3장에서 나타난 청년 시인과 공주의 사랑 이야기가 소설 전체의 구조와 닮아 있다는 점에서 유비類比된다. 더 나아가 그 관계는 제9장에서 펼쳐지는 메르헨의 구조와 대비되면서 이 소설 전체의 주제로 부각된다. 평범해 보일 수 있는 이 사랑 이야기의 골격은 몇 가지 특징으로 살펴볼 수 있다. 첫째, 한 사람(남자)은 시인이며 다른 한 사람(여자)은 궁성의 공주라는 현실적 신분의 차이인데, 여기서 특히 남자가 시인이라는 사실이 주목된다. 둘째, 두 사람은 우연한 만남과 불가피한 이별이 반복되는 관계로 점철되는데, 이때 그 마스코트로서 홍옥이라는 귀금속이 매개된다. 셋째, 두 사람은 오랜 이별 이후 완전한 결합을 이루는데, 하나가 된 두 사람은 다시 여자의 아버지, 즉 왕과 기약 없는 이별을 하게 되며 왕과 공주 사이의 그리움이 이야기의 긴장을 조성한다. 물론 둘은 다시 만나고 화해하는 대단원을 맞는다. 큰 줄거리에서 전래동화의 그것과 방불한 모습을 보이지만, 여기서는 만남-이별-그리움-재회와 결합이라는 낭만주의 특유의 구조가 발생한다.[18] 사랑과 감정에 함몰된 세계의 삶은 경험과 인식의 세계에 있는 삶에 의해 그 진정성이 중단받기 일쑤여서 두 세계가 하나로 통일/결합되고 올바로 인식되기 이전에는 안정되지 않는다. 그 두 세계는 사랑과 인식의 충동, 내적·외적 경험, 인간의 생각과 세상의 이념 등으로 분류될 수 있을 것이다. 예컨대 아틀란티스 이야기 Atlantis Erzählung[19] 자체가 그 두 세계를 보여준다. 청년 시인은 부친을 통해 지혜를 습득해온 전통적인 예지의 인물로, 공주를 만나서 그 정신을 전해준다. 이윽고 두 사람은 하나가 되는데, 이것은 두 세계의 합일과 조화, 역사와 시간 속에서 합일이 이루어지고 있음을 말해준다.

노발리스는 양자의 통합이라는 문제를 아틀란티스 이야기와 소설 전체의 합일이라는 관점으로 확대하면서 결론부의 메르헨을 통해 소설 자체의 성격을 메르헨으로 꾸몄다. 그러므로 『하인리히 폰 오프터딩겐』은 '소설 메르헨' 혹은 '메르헨 소설'이라고 말할 수 있다. 실제로 노발리스는 이와 관련하여 주목할 만한 언급을 한 일이 있다.

> 시작 부분의 시와 끝부분의 시 그리고 모든 장章의 제목.
> 모든 장 사이에서 시가 말한다.
> 이야기에서 나온 시인—시의 왕.

18) 낭만주의의 이러한 구조에 대하여는 많은 연구가 이루어져왔다. 특히 Hans-Joachim Heiner, "Das Goldene Zeitalter in der deutschen Romantik", *Romantikforschung seit 1945*, ed. Klaus Peter, Königstein, 1980, pp. 280 이하 참조.

19) 아틀란티스는 원래 전설의 섬을 가리킨다. '전설의 섬 이야기'는 그 자체로 독자적인 작은 이야기로, 여기서는 노발리스가 상인들을 통해 전해주는 사랑의 이야기를 말한다. Ritter, *Der unbekannte Novalis*, p. 211.

우화가 나타난다. 어머니와 아버지가 개화한다.[20)]

> Eingangs- und Schlußgedichte und Überschriften jedes Capitels.
> Zwischen jedem Capitel spricht die Poesie.
> Der Dichter aus der Erzählung — König der Poesie.
> Die Fabel erscheint. Mutter und Vater blühn auf.

그런가 하면 작가는 "클링조르는 아틀란티스의 왕", 그리고 "클링조르는 학문의 시"[21)]라고 함으로써 소설 전체가 아틀란티스 이야기를 모티프로 한 그 확대판임을 밝히고 있다. 결국 이야기라는 서사와 시라는 서정은 하나이며, 그 분리되어 있는 실존은 합일을 향한 그리움의 과정이자 존재라는 노발리스의 문학관이 표출되어 있는 것이다. 이때 클링조르라는 화자는 두 세계를 매개 또는 통합하는 인물이다. 그러나 소설 제7장부터 마틸데의 아버지 역할을 수행하는 클링조르와 그의 사랑 이야기, 곧 메르헨이 등장하기에 앞서서, 작가 노발리스는 이미 제1장에서부터 전체를 아우르는 계획을 은밀하게 마련하고 있었던 것으로 보인다.

> 모든 느낌은 그에게 있어서 이제껏 알 수 없었던 높이로까지 올라왔다. 그는 끊임없이 다채로운 삶을 살다가 죽었으며, 또다시 살아났다. 굉장한 열정으로 사랑하였으며 또 그의 애인과 영원히 헤어졌다. [……] 그

---

20) *NS* 3, p. 672 참조.
21) *NS* 3, p. 673.

는 마치 어두운 숲속으로 혼자 걸어가고 있는 것 같은 기분이었다.[22]

첫 꿈에 나타난 첫 애인과의 영원한 이별 이후 숲속으로 걸어 들어간 하인리히는 또 다른 애인을 만나는데, 이러한 과정은 아틀란티스 이야기를 통해서 이미 모두 해체되어버린 것처럼 보인다.[23] 말하자면 첫번째 꿈의 현실적 좌절이 결과적으로 아틀란티스라는 사랑 이야기를 낳았다고도 할 수 있다. 소설의 구조를 이른바 성장소설식으로 구성함으로써 근대소설의 기초를 다지게 되었다는 소설이론[24]을 고려하지 않는다 하더라도, 결론부에 메르헨을 배치함으로써 소설 전체에 메르헨적 상징과 구조를 부여하려 한 작가의 심리 그 바탕에는 아마도 이러한 사랑의 아

22) *NS* 1, p. 196. 이러한 내용은 주인공 하인리히가 이 소설에서 꾸는 여러 번의 꿈 가운데 첫번째 꿈에 나온다. 여기서 애인과의 영원한 이별은 노발리스 자신의 첫 애인 소피 폰 퀸Sophie von Kühn의 죽음을 연상시킨다.

23) 소피가 1797년 3월 사망한 이후 노발리스는 율리 폰 샤르팡티에Julie von Charpentier라는 여성을 그다음 해 3월에 만난다. 두 사람은 1800년 1월에 2주간 프라이베르크, 드레스덴, 지벤아이헨을 여행했고, 이듬해인 1801년 3월 노발리스가 사망한다.

24) Hermann August Korff, *Geist der Goethezeit* IV, Leipzig, 1964, p. 441 참조. 역사적으로 다양한 소설이론이 전승되어왔으며, 오늘날에도 다양하다. 대표적으로 루카치의 『소설의 이론*Die Theorie Des Romans*』 『역사소설론*Der historische Roman*』, 사르트르의 『문학이란 무엇인가?*Qu'est-ce que la littérature?*』가 이미 고전이 되었고, 바흐친Mikhail Bakhtin, 들뢰즈Gilles Deleuze, 랑시에르Jacques Rancière 등의 이론들도 많이 거론된다. 그러나 그중에서도 가장 영향력 있는 현재성을 발휘하고 있는 이론가는 아도르노Theodor W. Adorno이다. 계몽과 근대의 관점에서 통시적으로 이 문제를 관찰, 분석하는 그는 서사시, 신화, 소설을 동일한 차원에서 바라보면서 사회발전과의 관계에 주목한다. 여기서는 이 문제와 조금 떨어져서, 괴테의 『빌헬름 마이스터』 연작소설과 더불어 『하인리히 폰 오프터딩겐』이 성장소설적 성격을 드러냄으로써 18세기 후반 근대소설의 효시가 된다는 관점이 요구된다. 다시 말해, 성장소설Bildungsroman이 본격적으로 등장하는 시기가 바로 초기 낭만파 시대, 즉 괴테 중기-노발리스 시대인 것이다. 성장소설 혹은 교양소설로 일컬어지는 이러한 장르의 출현을 코르프는 기독교 세계관의 변동에 따른 하나의 출구현상으로 이해하면서 '주관적 장편소설Der subjektive Roman'이라는 말로 호명한다. 이런 작품 속에서 한 인간의 정신적 성장이 이루어진다는 거시적인 관찰에 따른 것이다.

이러니 경험이 내재해 있지 않았을까 생각된다.

청년 하인리히는 꿈에 본 파란꽃을 찾아가는 주관적이며, 다분히 몽환적인 풍경의 모티프에서 출발한다. 그다음 상인, 광부, 군인 등 현실적인 인간 군상들과 만나고, 그 현실 한가운데를 지나간다는 소설 과정은 그 자체가 성장소설의 골격을 형성한다. 그러나 마지막 결구에 이르러 다시금 꿈과 같은 메르헨을 만나고 그 메르헨의 거대한 실체가 구체적으로 펼쳐진다는 전개는 뜻밖이다. 하지만 결론으로 부각된 메르헨은 여기서 더 이상 몽환적인 꿈에 머무르지 않고 강력한 현실적 비유의 힘으로 재탄생한다. 메르헨과 장편 『하인리히 폰 오프터딩겐』의 구조적 상징 관계를 표로 정리하면 다음과 같다.[25)]

메르헨	(상징)	소설
에로스	사랑	하인리히
기니스탄(에로스의 보모)	판타지	하인리히의 어머니
늙은 달(기니스탄의 아버지)	동경	슈바닝(하인리히의 외조부)
프라야(에로스의 신부)	평화	마틸데
아르크투르 왕	삶의 정신	프리드리히 황제
소피	미지의 성스러움	신의 어머니
아버지	감각	하인리히의 아버지
철(아이젠)	자연	광부

25) Ritter, *Der unbekannte Novalis*, p. 208.

3. 메르헨의 이론

장편 『하인리히 폰 오프터딩겐』이 점점 메르헨으로 넘어가고 있다고 노발리스는 프리드리히 슐레겔에게 편지했다.[26] 동시에 그는 같은 편지에서 제2부가 제1부보다 훨씬 시적이라고 쓰면서 메르헨이 시를 숭배하는 형식, 즉 완전하고 절대적인 형식이 아닌가 싶다고 말했다. 이 소설에는 그러한 암시가 많이 들어 있는데 메르헨의 화자 클링조르와 청년 하인리히의 대화에서 그것들이 나타난다. 곧잘 괴테에 비교되곤 했던 클링조르가 하인리히에게 말한다.

"그래서 시란 체험에 기초를 두고 있다고 하는 걸세. 나 자신 젊었을 때엔 내가 즐겨 노래 부르지 않을 대상을 너무 멀리하거나 모른 체하기가 쉽지 않았었네. 그런데 어떻게 되었나? 참된 시의 불꽃이 없는 허황하고 가련한 말놀이였지. 그러므로 메르헨은 아주 어려운 과제일세. 젊은 시인이 그걸 잘 다루기란 드문 일이지."[27]

메르헨 이론이라고도 불리는 이러한 진술에는 메르헨 또한 시처럼 만들어지는, 즉 인간의 노력과도 결부되는 어떤 것이라는 강력한 시사가 들어 있다. 노발리스는 시가 무언가를 이끌어내어 회복시키고 조립하면서 완성해가는 언어의 작업임을 알고 있었으며 그것은 탁월한 의미에서 말 만들기라고 생각했던 것이다.[28] 클링조르와 하인리히 사이의 대

26) Eckhard Heftrich, *Novalis: Vom Logos der Poesie*, Frankfurt, 1969, p. 116.
27) *NS* 1, pp. 286~87.
28) Heftrich, *Novalis*, p. 116. 헤프트리히는 클링조르의 이러한 견해가 바로 메르헨 이론이라

화를 통해서 부각되는 그 의미는 대략 다음 진술들을 통해서도 확인된다.

"언어란 실상 그 부호와 음향으로 된 하나의 작은 세계이지요. (……) 사람은 언어를 지배하게 되면 더 큰 세계를 지배하고 싶어 하고 그 속에서 자유자재로 표현할 수 있기를 바라죠. 우리들 존재가 지닌 원초적 충동을 언어 속에서 나타낼 수 있는 이러한 즐거움에 시의 기원이 놓여 있겠지요." (하인리히)

"시가 하나의 특수한 이름을 갖고 시인이 하나의 특별한 미래를 설정한다는 것은 아주 좋지 않은 일일세. 그것은 인간 정신의 독특한 행동방식이지. 누구나 언제든지 시를 지으려고 노력하는 것 아닌가?" (클링조르)[29]

인간적 노력이란 대상과 경험 사이의 간극을 극복하고 어떤 언어형식으로 형상화하느냐 하는 문제와 결부된다. 노발리스는 메르헨에 대하여 스스로 분명한 언급을 한 일이 여러 번 있는데 『일반 초고*Das allgemeine Brouillon*』에서 다음과 같은 생각을 피력한다.

진짜 메르헨에서는 모든 것이 놀랍다—신비에 가득 차고 제멋대로 흩어져 있다—모든 것이 생기가 있다. 모든 것이 제각각이다. 전 자연은 전

고 하면서, 시의 절대성 강조를 통한 창조의 원동력을 역설한다. "메르헨은 하나의 과제이다. 그것은 하나의 시작품처럼 말하자면 만들어지는 것이다Ein Märchen ist eine Aufgabe. Es ist also machbar wie ein Gedicht."

29) *NS* 1, p. 287.

영계靈界와 놀라운 방법으로 얽혀 있다. 보편적 무정부상태의 시간—무법—자유—자연의 자연상태—세상(국가) 이전의 시간. 세상 이전의 시간은 그러니까 세상 이후의 시간이며 산지사방으로 흩어진 모습을 불러온다—자연상태가 영원한 나라의 특별한 이미지이듯이. 메르헨의 세계는 진실(역사)의 세계와 꼭 반대되는 세계이다—그리고 바로 그렇기 때문에 그와 아주 흡사하다—완전히 성취된 창조의 혼돈처럼.[30]

> 진짜 메르헨이란 말은 동시에 예언적 표현이어야 한다—
> 이상적 표현이면서 절대적으로 필요한 표현이어야 한다.
> 진짜 메르헨 작가는 미래를 내다보는 자다.[31]

노발리스의 이러한 발언은 몇 가지 중요한 내용을 함축한다. 그중 특별히 주목을 끄는 부분은 "진짜"라는 표현이다. 이러한 통속적 관형어의 강조는 당시 '메르헨'이라는 장르가 꽤 많이 유행했었으리라는 추측을 가능케 하며, 동시에 이에 대한 노발리스의 반감 내지 안타까움을 반증한다. 자신도 메르헨을 말하지만, 그것은 많이 거론되는 다른 메르헨과 달리 "진짜"라고 강조되어야 마땅한 메르헨이라는 것이다. 따라서 노발리스와 관련된 메르헨은 무엇보다 각별한 변별점을 지닌 노발리스만의 메르헨으로 보아야 마땅할 것이다. 결국 그것은 '노발리스 메르헨'으로 호칭되어야 할 것이다. 구체적으로 말한다면 장편 『하인리히 폰

30) *NS* 3, pp. 280~81. 여기서 그는 "진짜ächt" 메르헨이라는 말을 쓰는데, ächt는 echt의 중고독일어다. 속어처럼 쓰이는 이 말을 통해 메르헨을 대중적으로 수용시키려는 노발리스의 진정성이 느껴진다.

31) *NS* 3, p. 281.

오프터딩겐』에서의 메르헨이며, 다시 말해 '클링조르 메르헨'이다.

다음으로 주목되어야 할 부분은, 이 같은 메르헨은 미래를 내다보는 예언적 표현이어야 한다는 당위성의 역설이다. 그렇기 때문에 그것은 이상적인 표현일 수밖에 없다는 점을 그는 인정한다. 당위성과 불가피성을 말하는 독일어의 화법조동사 muß(müßen의 3인칭 단수)를 사용한 것에 주의하지 않을 수 없다.

> Das ächte Märchen muß prophetische
>
> Darstellung—idealische Darstellung 〔……〕
>
> Der ächte Märchendichter ist ein Seher der Zukunft. (앞선 주석 31의 독일어 원문)

노발리스 당시는 물론 그 이후 그림 형제에 이르기까지 메르헨은 일반적으로 과거의 민속에 바탕을 둔 이른바 전래동화가 대부분이었고 창작동화의 경우도 전래동화의 변형이 많았다고 할 수 있다.[32] 따라서 메르헨이 예언적이라거나 메르헨 작가가 미래를 내다보는 자여야 한다는 주장은 생각조차 할 수 없는 상황이었다. 말하자면 노발리스는 역사 이래 민중의 흩어진 전설과 이야기가 메르헨 행세를 하는 풍토에 비판적 자세를 보이면서 그로부터 벗어나야 한다는 일종의 사명감을 가졌다. 그는 메르헨을 지나간 이야기들의 수집이 아닌 '와야 할 미래의 모

32) 그림 형제의 『그림 동화집』(원제: 『어린이와 가정 메르헨*Kinder und Hausmärchen*』, 1812~1822)이 본격적인 창작동화로 알려졌지만, 이 또한 민중들을 상대로 한 철저한 자료조사에 바탕을 둔 전래동화집의 성격에서 벗어나지 못했다. 그림 형제는 이 책의 작가로 이름을 올렸으나, 사실상 수집자 혹은 편찬자의 성격이 강하다. 이러한 사정은 그들의 또 다른 업적으로 『독일영웅전설집』(1829)이 꼽히는 데서도 알 수 있다.

습'을 구체적으로 꿈꾸고 형상화하는 비전으로 생각했던 것이다.

노발리스의 메르헨관, 혹은 이론의 핵심에는 그의 철학이 담겨 있다. 그 철학에는 범신론적 초기 사상이 숨겨져 있는데, 그것은 "전 자연은 전 영계와 얽혀 있다"는 말에 녹아 있다. 아울러 시간에 대한 사상도 중요하게 작용한다.

〔……〕 Die Zeit der allgemeinen Anarchie — Gesetzlosigkeit — Freyheit — der Naturstand der Natur — die Zeit vor der Welt. Diese Zeit vor der Welt liefert gleichsam die zerstreuten Züge der Zeit nach der Welt — wie der Naturstand ein sonderbares Bild des ewigen Reichs ist. 〔……〕 (앞선 주석 30의 독일어 원문)

시간을 가리키는 독일어 Zeit를 전후한 문맥은 노발리스 시간관의 핵심으로서 메르헨 형성에 작용하는 시간의 중요성을 극명하게 보여준다. 세상 이전에 있던 시간은 세상이 있고 난 다음의 시간을 보여주는데, 그 모습은 산산이 부서진 형태라는 것이다. 거꾸로 말하면 세상이 있기 이전의 시간은 나름대로 질서 있던 시간이었던 셈이다. 그러나 여기서 중요한 것은 세상의 존재, 발생을 전후한 시간의 문제가 아니라 "영원한 나라의 특별한 이미지"인데, 그것은 자연상태라는 것이다. 말하자면 세상 이전의 질서가 있었던 것으로 여겨지는 시간은 자연상태이며, 그 시간은 곧 영원한 나라의 이미지 형태로 된 모습이다. 그것은 세상의 출현과 더불어 산산조각이 난 것이다. 그런데 특이한 점은 세상 이전의 질서가 있었던 시간의 정체는 아이러니컬하게도 보편적 무정부, 무법, 자유라는 것이다. 그것을 작가는 "자연의 자연상태"라고 말한다. 메르헨은 바로 이러한 시간을 담고 있다는 것이다. 그는 말한다. "시간과 함께 역사는 메르헨이 되어야 한다—역사는 처음에 시작되었듯이 다시금 역사가 된다."[33] 역사의 기원으로서 역사의 완성이 메르헨에서 이루어진다.

이렇듯 미래를 내다보는 자로서의 메르헨 작가라는 개념과 새로운 메르헨을 창작하여야 하는 자라는 요구 사이에 이른바 진짜 메르헨의 기획이랄까 하는 것이 존재한다. 기이하고 신비에 가득 찬, 비체계적인, 흩어져 있는 세계의 특색도 거기에 있다. 그러나 그것은 수수께끼 같은 놀라움의 효과를 지향하는 것은 아니다. 자연과 영계가 놀라운 방식으로 얽혀 있을 뿐이다. 그 관계가 신비하게 보이는 까닭은 자연의 신비에 대해서도 영계에 대해서도 인간이 잘 모르기 때문일지도 모른다. 그것들이 모두 합쳐져 '어떤 전체ein Ganzes'를 이룬다는 사실을 사람들은 잘 모른다는 견해다.[34] 인간의 이해력과 그 한계에 대한 노발리스의 회의는 영계에 대한 존중으로 나타난다. 자연과 정신의 총체적 관계는 인간에게 있어서 육체와 정신의 관계를 통해 드러나는바, 여기서 정신은 살아 있는 이념이라는 의미에서 영적인 존재들의 구체적인 세계로 이해된다.[35] 노발리스는 정신과 육체가 서로 교호작용을 함으로써 보다 높

33) *NS* 3, p. 281.

34) Heftrich, *Novalis*, p. 121 참조. '어떤 전체'는 '신적인 이해력'에 영원히 속하는 것으로서, 작가의 정서가 지니고 있는 지적 관찰의 힘에 의해 역사, 운명, 기분 등의 형태로 전개되고 있을 뿐이라고 노발리스는 바라본다.

35) Manon Maren-Grisebach, *Methoden der Literaturwissenschaft*, München, 1970, p. 26; M. 마렌 그리제바하, 『문학연구의 방법론』, 장영태 옮김, 홍성사, 1982, p. 42. 독일 정신사에서 '정신Geist'이라는 개념은 다양한 변주를 보여왔다. 영적인 요소들을 중시하는 노발리스와 낭만주의의 '정신'은 예컨대 훨씬 뒤 신칸트학파에 이르러서는 정반대의 규정을 낳는다. 정신을 영적인 것과의 관련 아래에서 관찰하는 태도는 노발리스 이후 딜타이W. Dilthey에게서나 발견된다. 오히려 신칸트학파의 슈프랑거E. Spranger는 "삶에 의미와 의의를 부여하는, 감각적으로 인식될 수 없는 것으로 '정신'을 규정한다."

은 단계의 전체적 자연상태로 올라선다는 믿음을 가졌고, 그것을 적극적으로 인식하고 거기서 창조적인 무엇인가를 이끌어낼 수 있다고 보았다. 이른바 마법적 이상주의magischer Idealismus라고 할 수 있다. 그는 '마법적 이상주의'와 관련하여 영계의 중요성을 거듭 강조하면서 이렇게 말한다.

> 영계는 이미 열려 있고 항상 명백하다. 필요한 것처럼 갑자기 수선을 떤다면, 벌써 그 한복판에 들어가 있는 우리 자신을 볼 것이다.[36]

우리가 보게 될 세계란 이미 앞서 언급된 '미래의 세계'인데 거기서는 모든 것이 이전에 있던 것과 같다. 메르헨이란 이때 바로 이전에 있었던 역사를 거울에 투영한 것과도 같은 모습이 된다. 노발리스는 따라서 이전의 세계와 메르헨을 구별하지 않고 소위 진짜 메르헨의 규정을 이전 시대로 끌어올린다. 세계의 역사 맞은편에 자연의 역사로서 자리하는 시대가 바로 그 시대이다. 역사를 통해서 창조가 완성된다는 논리는 종말론을 연상시키지만, 어쨌든 완성된 창조는 세계가 불완전한 창조라는 관점에서 보면 미래의 세계가 되는 것은 틀림없다.

이러한 미래 세계에서 자연과 영계는 더 이상 신비하게 얽히지 않고 자연은 전체라는 자격으로서 영계로 귀향하는 셈이 된다. 완성된 창조과정에 자연이 들어가기 이전, 그러니까 역사가 되기 이전의 자연은 자유의 상태이다. 이러한 자유는, 그러나 혼돈의 상태이기도 하다. 그리하여 기원, 시초, 역사, 완성 등은 노발리스에 있어서 일차원에 속하는 것

---

36) 사실상 노발리스의 마법적 이상주의의 개념이 된다. *NS* 3, pp. 301~302.

들로 나열된다. 노발리스는 이 상황을 혼돈으로 인정하면서도 "이성적인 혼돈"이라고 부른다.

> 미래의 세계는 이성적인 혼돈이다—자기 스스로 관철한 바 있던 혼돈—자신의 내부에, 그리고 외부에—혼돈.[37]

이와 관련하여 '자기관철Selbstdurchdringen'이라는 용어를 노발리스는 쓰고 있는데, 이에 대해서 그는 이렇게 설명한 일이 있다.

> 자기 스스로를 관철한 첫번째 천재는 측량할 수 없는 세계의 전형적인 싹을 찾아냈다. 그 천재는 세계사에서 가장 괄목할 만한 발견을 한 것인데, 그도 그럴 것이 그것은 인류의 완전히 새로운 세기를 시작했기 때문이다. 이러한 단계에 올라서서 모든 종류의 참된 역사가 가능해졌다.[38]

자기관철 기능을 한 최초의 혼돈을 천재라고 인격화해서 바라보고 적어놓은 생각이다. 천재의 발견과 전체 세계역사의 선취를 관철되지 않은 혼돈에서 관철되어가는 혼돈으로의 과정이라고 본 것이다. 앞서 언급된 "측량할 수 없는 세계"란 바로 미래의 세계이며 창조의 완성, 혼돈을 가리키는데, 그 혼돈은 자기관철의 힘에 의해 "이성적인 혼돈"이 되는 것이다. 여기서 이성적이란 어떤 제한을 뜻한다기보다 생식력이 있는 능력과도 같은 뜻으로 이해되는 편이 타당할 것이다. 이성적 혼돈은

---

37) *NS* 3, p. 281.
38) *NS* 2, p. 455.

무한하게 내외부에 걸쳐 있기 때문이다.

"모든 종류의 참된 역사"란 노발리스의 『일반 논고의 메르헨 부분 *Märchen-Notiz des Allgemeinen Brouillons*』에 나오는 "진실(역사)의 세계Welt der Wahrheit(Geschichte)"라는 말을 의미한다고 할 수 있다. 그 세계는 메르헨의 세계와 철저히 대비되면서도 유사하다.[39] 참된 역사란 "지금까지 뒤에 제쳐져 있었던"[40] 길이 "철저히 설명 가능한, 고유의 전체"를 만들어주기 때문에 가능하다는 것이다. 이때 그 설명은 이제까지의 역사를 단순히 묘사하는 식의 분석을 의미하는 것은 아니다. 그보다는 그것은 스스로 놓여 있는 어떤 지점에서부터 역사의 세계가 움직이는 것을 의미한다. 말하자면 세계역사의 아르키메데스는 시인이다. 노발리스는 말한다.

> 세계 바깥의 그 지점이 주어져 있다. 아르키메데스는 그의 약속을 이제 실행할 수 있다.[41]

시인은 "천재적 인간의 대표"[42]이며, 자기관철을 하는 천재란 시인이나 창조자이기 때문이다. 진짜 메르헨은 세계 이전의 시간을 반영하므로 예언적 표현을 한다. 노발리스는 이것을 이상적이며 필연적인 표현이라고 생각했다. 그 세계와 시간이 이상적인 것은 완성된 창조를 미리 예시하는 약속으로서 그 이념이 나타나기 때문이다. 노발리스는 이 상태

---

39) Hannelore Link, *Abstraktion und Poesie im Werk des Novalis*, Stuttgart, 1971, p. 142 참조. "메르헨은 또 다른 역사다."

40) *NS* 2, p. 455,

41) *NS* 2, p. 455.

42) *NS* 2, p. 446.

를 꽃, 아이나 청춘과 같은 메타포를 사용하여 나타내기를 즐겼다. 메르헨을 지배하는 관건으로서 에크하르트 헤프트리히는 "진정한, 종합적인" 어린아이를 가리켰다.[43] 성인보다 훨씬 영리하고 지혜로우므로 그는 아이를 "철저히 아이러니하다"고 보았다.

이렇듯 노발리스는 진짜 메르헨이란 예언적이며 이상적인, 또한 절대적으로 반드시 필요한 표현을 하여야 한다고 했으나 그의 『일반 초고』에는 이와는 다른 진술이 나오기도 한다.

> 메르헨이란 그러므로 시의 규범이다—시적인 모든 것은 메르헨다워야 한다. 시인은 우연을 숭배한다.[44]

메르헨이 시의 규범이라는 언명은 메르헨에 반영된 세계 이전의 시간이 역사 세계 이후의 흩어져버린 시간의 모습을 가져오고, 또 자연상태가 영원한 나라의 특별한 이미지이기도 하다는 인식 위에서 생겨났다고 할 수 있다. 규범이란 여기서 무법과 무정부의 규칙이다. 말하자면 법의 세계라는 관점에서 볼 때 체계가 없는 우연과 혼돈은 용납되지 않는다. 그러나 메르헨을 구성하는 혼돈은 자기관철이라는 행로에서 이성적 행위를 함으로써 역사의 과정에서 진실이 될 가능성을 지닌다. 창조가 완성되어가는 과정은 세계를 시화詩化하고 기분과 정조情調로 변화시킨다. 이러한 세계가 미래세계인데 이 세계는 영이 충만한 영원한 나라이며, 살아 있는 이념, 원초적 이미지의 나라다. 이 나라에서 자유와 필연은

43) Heftrich, *Novalis*, p. 122.

44) *NS* 3, p. 281. 이 인용은 명상적 요소가 제거된 순진한 낭만주의 생각이다. 동시에 이른바 근대문학에 대한 어떤 통찰이나 기획이 담긴 다른 생각도 들어 있는 것 같다.

하나가 된다.

자유와 필연이 하나가 된다는 것은 칸트적 길을 노발리스 역시 걸어갔다는 이야기가 된다. 세계의 보편적 인식으로서의 필연과 이를 넘어서는 인간의 자유의지 사이에서 고민했던 칸트를 노발리스는 메르헨을 통해 일거에 뛰어넘고자 했다. 경험으로서의 세계인식을 받아들이면서도 동시에 선험적 종합인식을 찾아낸 칸트 철학은 인간의 주체적 인식을 중시한다.[45] 그것이 자유다. 인식 대상으로서의 세계는 그 형식에 의해 이해되므로 그 형식은 대상세계에 대해 객관성을 지닌다. 칸트 철학의 이러한 인식회로는 노발리스에게서 곧장 자유와 필연에 대한 합일의 소망으로 나타난다. 거기엔 어떤 배타적 법칙도 없으며, 오직 절대적 자유의 포괄적 법칙만이 존재한다. 배타적·제한적 관점에서 보면 절대적 자유란 우연일 수밖에 없을지도 모른다.

클링조르는 메르헨을 매우 어려운 과제라고 말했다. 시가 경험에 기초해야 한다는 것이 그 어려움의 이유로 거론되었다. 이때 경험이란 이성의 경험이라고도 할 수 있는데, 그것은 혼돈이 자기 스스로 관철을 이루어가며 영원한 나라로 되어가는 힘인 것이다. 이성에 참여함으로써만 지성은 체계와 의미를 지니고 메르헨에 들어갈 수 있는 것이다. 이러한 지성만이 메르헨의 정신과 모순되지 않는다. 그리고 지성의 이러한 기술을 노발리스는 "추상화抽象化, Abstraktion"라고 부른다.

---

45) 자유와 필연Notwendigkeit의 문제는 칸트 철학의 최대 쟁점이다. 자연과 경험의 세계에 마치 법칙처럼 주어져 있는 필연의 현상과 이로부터 벗어나고자 하는 인간의 자유의지와 인식의 문제는 근대로의 전환점을 이루는 의제이다. 칸트의 동시대인으로서 노발리스는 주체성의 차원에서 여기에 지대한 관심으로 접근한다. 서양근대철학회 엮음, 『서양근대철학』, 창작과비평사, 2001, pp. 356 이하; 서양근대철학회 엮음, 『서양근대종교철학』, 창비, 2015, pp. 386~420; I. 칸트, 『실천이성비판』, 최재희 옮김, 박영사, 1975, pp. 246~48 참조.

추상화 이전에 모든 것은 하나가 된다. 혼돈과 같은 하나다. 추상화 이후에 다시 모든 것은 합일을 이루는데 이 합일은 자립적이며 자기결정적인 본질로 된 자유로운 결합이다. 한 무더기로부터 하나의 사회가 생겨나며 혼돈은 복합적인 세계로 변화된다.[46]

그 자신의 말대로 노발리스는 메르헨 속에서 벌어지는 혼돈의 자기관철을 추상화라는 개념으로 감싸 안은 것인데, 자기쇄신된 혼돈이 이성적 혼돈이라면, 추상화라는 개념은 이성의 작용방법이라고도 할 수 있다. 추상의 감각화와 감각의 추상화 작용은 원래 시의 일이자 시인의 과제라고도 할 수 있는바, 좋은 메르헨에서는 이런 작업이 수월하게 이루어진다고 그는 생각한다. 그도 그럴 것이 추상의 감각화와 감각의 추상화에서는 혼돈의 자기관철이 이성적으로 반영되기 때문이다. 이러한 순환적 혹은 상호작용적 과정은 상징적이라기보다는 오히려 알레고리라고 보는 편이 타당하다는 견해도 있다.[47] 한편 노발리스는 슐레겔에게 보내는 편지를 통해 메르헨의 의미를 간결하게 표명한 일이 있다. 무엇보다 그는 자신의 메르헨을 '관찰'해달라고 했는데, 관찰이야말로 메르헨의 정신을 훼손하지 않고 수수께끼 같은 알레고리가 가장 먼저 풀릴 수 있는 방법이라고 생각했던 것 같다. 가령 이렇다.

---

46) *NS* 2, pp. 455~56.

47) Max Diez, "Novalis und das allegorische Märchen", *Novalis*, ed. Gerhard Schulz, Darmstadt, 1970, pp. 131~59 참조. 디츠는 노발리스가 동시대의 낭만주의 이론가 프리드리히 슐레겔보다 알레고리와 상징의 구분에 덜 철저했다고 보면서 클링조르의 메르헨이 혼돈의 자기관철을 구현하는 알레고리적 성격에 주목한다.

지적 판타지의 기이한 지원자—추상적 놀이의 기이한 지원자—내면적인 감성 판타지와 더불어—상징화의 동반, 혹은 체계[48]

4. 메르헨의 내용

이 소설의 핵심부는 제1부 전 9장 가운데 제8장과 제9장인데, 그중에서도 그 전체가 메르헨을 구성하는 제9장이다. 그러나 메르헨이 소설의 중심임을 말해주는 내용은 이미 제8장에 전개되고 있으며, 그 전체에 대한 예고는 제7장 끝부분에 나와 있다.

"그에게 직접 물어보렴." 클링조르는 감동적으로 말했다. 그녀는 마음속 깊이 정을 품고서 하인리히를 바라보았다. "네 일이야말로 영원한 것이리라." 하인리히는 불그레한 뺨에 눈물을 흘리며 부르짖었다. 그들은 동시에 서로 껴안았다. 클링조르는 그들을 팔에 껴안았다. "얘들아!" 그는 외쳤다. "죽을 때까지 서로 성실하거라! 사랑과 성실은 너희들의 인생을 영원한 시로 만들어줄 것이다."[49]

클링조르 메르헨은 사실상 여기서부터 시작한다. 클링조르가 딸 마틸데와 사위 하인리히를 향하여 외치는 말은 메르헨이 무엇인가, 이 소

48) *NS* 3, p. 441.

49) *NS* 1, p. 284. 이 장면으로 제7장은 끝난다. 이어지는 제8장에서는 클링조르와 하인리히의 본격적인 대화가 시를 중심으로 펼쳐지고, 마틸데와 하인리히가 사랑을 나누며 영원한 결합을 다짐한다.

설에서 어떤 의미를 갖는가 하는, 그 본질과 내용을 가감 없이 보여준다. 사랑과 성실, 그리고 이 둘이 합하여 빚어내는 "영원한 시"라는 요소들은 바로 메르헨을 형성하는 3대 원리라고 할 수 있는데, 클링조르는 젊은 두 남녀에게 이것을 강조하고 마치 알레고리와도 같은[50] 메르헨 이야기를 들려준다. 물론 메르헨 이야기를 하기에 앞서서 두 남녀는 클링조르의 결혼 축사와도 같은 이 원리의 실천을 다짐한다.[51] 말하자면 메르헨은 그 원리의 제시와 실천의 다짐이라는 단계를 거친 후 그 모습을 드러낸다.

소설 제9장 이후의 메르헨은 그러므로 '실천이 다짐된' 그 실천의 실현이라고 할 수 있다. 사랑과 성실의 실천이며, 그것이 영원한 시를 만든다는 것을 보여주어야 할, 일종의 과제를 담보한 실천이다. "길고 긴 밤이 막 시작되었습니다"로 열리는 메르헨은 "영원의 나라는 세워졌어요 / 사랑과 평화 속에 싸움은 끝나고 / 아픔의 긴 꿈은 지나갔지요 / 소피는 마음의 영원한 사제랍니다"라는 시로 끝나면서 그 과제를 수행한다. 물론 소설 전체를 본다면, 이 과제의 수행 여부에 대해서는 이론이 있을 수 있다.[52] 그러나 적어도 그 속의 메르헨만을 집중적으로 주목한다면 과제의 수행은 이루어진 듯이 보인다. 그렇다면 상징의 형태로 된 알레고리적 효과를 방법으로 한 메르헨의 실제 내용과 진행은 어떻게 이

---

50) Heftrich, *Novalis*, p. 127 참조. 그는 메르헨의 추상 → 감각화, 감각 → 추상화의 구조가 상징보다 알레고리에 가깝다고 본다.

51) *NS* 1, p. 290: "아! 당신이 내 것이라고 다시 한 번 약속해주오. 사랑은 끝없는 반복이라오." "그럼요, 하인리히. 영원히 당신의 것임을 맹세하지요. 볼 수 없는 내 착한 어머니 앞에서 맹세해요." "나도 영원히 당신 것임을 맹세하오, 마틸데." "우리 곁에 있는 신 앞에서 참된 사랑을!" 오랜 포옹, 무수한 키스가 이 복된 한 쌍의 영원한 결합을 다짐해주었다.

52) 왜냐하면 제1부에 「기대Erwartung」가 부제로 나오고 「실현Erfüllung」은 제9장을 지나서 제2부에 나오기 때문이다.

루어지고 있는가. 전체적인 의미와 의의 파악에 앞서서 내용의 축약은 거듭 필요해 보인다.

길고 긴 밤이 시작되자 처음으로 나타난 인물은 늙은 기사이고 이어서 아르크투르 왕의 딸이 등장한다. 공주의 이름은 프라야인데, 왕과 공주가 따뜻한 만남을 갖는 사이 꽃과 별에 대한 묘사 장면이 펼쳐진다.

> "그 꽃잎들에는 커다란 별 모양으로 이루어진 성스럽고 의미 깊은 부호가 새겨져 있었다는군요. [……] 별들은 떠돌고 있었는데 때로는 천천히, 때로는 빨리빨리 곧은 선을 바꾸지 않고 이리저리 음악에 맞추어서 꽃잎들의 모습을 아주 예술적으로 그려내고 있었답니다."[53]

이러한 장면이 조성하는 분위기는 당연히 사랑과 평화다. 과연 아르크투르 왕은 늙은 기사를 향하여 칼을 버릴 것을 명령하고, 메르헨은 사랑을 상징하는 인물 에로스를 등장시킨다. 메르헨 속의 메르헨은 마치 격자소설처럼 에로스를 중심으로 한 상징적인 서사를 보여준다. 에로스는 여기서 요람 속의 어린 소년, 유년에 가까운 소년이다. 그에게는 젖먹이 누이동생 파벨과 유모 기니스탄이 있다. 여기서 뱀 막대기 사건이 일어난다. 내용인즉, 아버지가 마당에서 발견한 쇠막대기를 슈라이버가 빙빙 돌린다. 거기엔 실이 달려 있었는데 슈라이버가 북쪽으로 방향을 잡아놓았다. 그러다가 기니스탄이 결국 그 막대기의 모양을 뱀처럼 만들었다. 이때 잠들어 있던 에로스가 그 뱀 막대기를 잡고는 벌떡 일어나 요람에서 뛰어내렸는데, 순간 그는 단번에 크게 성장하였다. 소

53) *NS* 1, pp. 292~93.

설은 여기서 뱀 막대기를 가리켜 "북쪽을 향해 뻗어 있는 보물"이라고 말한다. 여기서 뱀 막대기는 구약의 놋뱀을 연상시키면서 이 사건에 끼어든 기독교적 색채를 보여준다.[54)]『기독교 혹은 유럽』이라는 주목할 만한 논문을 발표한 바 있는 노발리스의 종교관과 그 세계에 대해서는 별도의 고찰이 요구되지만, 메르헨과 관련된 의미는 나름대로 밝혀질 필요가 있다. 이에 대해서는 신학자 한스 큉과 문학자 발터 옌스의 중요한 분석과 진술이 있다.

> 노발리스가 옛날의 가치에 서 있는 가톨릭의 보편주의와, 위축된 교황주의의 면전에서 그 저항의 대상이 없어져버린 프로테스탄트의 "지속적 혁명정부" 사이의 화해를 촉구한다면, 그것은 빗나간 혼합주의인가? (……) "(……) 왜냐하면 교회의 본질은 진정한 자유이니까." (……) 레싱과 비슷하게 노발리스는 답한다. "참고 기다리자. 그것은 올 것이다. 영원한 평화의 성스러운 시간은 반드시 온다. (……) 그리고 그때까지, 믿음의 동무들이여, 시간의 위험 속에서 밝고 용기 있게 살자."[55)]

『문학과 종교』 가운데 노발리스를 다룬 「낭만주의 시정신에 비친 종교」에서 큉은 이렇게 언급하고 있는데, 요컨대 글의 요지는 대략 두 가지로 집약된다. 첫째, 노발리스는 가톨릭, 프로테스탄트 어느 쪽의 손도 들어주지 않았으나 기독교에 대한 소망을 갖고 있었으며, 둘째, 참

54) 놋뱀은 예수 그리스도를 예시한다. 광야에서 불뱀에게 물린 이스라엘 백성을 낫게 하려고 모세가 하나님의 지시로 놋뱀을 만들고 이것을 장대에 매달아 보는 자마다 죽음을 피하게 했다. 민수기 21장 6~9절; 이 책 제6장 「황금시대의 예시」 참조.

55) 옌스·큉, 『문학과 종교』, pp. 226~27.

다운 기독교의 도래를 믿음을 갖고 기다리자는 것이 노발리스의 종교관이라는 것이다. 노발리스는 "기독교 없이 세계평화는 없고, 통일된 유럽도 없다"고 본다는 것이다.

범박하게 말한다면, 노발리스의 종교관은 올바른 기독교 정신의 추구라고 할 수 있는데, 그 실현이 미래의 지점에 희망적으로 놓여 있다고 큉은 전망한다. 다른 한편 평론가 옌스는 훨씬 더 문학적인 정서의 목소리로 노발리스의 음성을 듣는다. 노발리스와 아주 비슷한 종교적 궤도 위에 있었던 철학자로서 슐라이어마허[56]를 자주 거론했던 그는, 슐라이어마허가 기도를 강조했음에 비해 노발리스는 역사의 비밀스러운 의미와 신이 결정하는 변증법에 주목하면서 "말과 행동으로써 신의 복음을 알리고 죽을 때까지 참되고 무한한 믿음에 충실합시다"라고 외쳤다고 전해준다. 말하자면 노발리스는 훨씬 일찍이 순수한 복음주의자였다고 할 수 있다. 그는 자칭 가톨릭 신자로서 프로테스탄티즘에 의한 교회의 분열을 안타까워했다. 동시에 그는 가톨릭이 새로워져야 한다는 철저한 진보주의자였고 그런 의미에서는 프로테스탄트에 가까웠다. 옌스는 노발리스가 꿈꾼 교회란 평화를 세워가는 오두막과 같은 성당이라고 말하면서 노발리스의 다음 발언을 감명 깊게 인용한다.

> 모든 설교는 종교를 일깨워야 한다. 종교의 진리를 설파해야 한다. 〔……〕 설교는 신의 관찰을 포함해야 한다. 그리고 신의 실험도. 모든 설

56) 슐라이어마허는 종교의 본질을 우주적 직관이라고 함으로써 계몽주의의 이성적 변신론을 비판하고 직관과 감성을 중시하였다. 그의 철학 밑바탕에는 정신적 현실과 소재로서의 현실이 병존하는바, 이를 이상적 현실주의라고도 부른다. 김주연, 『독일비평사』, 문학과지성사, 2016, p. 51 참조.

교는 영감의 작용이다. 설교는 천재적일 수 있고 또 천재적이어야 한다.[57)]

엔스와 큉에 의해 관찰된 노발리스의 기독교관은 결국 가톨릭과 프로테스탄티즘 어느 한쪽의 제도권 교회에 대한 경사가 아닐뿐더러 지상 교회 자체에 대한 회의를 담고 있다. 그러면서도 그에게는 회복되어야 할 교회상이 있고, 추구되는 교회상이 있다. 그러나 그것이 단순히 과거의 교회, 미래의 교회는 아니다. 교회상과 관련짓는다면 초대 교회다. 이러한 이상은 말을 바꾼다면 문학적인 교회상이다. 현실 속에서 확정되지 않는다는 의미에서 문학적이다. 설교의 천재성을 강조한 사실에서 그 문학성은 더욱 설득력을 지닌다. 왜냐하면 천재성이란 인간으로서 인간의 모든 수준을 뛰어넘는다는 의미이며, 신의 입장에서 볼 때 천재는 가장 사랑스러운 동아줄이기 때문이다. 신과 인간을 잇는 천재—그는 예수 아닌가. 구약시대 놋뱀이 바로 그 역할의 자리에 있었으며 그가 향하고 있는 북쪽은 바로 신을 바라보는 방향이었다. 뱀 막대기 사건은 이렇듯 기독교적 해석을 불러오면서 메르헨의 알레고리적 성격을 강화시킨다.

메르헨은 중반부에 들어서면서 다소 복잡한 양상을 보여준다. 에로스가 뱀 막대기를 붙잡고 일어서자 유모 기니스탄이 기겁을 하고 슈라이바라는 인물 또한 경악한다. 여기에 소피도 등장한다. 파벨이라는 조그만 여자아이도 나온다. 아버지와 어머니도 나온다. 그러다가 에로스가 길을 떠나는데 여기엔 기니스탄이 동행한다. 두 사람의 여행은 숱한 곡절과 풍경을 연출하면서 마침내 잔잔한 물 위에서 반짝이는 아름다

57) 엔스·큉, 『문학과 종교』, p. 235에서 재인용.

운 꽃 한 송이에 다다른다. 이 광경은 이렇게 묘사된다.

> "신의 모습이, 찬란한 왕좌 위에 앉아 있는, 반짝이는 아치 모양으로 양쪽으로부터 오므라들었습니다. 소피가 거기 제일 높은 곳에서 접시를 손에 들고 어떤 멋진 남자 옆에 앉아 있는 게 아니겠습니까. 머리에는 참나무 왕관을 쓰고 오른손에는 왕홀王笏 대신에 평화의 종려수를 들고 말입니다. 〔……〕 어린 파벨이 거기 앉아서 하프로 달콤한 노래를 부르고 있었지요. 꽃받침에는 에로스 자신이 앉아서, 그를 꼭 껴안은 채 졸고 있는 예쁜 소녀에게 허리를 굽히고 있었어요."[58]

꽃 한 송이로 상징되는 여행의 한 목표점은 사실상 메르헨의 정점을 이룬다. 그 정점에 소피가 앉아 있다. 그녀는 평화의 종려수를 들고 있다. 어린 파벨이 그 옆에서 노래를 부른다. 꽃과 소피, 그리고 파벨. 이것들이 에로스와 기니스탄 두 사람이 만난 여행의 발견물들이다. 그러나 이러한 평화의 장면은 정태적靜態的으로 손쉽게 연출된 것은 아니다. 그 평화는 어린 파벨이 교묘한 지혜로 곤경을 빠져나가서 힘들게 쟁취한 것이다.

파벨은 사실상 메르헨의 "움직이는 원리bewegendes Prinzip"라는 평가가 있다.[59] 그녀는 어린아이로 처음에 등장하여 결론부에 이르러서는 매우 활동적인 인물이 된다. 그녀는 처음부터 자신의 변화를 알고 있었으며 지하계로 스며들면서 새로운 시대를 이 작품이 그 내용으로 예비

---

58) *NS* 1, p. 300.

59) Johannes Mahr, *Übergang zum Endlichen: Der Weg des Dichters in Novalis' Heinrich von Ofterdingen*, München, 1970, pp. 224 이하 참조.

하고 있다는 것 또한 알았다. "'소피와 사랑', 파벨은 의기양양하게 외치고 문으로 들어갔다"[60]는 대목을 보자. 파벨 혼자만 이 무대 저 무대를 종횡무진으로 누비고 있음을 볼 수 있다. 그녀는 지하계와 집, 그리고 천상이라는 여러 차원을 마음대로 오가면서 다양한 인물들과 접촉하고 있는 유일한 사람이다. 파벨은 등장하는 모든 인물들을 자유롭게 해주면서 그들을 지혜롭게 이끈다. 메르헨 속에서 일어나는 모든 일들에 대한 물음은 곧 파벨을 향한 질문이 된다. 여기서 주목되는 것은 파벨 Fabel이라는 이름인데, 이와 관련해서는 이미 소설 제4장에서 짙은 암시가 나온 바 있다.

> "자연은 거기서 훨씬 인간적이며 이해되기 쉬웠던 것 같아요. 빤히 들여다보이는 현재 속에 있는 어두운 기억은 이 세상의 모습을 아주 날카로운 구도로 드러내지요. 그럼으로써 우리는 두 개의 세계, 즉 그 때문에 무거운 것과 폭력적인 것을 잃어버리고 우리 감각의 마법적인 시와 우화가 되는 두 세계를 즐기는 것이죠."[61]

노발리스는 소설 전체의 구상 속에서 이미 자연과 현실, 그리고 문학의 관계를 설계하였고 여기서 메르헨의 기능을 바로잡고자 했다. 제9장

---

60) *NS* 1, p. 301.

61) *NS* 1, p. 237. 이 인용문에는 매우 중요한 함의가 들어 있다. i) 마법적인 시, ii) 우화로 지칭된 두 세계는 모두 메르헨에 대한 호명이며, 특히 독일어 Fabel이 바로 우화를 뜻한다는 점은 결정적인 의미를 가진다. 제9장 메르헨에서 무소부재로 돌아다니면서 평화를 전파하는 인물이 바로 파벨이다. 그녀는 작은 여아이지만 가장 활력에 찬 인물로 성장하여 메르헨의 역동적 중심이 된다. 우화의 기능이 바로 무거운 폭력의 현실을 녹여버리는 원리가 된다는 것이다. 이와 관련해서는 Mahr, *Übergang zum Endlichen*, p. 225 참조.

에 이르러 메르헨의 내용을 본격적으로 전개하기에 앞서서 핵심 요소로서 '우화'라는 개념을 확실히 함으로써 이를 중심으로 메르헨을 완성하고자 했다. 현실이 감추고 있는 무거움과 폭력성이 자연의 도움에 의해 풀려나면서 다른 한편으로 마법적인 시와 우화를 얻게 된다는 인식을 가졌고, 이 바탕 위에서 우화라는 뜻을 가진 파벨이 메르헨의 주인공이 된 것이다. 자연은 아름다운 과거의 기억으로서 현존하고, 다시 그 세계가 펼쳐갈 폭넓은 가능성을 함축한다. 바로 자연과 정신을 양식화해주는 것이 메르헨인데, 이 메르헨은 우화를 내세우면서 '주어져 있는 것'과 '기억'을 하나의 살아 있는 동일체로 엮어준다. 파벨이 그 일을 한다.

파벨은 아버지의 아이, 기니스탄의 아이로, 그리고 달의 딸로 이 메르헨에서 역할한다. 한편 지상과 달나라라는 두 개의 차원은 하나가 되는데, 이 합일은 아버지는 '감각'을, 기니스탄은 '판타지'를 의미하는 식으로 그 의미가 전이되는 가운데 그들을 표현한다. 지상과 달나라, 혹은 아버지와 기니스탄 양자의 비교는 파벨을 통해 생기 있는 인물들을 만들어내면서 새롭고 독자적인 현실이 된다. 그 현실은 그녀의 부모들에게 영향을 끼친다. 그녀는 에로스에게 빠져 있는 기니스탄을 자유롭게 풀어주고 슈라이버에게 잡혀 있는 아버지도 놓아준다. 혼미 상태에 빠져 있는 판타지(기니스탄)와 역시 계몽적 지성에 얽혀 길을 잃은 모양새가 된 감각(아버지)을 살려준 것이다. 그들이 자유를 되찾은 것은 의미 있는 일이었다. 감각과 판타지는 말하자면 파벨의 도움으로써 위험에서 벗어났다고 할 수 있다. 그리하여 둘은 왕의 대리인 자리에 하나의 모습으로 올라 새 땅으로 들어선다. 결국 파벨만이 이 황금시대의 시작을 열 수 있었던 것이다.

클링조르 메르헨은 이처럼 파벨만이 모든 천상적·지상적 힘을 자유롭게 풀어놓을 수 있고, 이렇게 해서 그들이 합일을 이룬 가운데 황금시대가 부활할 수 있음을 보여준다. 파벨의 말이다.

"'착한 사람들에게 언제나 그랬듯이 지상은 다시 부드러워졌지요.' 파벨이 말했습니다. '옛날이 다시 돌아옵니다. 얼마 안 가서 당신은 옛날에 알던 사람들을 다시 보게 됩니다. 저는 즐거운 날들을 실 짜듯 짤 거예요. 저를 도와주는 사람만 있다면 때때로 우리들 즐거움에 당신도 참여하여 애인의 팔 속에서 청춘과 정력을 들이마실 수도 있지요. 우리 옛날 여자 친구들, 헤스페리덴은 어디 있을까요?'"[62]

아틀라스가 깨어난 이후의 세상이 예언되고 있다. 다음 대답은 바로 아틀라스의 것이다.

'소피 옆에 있지요. 곧 그녀 정원엔 꽃이 필 것이고, 황금빛 열매의 향기가 퍼질 것이오. 당신은 이리저리 돌아다니며 그리움에 애타는 식물들을 모을 겁니다.'[63]

그러나 메르헨의 결론은 사실상 파벨을 찬양하는 페르세우스의 다음과 같은 격려의 말 속에 압축되어 있다. 그것은 '황금시대'에 관한 언급이다.

---

62) *NS* 1, p. 310. 여기서 헤스페리덴Hesperiden(헤스페리데스)은 그리스 신화에 등장하는 금성의 신 헤스페로스의 딸들로, 헤라의 황금사과를 지킨다고 한다.

63) *NS* 1, p. 311.

'너 자신으로부터 너는 찢어지지 않는 금빛 실을 짜낼 것이네.'[64)]

파벨은 천상의 노래를 부르면서 자기 가슴에서 금빛 실을 짜내기 시작하는데 그 장면은 메르헨 시작 부분에 나온 바 있는, 영원히 지속되는 황금시대에 관한 묘사와 어울린다.

5. 메르헨의 의미

클링조르 메르헨은 신화에 배경을 둔 것이 분명해 보이는 등장인물과 다층적인 공간, 그리고 일상적인 시간의 궤를 벗어난 시간 개념 등등으로 일반적인 이해방법과는 사뭇 어긋나 있는 작품이다. 따라서 이에 대한 깊이 있는 분석이 불가피하게 요구된다. 먼저 살펴보아야 할 부분은 다양한 인물들의 배경이다. 그들 중 대다수는 신화에서 유래되는데, 대표적인 인물은 게르만 신화에서 사랑과 열매의 여신인 프라야Freya다. 다른 한 인물은 에로스로서 그는 그리스 신화에서 사랑의 신이다. 이 두 인물의 합일은 그리스 신화와 게르만 신화의 상징적이며 알레고리적인 만남이 되기도 한다. 또한 땅을 어깨에 멘 아틀라스는 그리스 신화의 인물이며, 세상 끝에서 정원갈이를 하는 헤스페리덴 역시 그리스 신화에 나온다. 인간이 짊어진 운명의 실을 짜는 파르첸은 로마 신화 속

64) *NS* 1, p. 314. 실제로 파벨은 지하계로부터 올라와 왕좌 위에 불사조의 날개를 펴면서 앉는다.

여신이다. 스핑크스는 지하세계의 문지기로서 질문자 노릇을 하는데 그리스 신화에 등장하는 자다. 이런 인물들은 대체로 그 이름의 뜻을 그대로 갖고 등장하는데 신화 속에서의 의미와 행동, 성격대로 움직이는 경우가 대부분이다. 메르헨 인물들의 한 특징이라고 할 수 있다. 한편 신화가 기여하는 몫 못지않게 클링조르 메르헨에는 자연과학의 지식이나 이와 관련된 용어 또한 적잖게 나오는 것을 볼 수 있다. 우선 천문학적 지식의 도움으로 별과 하늘이 나온다. 가령 아르크투르는 별자리 가운데 가장 밝은 별로서 별 중의 왕, 즉 왕별Sternkönig이다.

"파벨이 나타났을 때 왕은 신하들에게 둘러싸여 앉아 있었습니다. 북극 왕관이 그의 머리를 장식하고 있었지요. 그는 왼손에 백합을 오른손에는 저울을 들고 있었습니다. 독수리와 사자가 그의 발밑에 앉아 있었고요."[65]

여기서 주목되는 것은 왕관, 저울, 사자, 독수리가 사실상 아르크투르 왕별 가까운 곳에 있는 별자리라는 사실이며, 그들은 모두 천문학적 지식과 관계된다(저울—남쪽 하늘의 천칭자리). 물론 노발리스가 그 지식을 정확하게 따른 것은 아니다. 위로 천체에 대한 관심과 더불어 노발리스는 아래로 지하광물에 대한 관심 또한 적지 않았다. 철, 금, 아연, 전기석 등이 등장하는데, 그 가운데 철, 즉 아이젠Eisen은 독립된 인물로 나온다. 다른 광물들은 파벨의 시중을 드는 존재들로 나올 뿐이지만, 이런 일련의 자연과학적 요소들은 당시의 자연철학 분위기와도 무

65) *NS* 1, p. 304.

관하지 않아 보인다.[66]

그 밖에도 클링조르 메르헨에는 다방면에서 지원된 것으로 보이는 지식과 유래들이 눈에 띄는데 때로는 서로 모순된 것들도 있다. 아마도 노발리스는 그 모든 것을 껴안고 하나의 결론을 향해 달려가고 싶었는지도 모른다. 대표적인 예는 '아버지'와 '어머니'라는 전형적인 시민적 질서와 연관된 가정적 용어다. 거기에 함께 나온 인물이 슈라이버Schreiber인데 이것은 마치 아이젠이 철을 의미하듯, '글 쓰는 사람', 그러니까 '서기'쯤 되는 뜻을 가진다. 슈라이버는 그러므로 메르헨의 성격과 결부시켜본다면, 그 대척점에 있음 직한 인물로서 문화비판적인 측면을 대표한다고 할 수 있다. 즉 슈라이버는 "화석화된 합리성"의 인물이며, "낭만주의와 모든 시의 영원한 적"인 계몽주의 정신의 대변자라고 할 수도 있다.[67] 그런가 하면 기니스탄의 존재도 흥미롭다. 그 이름은 이미 1786년 빌란트Christoph Martin Wieland(1733~1813)의 책 『치니스탄 혹은 요정-유령 메르헨 선집*Dschinnistan oder auserlesene Feen- und Geistermärchen*』에 있었기 때문이다. 거기엔 "그러므로 우리는 노예들을 통해서 새로운 기니스탄을 세울 수 있다"(p. 89)고 나온다.[68] 노발리스는 이 작품에서 기니스탄과 유사한 치니스탄Dschinnistan의 '친Dschinn'이 아랍 민간신앙에서 악령을 의미한다는 것을 알고 있었다. 파벨의 어머니로 기니스탄

66) 요한네스 힐쉬베르거, 『서양철학사』 하, 강성위 옮김, 이문출판사, 1987, pp. 542~45. 자연철학의 개념은 광범위하지만 "자연철학은 자연을 창조하는 일과 같기에 그로부터 자연이 생성되는 출발점이 발견되어야 한다"는 셸링의 견해를 받아들인다. 물리학적 사고에 바탕을 둔 칸트의 자연철학도 물론 소중하다.

67) Wilhelm Korff, *Das Märchen als Urform der Poesie*, Erlangen, 1941, p. 588; Mahr, *Übergang zum Endlichen*, p. 231에서 재인용.

68) Mahr, *Übergang zum Endlichen*, p. 230에서 재인용.

이 나온다는 것은 따라서 그리스 신화와 게르만 신화에 덧붙여 아랍적 요소까지 품고자 했던 노발리스의 야심에 찬 의도가 내포된 것으로도 받아들일 수 있다. 메르헨에는 이 밖에도 연금술, 비교秘敎, 물리학 등등 다양한 요소들이 출현한다. 가령 파벨은 아르크투르로부터 칠현금을 얻는다.

"'지금 칠현금을 제게 가져다주세요.' '에리다누스! 칠현금을 가져오너라.' 왕이 외쳤습니다. 에리다누스는 지붕에서 콸콸 소리를 내면서 흘러내려왔고 파벨은 번쩍이는 물살을 헤치고 칠현금을 끌어내었습니다. 파벨은 점쟁이 같은 술책을 부렸답니다."[69)]

파벨의 노래는 지상에서 기이한 비교 같은 힘을 내었다. 그 힘은 한편으로 에로스의 혼란스러운 충동을 가라앉혔다. 그런가 하면 그 힘은 슈라이버의 추종자들을 파괴적인 춤으로 몰고 갔다.

"파벨은 그의 젖형제를 다시 만나게 되어 기뻤습니다. 칠현금으로 명랑한 노래를 불렀지요. 에로스는 곰곰이 생각을 해보는 눈치더니 활을 떨구었지요. 아이들은 풀밭 위에서 잠에 떨어져버렸답니다. (……) 결국 에로스도 수그러지기 시작했습니다."[70)]

"파벨이 즐겁게 노래를 연주하는 가운데 모두들 미친 듯이 춤추기 시

69) *NS* 1, p. 304.
70) *NS* 1, p. 306.

작했답니다."[71]

이렇듯 연금술과 비의적 표현에 관계된 장면도 끊임없이 출몰한다. 예컨대 소피의 접시에 담긴 물이라든지, 제단에 기대어 마치 신과도 같이 고귀한 모습으로 그려지는 소피의 모습 등등의 장면들은 신기하다. 세례 장면을 연상시키는 경건한 모습과 관련하여 이러한 평가도 나온다. "이렇듯 신비한 물의 정수를 알고 있는, 그리하여 그 진액을 준비할 수 있는 행운을 가진 자는 지혜의 참다운 아들이다."[72] 실제로 메르헨에서 에로스와 파벨만이 그 접시 물에 손을 담근다. 나중엔 소피가 어머니의 유골을 성찬대 위 접시에 부었고 다시 에로스에게 전한다. 그럼으로써 대지는 잠에서 깨어난다. "이 불꽃같은 물을 마시는 자는 그 마음이 맑게 흘러넘치며 그 가슴이 지혜로 충만하게 된다"[73]는 연금술적인 비의秘意와 변화/승화가 기약되는 진술이다.

밤에서 낮으로, 얼음의 겨울에서 봄으로 바뀌어가는 과정에는 다양한 나라 출신의 숱한 인물들이 등장한다. 신화와 천문학, 연금술, 철학과 물리학 등이 동원된 정보와 지식의 나라는 물론 보통의 가정과도 같은 질서와 계보도 섞여 있다. 이런 것들은 모두 현실의 혼돈상을 개관 가능한 어떤 질서 아래로 이끌어온다. 그 가운데에서 파벨의 존재는 두드러져서 바로 이런 다양한 요소를 연합시키는 역할을 한다. 그럼으로써 제약 없는 합동작업을 통해 황금시대의 탄생을 가능케 한다. 메르헨

71) *NS* 1, p. 308.
72) Spenlé, *Idealisme*, p. 220; Ketmia Vere, *Compass der Weisen*, Berlin and Leipzig, 1799, p. 207; Mahr, *Übergang zum Endlichen*, p. 233에서 재인용.
73) *NS* 1, p. 308.

의 구조로 보아서 그 중심되는 사건은 마치 가시에 찔려 백 년 동안 잠을 잤다는 공주의 메르헨처럼[74] 낯선 신랑으로 말미암아 잠에서 깨어나는 공주의 이야기다. 여기서는 에로스를 통해서 프라야가 깨어난다. 두 사람의 사랑은 그들의 출신 나라에 자연의 질서를 선물로 주고, 천상의 배필로 아르크투르와 소피를, 그리고 지상의 한 쌍으로서 아버지와 기니스탄을 맺어준다. 그러자 이른바 새로운 우주의 질서라고 할 수 있는 것이 생겨나는데, 그것은 서로 다른 부분들 사이의 차이가 아니라, 서로 다른 커플이 형성하는 공동체를 통한 각자의 헌신이다. 새로운 왕이 된 에로스는 왕권을 넘겨받자 요소요소에 자신의 특정한 자리를 부여한다.[75] 이렇듯 새로운 질서는 깨어남, 인식, 낮, 꽃, 봄 등의 메타포를 통해 묘사된다.

에로스가 프라야에게 끌리는 힘은 철에서 세상으로 던져진 자석과도 같은 힘이다. 자석은 프라야의 궁전이 있는 북쪽에 위치하는데, 그곳이 자석의 중심이다. 에로스는 기니스탄을 따라가면서도 이러한 과제를 전혀 이해하지 못한다. 그의 길은 달나라에서의 여정을 즐기는 가운데 끝나고 세상 속에서 악의 힘을 어쩌지 못해 손을 놓는다. 방황의 길 위에서 파괴적인 악행에 어쩔 수 없이 가담하기도 하는 에로스는 파벨을 만나고서야 제자리로 돌아온다. 파벨의 요구로 아르크투르는 악에 사로잡힌 힘에서 풀려나는 수단을 알려준다. 이러한 과제가 성취된 후에 그녀는 노래를 부르는데, 그 노래야말로 에로스에 의해 관리되는 세상을 움직이는 힘이라고 할 수 있다. 그녀는 가슴에서부터 새로운 시

74) 전래동화 「잠자는 숲속의 미녀Dornröschen」.

75) 특히 달과 헤스페리덴의 요청에서 분명하게 나타난다. Mahr, *Übergang zum Endlichen*, p. 238 참조.

대의 황금 실을 뽑아낸다. 그 결과 모든 방랑은 끝나고 그로부터 황금 시대가 새롭게 열리는 것이다.

그렇다면 이 메르헨의 진짜 의미는 무엇일까. 이와 관련하여 작품의 끝부분에 나오는 4행시는 깊은 의미가 있다.

> 영원의 나라는 세워졌어요.
> 사랑과 평화 속에 싸움은 끝나고
> 아픔의 긴 꿈은 지나갔지요.
> 소피는 마음의 영원한 사제랍니다.[76]

새로워진 세상의 중심에 소피가 우뚝 섰다. 그 무대는 에로스와 기니스탄을 달이 마중 나왔던 정원이다. 그러나 무대놀이는 묵묵히 끝났다. 메르헨 작품 자체처럼 무대도 여러 커플들의 공동체와 더불어 그렇게 끝났다. 파벨이 여기서 중심역할을 하였음은 이미 살펴본 바와 같다. 그런데 이 무대놀이는 크게 보아서 어둠에서 빛으로 나가면서 끝나고 있음을 알 수 있다. 예컨대 "밤은 어마어마한 별똥별의 빛이 번쩍이듯이 환해졌다"[77]든가 아예 "모든 모습들이 여기서는 어두워 보였다. (……) 빛과 그림자는 여기서 그 역할을 바꿔 하고 있는 것 같았다"[78]는 표현은 어둠에서 빛을 지향하는 과정을 드러내주는 대목들이다. 달의 무대놀이는 메르헨의 과정을 간단히 보여준다. 에로스는 그의 길의 목표를 미리 보여준 것이다. 달의 무대놀이는 기니스탄의 작품이라고 할 수 있는

76) *NS* 1, p. 315. 원문은 이 책 제5장 주 40 참조.
77) *NS* 1, p. 299.
78) *NS* 1, p. 301.

데, 요점은 판타지라고 할 수 있는 것이다. 그 내용은 에로스가 달나라에서 북쪽을 향해 가는 길 위에서 잠시 쉬는 동안 일어난 놀이였다.

> "왕이 그녀에게 보물창고 열쇠를 주고서, 멈추라고 할 때까지 에로스를 오랫동안 즐겁게 할 수 있는 놀이를 해도 좋다고 허락했을 때, 그녀의 기쁨은 이루 말할 수 없었지요."[79]

무대가 끝나면서 찾아온 허망은 말하자면 메르헨이 모두 끝남으로써 비로소 완결된다. 에로스는 더 이상 여행하지 않고, 자신의 현실에서 끌어올린 판타지를 보여주지 않은 채 그 판타지에 그대로 만족한다. 꽃을 허리 굽혀 들여다보듯이 "아름답게 졸고 있는 소녀"를 찾는 대신 그는 기니스탄을 포옹한다. 하인리히가 이 작품의 서두에서 꾸었던 꿈의 모티프가 여기서 떠오를 수 있다. 즉 앞으로의 실현을 예감케 하는 꽃 이외에도 하인리히의 목욕 장면의 반복 같은 것이다. 제1장과 제9장 메르헨에서의 두 장면을 대비해본다.

> 그는 옷을 벗고 못으로 내려갔다. 그에게는 흡사 저녁놀의 구름이 흐르는 것과 같은 생각이 들었다. 천상의 감정이 그의 내부를 거칠게 흘러갔다. 소년의 갖가지 상념들이 아주 열렬히 그것과 뒤섞여 들려고 했다. 〔……〕 사랑스러운 여러 가지 형태의 파랑波浪이 그에게 마치 부드러운 젖가슴처럼 바싹 붙어왔다. 그 파랑은 마치 소년 옆에서 순간적으로 몸을

79) *NS* 1, p. 298.

나타낸 매력적인 한 소녀가 몸을 다시 풀어버리는 것 같아 보였다.[80]

"에로스는 위험한 파도에 몸을 담갔다가 다시 기분 좋게 밖으로 나왔습니다. 기니스탄은 그의 몸을 말려주었고 그의 강한, 젊은 힘으로 팽팽한 사지를 문질러주었답니다. 그는 애인을 향한 열렬한 그리움과 함께 따뜻한 공상을 하면서 매혹적인 기니스탄을 포옹했습니다."[81]

두 장면이 보여주는 모티프의 유사성은 하인리히의 판타지와 꿈이 보여주는 구경거리가 동일한 기능을 지니고 있음을 인식시킨다. 또한 소설의 전개 과정에 나타나는 현실이 긴 여행 끝에 이미지를 통해서 실현되고 있음이 예시된다. 혹은 거꾸로 그 이미지가 현실이 되고 있다. 하인리히의 행복에 대한 상징이라고 할 수 있는 파란꽃은 에로스가 세운 황금시대의 상징이라는 사실도 명백해진다. 하인리히의 목적과 에로스의 길은 단순히 내면화를 통해 이루어지는 것만은 아니다. 꿈과 메르헨 속에서의 놀이와 구경거리는 방황 가운데에도 함께 놓여 있음을 보여주는 것이다.

알레고리 메르헨이 분명한 클링조르 메르헨[82]은 궁극적으로 철학적·종교적 바탕과 지향점을 갖고 있다. 문학은 그 형상화의 여정에 자리 잡고 있는 구체적인 노력의 현장이라고도 할 수 있다. 그가 이렇게 광범위한 범주에서 깊은 뜻을 펼쳐가고자 했던 까닭에는 노발리스 특유의 모럴 의식이 있었다는 점도 주목되어야 한다. 여기에 노발리스 자신의 중

80) *NS* 1, p. 197.

81) *NS* 1, p. 300.

82) Diez, "Novalis und das allegorische Märchen", pp. 131~59 참조.

요한 견해가 있다.

> 합창이 그리스 연극에 대해서 갖는 관계와 같은 것이 시와 인간관계에도 있다—아름답고 리드미컬한 영혼의 행동방식—우리의 조형적 자아가 지닌 음성의 동반—미의 나라에서 걷기—어디에서나 볼 수 있는 인간성을 지닌, 가벼운 손가락의 흔적—자유로운 규칙—어떤 말로든지 거친 자연을 이겨내기—그 위트는 자유롭고 독자적인 활동의 표현임—날아감—인간화. 계몽—리듬—예술[83]

1796년에 쓰인 단상록의 일부이다. 이에 의하면 시와 인간의 관계는 그리스 연극에서의 합창의 역할과 같다. 신성과 진실을 전달하는 연극 안에서 합창이 그들 의식 속에 특정된 등장인물들과 사건에 맞서서 일정한 거리를 유지하듯이 시 또한 형성되어가는 자아가 울려내는 목소리라고 할 수 있다. 시는 주체성이 형성되어가는 휴머니티의 발자취인 것이다. 이렇게 볼 때 시와 그리스 연극의 합창은 윤리적 매니페스토로 해석될 수도 있다. 그도 그럴 것이 휴머니티라는 개념은 서로 얽혀 있는 두 개의 규정을 동반하는 것으로 여겨질 수도 있기 때문이다. 즉 그 자신의 말대로 거친 자연을 극복하는 자유롭고 독자적인 활동이 먼저 거론될 수 있다. 만일 자유, 그리고 이성의 독자성이 함께 논의될 수 있다면, 노발리스의 휴머니티 단상록은 인간이 지닌 두 자산, 자연과 이성의 관계라고 해석될 수 있을 것이다. 노발리스는 윤리의 기초, 자산이원론Vermögendualismus을 칸트 및 실러에게서 함께 바라보았기 때문이

83) *NS* 2, p. 237.

다.[84] 이에 덧붙여 "아름답고 리드미컬한 영혼의 행동방식"이라는 개념은 실러에 가깝다고도 할 수 있다.[85]

단상록에 대한 또 하나의 해석은 휴머니티를 정의하는 가설이다. 자유와 주체성의 관계를 중심으로 한 것이다. "시는 아름답고 리드미컬한 영혼의 행동방식"이라고 했는데, 자유의 표현으로서의 시는, 노발리스가 아름다움을 실러의 개념에 가깝게 바라본 것이 아닌가 생각하게 한다. 실러의 미 개념에는 언제나 모럴 의식이 깊게 내재해 있으며, 도덕적 의지 속에서 아름다움을 느끼는 인식의 출발점에 두 사람은 가까이 있었다. "리듬"과 "자유로운 규칙"이라는 용어는 "아름다운 영혼"이라는 말과 함께 실러와 노발리스 문학 위에 떠다녔다.[86]

문제는 노발리스의 미의식이 모럴 의식과 닿아 있음으로 해서 어떤 문학적 지향과 가치로 나아갔는가이다. 특히 클링조르 메르헨과 관련하여 결론으로 부각된 평화의 상징으로서의 소피의 위상이 주목된다. 그 결론을 함께 묶어서 살펴본다면 "높은 단계의 메르헨Ein höheres Märchen"이라는 용어에 주목하게 된다. 아름다운 판타지를 통한 복잡한

84) Rolf-Peter Janz, *Autonomie und soziale Funktion der Kunst*, Stuttgart, 1973, p. 8 참조.

85) 롤프-페터 얀츠Rolf-Peter Janz는 『예술의 자율성과 사회적 기능: 실러와 노발리스의 미학 연구*Autonomie und soziale Funktion der Kunst: Studien zur Ästhetik von Schiller und Novalis*』에서 두 작가의 문학세계를 비교했다. 여기서 그는 자유로서의 아름다움이라는 문제를 실러의 핵심 의지로 제기하고(pp. 4~6), 이어서 아름다움의 모럴, 양심의 모럴이라는 문제가 노발리스의 지향점임을 역설한다(pp. 7~13). 얼핏 보기에 현실적 이상주의자로 평가되는 실러와 예술의 자율성을 중시하는 것처럼 여겨지는 노발리스의 공통점이 눈에 띈다. 이에 대해서는 "아름다움이나 미적 인간은 그 자체가 목적이 아니며, 논리적 인식과 도덕적 의식을 본성으로 하는 인간, 즉 이성적 인간이라는 궁극적 목적에 이르는 과정이자 수단"이라는 실러 연구자의 견해도 있다. 노발리스의 메르헨도 그 목적을 지향한다. 김수용, 『아름다움의 미학과 숭고함의 예술론』, 아카넷, 2009, p. 77 참조.

86) Janz, *Autonomie und soziale Funktion der Kunst*, pp. 4~9.

회로를 거친 끝에 탄생한 메르헨의 승리를 그렇게 부르는 것이다. 다음 진술이 중요해 보인다.

> 메르헨 형상들에게 깊은 의미를 부여하는 것은, 마치 괴테가 그의 왕의 형상들에게 행하듯이, 우리가 괴테의 메르헨의 다른 형상들 배후에서 찾거나 예감하듯이—그것은 노발리스에겐 보다 높은 수준으로 메르헨을 끌어올리는 수단이 된다. 높은 단계의 메르헨.[87)]

막스 디츠에 의하면 높은 단계의 메르헨이란, 메르헨의 정신에는 가감의 손질 없이 일종의 이성이라고 할 수 있는 요소가 들어온 메르헨이다. 그 과정을 거치면 알레고리가 되는 메르헨이 여기 해당되기 쉽다. 따라서 클링조르 메르헨은 알레고리 메르헨이 되었다는 것이다. 바로 이 알레고리 메르헨이 높은 단계의 메르헨이다. 그의 분석에 따르면 장편 『하인리히 폰 오프터딩겐』은 제3장에 들어서서 알레고리에 접근하는데, 내용인즉 이야기 주인공인 공주는 순수한 인간들의 영역으로 된 메타포를 통해서 움직이지 않고 작가가 알레고리의 효과를 힘들여 조작했다는 것이다. 일종의 자기관철 현상이 일어난다. 여주인공이 시 예술을 상기시키는 감정을 일으키고, 남주인공은 자연과학 지식을 움직인다. 그 수단은 여기서 비유와 가상이며, 이미지와 사물의 밀접한 병렬과 결합이다. 덧붙여 과장된 메타포의 냉정한 사용도 언급될 수 있다. 그의 달은 노래와 더불어 자라났으며, 그녀의 영혼은 모두 부드러운 노래가 되었다. 슬픔과 즐거움의 소박한 표현이다. 공주는 현실이 아닌 메

---

87) Diez, "Novalis und das allegorische Märchen", p. 135.

르헨 속의 공주인 것이다. 그러니까 그녀는 끝까지 이름 없이 남아 있는데, 이 현상들을 보면서 디츠는 공주를 높은 가치를 지닌 사랑스러운 처녀라고 올려 세운다. 소녀의 형상 속에서 감미로운 상상력이 하나가 되었다는 것이다.[88] 더 나아가서 그는 늙은 왕에게 있는 두 가지 성향을 주목하는데, 첫째는 딸에 대한 인자함, 둘째는 시 예술에 대한 정열이다. 사랑과 추상감정이 그의 가슴에 함께 병존함으로써 독자와 밀접하게 맺어진다. 미와 모럴은 여기서도 동일한 차원에서 작동함으로써 보다 높은 단계의 메르헨을 완성, 성취시킬 수 있으며, 거기서 그 의미를 찾을 수 있을 것으로 보인다.

클링조르 메르헨의 의미는 이 밖에도 몇몇 관점에 의해 더욱 보충될 수도 있다. 가장 보편적인 관점은 에로스의 측면에서 해석되는 것이다. 이 관점은 시종일관 소설 전체를 합일과 동경이라는 시각에서 관찰하는 것이다.[89] 그리하여 창작의 중심 모티프가 합일을 향한 동경이라는 구조 속에 있다고 봄으로써 메르헨의 의미가 그쪽에 집중된다. 말하자면 메르헨의 주인공도 소피라기보다는 에로스가 되는 것이다. 그도 그럴 것이 에로스야말로 합일의 이미지요 그 모티프인 까닭이다. "〔……〕 우리에겐 똑같은 본질을 향한 신적인 동경"[90]을 구체화하는 원리이자 그 모습 자체가 에로스라는 것이다. 클링조르 메르헨은 똑똑히 그것을 보여주었다는 의미가 있다.

그런가 하면 낭만주의 연구의 최고 이론가로 꼽히는 리카르다 후흐는 낭만주의 자체가 끊임없이 형성되어가는 시라는 전제 아래 낭만적 메

88) 같은 글, p. 136.
89) Ernst-Georg Gäde, *Eros und Identität*, Marburg, 1974, p. 178.
90) *NS* 1, p. 101.

르헨의 이상은 아직도 이루어지지 않았다고 이미 말한 일이 있다. 그는 "메르헨은 말하자면 시의 기준"이라는 노발리스의 선언을 인용하면서 모든 시적인 것은 메르헨이 되어야 한다고 역설한다. "시인은 그 우연을 숭배한다"는 노발리스의 흥미로운 발언에 대해서도 후흐는 메르헨의 중요한 급소라고 본다. 노발리스가 『하인리히 폰 오프터딩겐』의 클링조르 메르헨을 통해 보여준 것은 바로 이 급소의 성공이라는 것이다.[91] 성공은 우연히 찾아왔다는 기발한 진단에는 합리적·지속적으로 나타낼 수 없는 인간의 영감에 대한 신뢰가 역설적으로 반영되어 있다.

낭만주의 이론가 프리드리히 슐레겔에게 보낸 편지에서 노발리스는 메르헨에 대해서 짤막한 해석을 던지고 있다. 자신의 메르헨을 그저 '관찰'해달라는 것. 그것은 부탁이라기보다 암시였다. 이 암시 속에는 해석의 다양성을 위한 열린 문이 예비되어 있다. 상징을 품은 알레고리의 '높은 단계'가 거기에 숨어 있는지도 모른다.

---

91) Huch, *Die Romantik*, pp. 288~309 참조.

ROMANTIK
CHRISTENTUM
MÄRCHEN

NOVALIS

제10장

노발리스의 동시대적 위상

1. 프리드리히 슐레겔의 이중성

노발리스에게 가장 결정적인 영향을 끼친 프리드리히 슐레겔은 낭만주의 이론을 결정적으로 성숙시킨 인물로 이미 그의 문학사적 의미가 확정되어 있다. 그럼에도 불구하고 그는 노발리스의 동시대적 위상을 가감 없이 바라보고자 할 때, 동시에 관찰되어야 할 다양한 측면을 지닌 이론가로서 보다 깊이 있게 탐구될 필요가 있다. 우선 그를 대표적 낭만주의 이론가로 부각시킨 이론들을 새삼 점검해보면 이렇다.

낭만적 문학은 진보적인 보편성의 문학이다. 〔……〕 낭만적 문학이 의도하고 있는, 또 마땅히 해야 할 것은 시와 산문, 창의성과 비판, 창작시와 자연시를 때로는 혼합, 때로는 융합시켜서 문학에 생동감과 친근감을 줌으로써 삶과 사회를 시화하는 것이며, 〔……〕 동시에 낭만적 문학은 모든 현실적 또는 이념적 관심에서 벗어나 시적 반영이라는 날개를 타고 묘사하는 자와 묘사되는 대상 사이를 자유롭게 떠다니며, 마치 무한히 늘어서 있는 거울 속처럼 이 반영된 모습을 끊임없이 강화하고 늘려간다. (……) 낭만적 문학만이 오직 무한하며 또 자유롭다.[1]

그런가 하면 예술의 자율성을 절대적으로 중시하는 문학관의 확립에 있어서 슐레겔은 이 시대에 거의 가장 먼저, 그리고 단호하게 그 입장을 천명한다.

신화 속에서 인간의 시문학과 조형예술에 관련된 모든 장르에 대한 공동의 원천을 찾을 수 있듯이, 또 시가 전체의 정점을 이루고 있듯이 모든 예술과 학문의 정신이—이 예술과 학문이 완성된 경우—마침내 용해된다. 비평은 인식과 언어의 전체 건조물의 기초가 되고 있는 공동의 대들보다.[2]

이런 의미에서 슐레겔은 적어도 독일문학사에서는 최초의 본격적인 비평가라고도 할 수 있다. 그의 비평은 오늘날 비평이라는 이름 아래 포함될 수 있는 모든 것을 포함하고 있으며, 그 핵심이 낭만주의 이론과 맞닿아 있다는 사실이 주목된다. '비평'이라는 말 자체가 거의 등장하지 않던 18세기 후반 낭만적 정신을 내세움으로써 근대비평을 세워나간 슐레겔의 개척자적 도전은 다음 진술에서도 확인된다.

---

1) Friedrich Schlegel, "Athenäum Fragment 116"; Karl Konrad Polheim, *Der Poesiebegriff der deutschen Romantik*, Paderborn, 1972, pp. 80~81.
2) Friedrich Schlegel, *Werke in einem Band*, Wien and München, 1971, p. 394.

특정한 말로 표현한다면, 특징짓기라고 부를 수 있는 이러한 근본이해는 비평의 고유한 업무이자 그 내적 본질이다. 우리는 역사의 한 덩어리의 부풀어진 결과들을 하나의 개념으로 집약하거나, 혹은 하나의 개념을 단순히 구별짓지 않고 맨 처음 기원부터 그 마지막 완성에 이르기까지 그 형성 과정으로 구성할 수도 있다. (……) 양자는 비평의 한 특성이며, 가장 고귀한 과제이다. 그것은 역사와 철학의 가장 내밀한 결혼이다.[3)]

노발리스와 같은 해 1772년에 출생한 슐레겔은 노발리스와 거의 같은 사상을 가지고 낭만주의와 근대 문학비평의 모색과 형성, 성장에 이렇듯 결정적인 역할을 하였다. 낭만주의 이론 수립이라는 측면에서 그 이론을 정리해보면 대략 세 가지로 요약되며, 여기에는 뒤에 살펴질, 낭만주의 자체와는 다소 다른 성격의 역사적 특징도 포함된다. 가장 먼저 주목되는 점은 문학을 그 가치에 있어서 최고시하는, 일종의 문학 절대성 주장이다. 다음으로는 낭만주의 이론의 중심이 되는 성찰이론 Reflexionstheorie이다. 양자는 서로 교호하면서 근대 문학사상의 주축을 이룬다. 아울러 보편적 진보라는 언명에서 드러난 바와 같은 진보의 개념은 낭만적 반어romantische Ironie를 탄생시키면서 오늘의 현대문학의 생명이 되는 문학의 창의성, 독창성이라는 개념을 확립시킨다.

슐레겔 문학론의 정신사적 배경을 들여다보면 셸링과 슐라이어마허의 영향이 눈에 띈다. 거의 동시대인이었던 두 사람은 스피노자의 자연

---

3) 같은 책, p. 400.

철학, 그리고 종교철학에 경도되었던 터인데 그 영향은 상당히 직접적이었다. 예컨대 셸링의 경우 그의 사상은 신의 계시의 현장으로서 자연을 받아들이며 신에 대한 사랑을 진선진미한 것으로 바라보는 신 중심의 자연철학이 된다. 여기서 정신과 자연, 주관과 객관의 대립은 해소되고 이른바 "동일성의 체계"[4]가 세워진다. 통일의 세계가 미덕으로 존중되었던 이른바 고대세계Antike와 기독교를 대립이 아닌 극복의 대상으로 본 것인데, 이는 슐레겔을 넘어 노발리스 사상의 근간으로도 작용한다.

슐라이어마허의 경우 보다 직접적으로 종교 문제에 다가감으로써 종교철학자로서의 면모를 세운다. 계몽주의의 이성적 변신론을 비판하고 종교의 본질을 우주적 직관에 결부시킴으로써 감정을 중시하는 신비주의적 색채를 나타낸다. 도그마로서의 종교는 물론, 율법으로서의 종교나 종교에서의 이성 등은 그에게서 배척된다. 이러한 시도는 이상주의 철학에 신학이 가까이 간 것으로 평가될 수 있는바 결국 낭만주의 문학이론을 크게 도와주는 역할을 했다고 할 수 있다. 이는 특히 노발리스의 기독교 해석과 그 자의성에 적잖은 기여를 한 것으로 보인다. 이렇듯 슐레겔의 문학비평은 셸링과 슐라이어마허에게 적잖은 빚을 지면서 발전하는데 특히 종교적 측면에서 그러하다. 도그마나 경직된 역사적 관념으로 이해되었던 종교가 슬그머니 문학 안에서 용해되어 문학과 합일하는 현장의 힘이 된 것이다. 이 지점에서 슐라이어마허와 동년배이며 셸링, 슐레겔, 노발리스보다 조금 선배가 되는, 그러나 이들에게 막

4) Joachim Ritter and Karlfried Gründer (eds.), *Historisches Wörterbuch der Philosophie*, Bd. 4, Basel, 1971, p. 151.

강한 영향력을 끼친 피히테가 더불어 논의될 수 있다. 피히테는 셸링의 자연철학과 슐레겔의 종교철학에 대두된 문제들을 종합하면서 체계화의 노력을 기울였다. 어차피 또 다른 낭만주의 작가 루트비히 티크, 작곡가 베토벤, 그리고 나폴레옹과 메테르니히 등 다양한 인물들이 배출된 1770년대는 체계화라는 철학적 과제를 기다리고 있던 시기이기도 했다. 피히테는 그 기대에 부응한 철학자로서 횔덜린은 그를 거인으로 불렀다. 부드러운 감수성과 자연에 대한 친화력을 지녔던 횔덜린은 피히테 철학의 압도적인 힘을 가리켜 "철학은 하나의 폭군"이라고 하면서 "나는 그 철학의 강요를 견디다 못해 마침내 자진해서 굴복하고 말았다"[5]고 썼을 정도였다. 그 피히테에 대해서 슐레겔과 노발리스가 갖는 애착과 열정은 대단해서 노발리스는 언젠가 이런 편지를 슐레겔에게 써 보냈다.

> 내가 좋아하는 공부는 근본적으로 나의 신부와 같다네. 소피라는 여자이지—철학이 내 삶의 영혼이며 나 자신에 대한 열쇠이지.[6]

이러한 상호관계 속에서 슐레겔은 피히테의 영향을 크게 받았는데, 요컨대 피히테는 셸링과 슐라이어마허의 두 철학적 입장을 성찰이론으로 요약하여 슐레겔 문학비평의 바탕을 마련한 것이다. 이 성찰이론은 객관적 사실을 어떻게 주관화하느냐 하는 문제를 다루는데, 이와 관련

5) Friedrich Hölderlin, *Sämtliche Werke* VI, Stuttgart, p. 203; Walter Jens and Hans Küng, *Dichtung und Religion*, München, 1985; 발터 옌스·한스 큉, 『문학과 종교』, 김주연 옮김, 문학과지성사, 2019, p. 209에서 재인용.

6) Max Preitz (ed.), *Friedrich Schlegel und Novalis: Biographie einer Romantikerfreundschaft in ihren Briefen*, Darmstadt, 1957, p. 59.

해서는 발터 벤야민의 다음 언급이 참조될 만하다.

> 자의식 속에서 자기 자신에 대해 성찰하는 사고는, 프리드리히 슐레겔과 노발리스 인식 이론의 고찰 대부분이 시작되는 기본사실이 된다.[7]

슐레겔 스스로 자신의 소설 『루친데*Lucinde*』에서부터 사고의 반복적 성질을 암시한 바 있다. 성찰의 자기반영성과 반복성을 통한 사고의 중요성을 강조한 것이다. 슐레겔은 이 과정을 추상화라는 말로 부르기도 했는데, "추상화, 특히 실제적인 추상화는 결국 비평에 다름 아니다"[8]라고 말한다. 거듭되는 사고의 자기반영과 그 추상화는 결국 성찰을 통한 비평작업이라는 논지인데, 이 역시 성찰 없는 추상화, 추상화 없는 성찰은 불가능하다는 피히테 철학의 연장선상에서 이해된다. 그리하여 비평이 낭만주의 문학의 소산이라는 견해가 성립되는데, 실제로 벤야민은 「그리스 시문학 연구Über das Studium der griechischen Poesie」와 같은 슐레겔의 글을 문학비평의 한 전범으로 평가하기도 했다.[9]

슐레겔의 문학이론 내지 문학비평에서 중요한 개념은 '성찰의 매개Reflexionmedium'라는 용어이다. 성찰의 무한성은 유기적인 여러 단계들을 통해 이루어진다는 것인데, 이런 의미에서 그것은 체계화된 사고라고 할 수 있으며, 그것이 결국 비평 행위가 된다. 성찰 행위의 주체는 문학작품 자체지만, 사실은 성찰 행위의 전개 과정 속에, 즉 작품 내부에

---

7) Walter Benjamin, *Der Begriff der Kunstkritik in der deutschen Romantik*, Frankfurt, 1973, p. 14.

8) 같은 책, p. 46.

9) 같은 책, p. 48 참조.

존재한다. 비평은 작품에 대한 인식이며, 그런 한에 있어서 자기인식이다. 성장소설의 효시로 평가되는 괴테의 『빌헬름 마이스터』를 가리켜 슐레겔이 스스로 이해하는 법을 배울 수 있는 새로운 책으로 평가했을 때, 그 평가는 자기인식의 비평이라고 할 수 있다. 노발리스의 『파란꽃』도 이 같은 비평적 풍토에서 발아할 수 있었던 작품이라고 할 수 있다. 이러한 인식 행위들을 배경으로 해서 마침내 문학의 자율성이라는 문제가 태동한다.

비평이 작품에 대한 인식이라면 그것은 결국 자기 자신에 대한 인식이며 평가가 된다는 것이다. 이러한 판단은 모두 성찰에 기반을 둔 것이다. 따라서 비평적 인식은 그 작품의 "자활적인 의식수준Selbsttätig entsprungener Bewußtseinsgrad"이며 "의식의 고양Bewußtseinssteigerung"[10]이다. 뿐더러 이 현상은 무한히 지속되는 원리로서, 개별 작품이 지니는 독자성이 문학의 무한성과 연결될 때 비평은 하나의 매개물이 된다. 문학 또한 성찰의 매개물로서 무한히 지속되기 때문이다. 문학작품이 자율성을 속성으로 할 수밖에 없는 이유다. 그러나 그 자율성은 비평에 의해 보완되는 자율성이다.

> 문학은 문학을 통해서만 비판될 수 있다. 그 자체가 예술작품이 아닌 예술판단은 〔……〕 그 과정에서 필요한 인상을 표현하는 것이며, 〔……〕 예술의 나라에서 시민권을 가질 수는 없다. 〔……〕 그 문학비평은 〔……〕 이미 형상화된 것을 다시 한 번 그려내고자 하는 새로움을 표현하려 하

10) 같은 책, p. 62.

며 〔……〕 그 작품을 보완하고, 젊게 하고, 새롭게 형상화할 것이다.[11)]

무한히 충족되는 성찰의 실질적 내용이다. 어떤 작품도 완전하지 않다는 전제가 여기에 있다. 슐레겔은 이렇게 낭만주의 이론을 완성해가면서 동료 노발리스와 생각을 함께한다.

그러나 슐레겔은 계몽주의자 레싱에 대해 긍정적인 평가를 함으로써 단순한 낭만주의 이론가로서의 면모에서 얼핏 벗어난다. 그렇다면 슐레겔, 그는 누구인가 하는 보다 세심한 탐구의 필요성이 제기된다. 슐레겔은 「레싱론Über Lessing」에서 다음과 같이 말한다.

① 레싱에 대한 지배적인 의견이 점차 형성되는 상황을 추적 연구하고 그것을 사소한 세부사항까지 살펴보는 일이 흥미 없는 것만은 아니다. 〔……〕 레싱이 거의 완전한 시예술의 전문가, 탁월한 유일의 인물이었다는 사실도 알려졌다. 여기서 개인의 이상과 개념도 거의 융합된 듯이 보인다. 양자는 드물지 않게 서로 교체되면서 완전히 일치한다.[12)]

② 이렇듯 레싱은 어디에서나처럼 시에서도 역설적으로 끝난다! 달성된 목적은 절묘한 트랙을 설명하고 정당화한다. 즉 『현자 나탄*Nathan der Weise*』은 레싱의 전체 시문학을 말해주는 최상의 변론이라는 것이다. 레싱 없이 그 시는 그저 거짓된 하나의 경향으로 보였을 뿐이며, 수사적인

---

11) Friedrich Schlegel, *Jugendschriften* II, p. 177; Benjamin, *Der Begriff der Kunstkritik in der deutschen Romantik*, p. 64에서 재인용.

12) Friedrich Schlegel, "Über Lessing", *Gotthold Ephraim Lessing*, eds. Gerhard and Sibylle Bauer, Darmstadt, 1968, p. 11.

> 무대극으로 응용된 효과시Effektpoesie는 극예술의 순수시와 서투르게 어울려 엉클어져버렸을 것이다. 그럼으로써 더 잘될 가능성은 곤란하게도 헛된 것이 되었을 것이다. 레싱은 어디서나 그러듯이 시에서도 아주 작게 시작했지만 눈사태처럼 성장했다. 처음엔 보이지 않았으나 나중엔 거인이 되었다.[13]

슐레겔의 이러한 레싱론은 계몽주의자 레싱이 단순한 '계몽'에 머물러 있는, 특정한 사조에 사로잡혀 있는 인물이 아니라는 사실의 발견일 수 있다. 그러나 그와 동시에 슐레겔 자신의 폭넓은 작가 이해의 안목, 더 나아가 문학현상과 시대를 바라보고 분석하는 통찰력의 깊이와 넓이를 보여준다. 이것을 '낭만'과 '계몽'이라는 상반된 시대적 성격과 결부한다면, 슐레겔의 이중성이라고 보아도 무방할 것이다. 이중성이라는 표현이 갖는 부정적 뉘앙스와는 달리 양자를 포괄적으로 넘나드는, 그리하여 복합적인 부분의 성격을 껴안는 이중성이다. 이 이중성은 한스 큉이 노발리스에 대한 의문으로서 제기한 것이다.[14] 큉이 그의 노발리스론에서 언급하고 있듯이 특히 낭만주의를 메테르니히 시대의 정치적 반동과 결부 짓고 계몽주의를 그 대척점에서 풀어내는 청년독일파나 마르크시스트의 경우 양자의 대립은 날카롭다. 그러나 큉이 보기에 계몽

13) 같은 글, p. 35.

14) "그의 『일반 초고』에서는 심지어 (계몽주의의 인간적 사회에 접한 상태에서 철저하게 현실적으로 사고된) '지성적 기사도'를 세우는 일이 그의 생애의 '주된 임무'가 되어야 한다고 언급했다. 누가 이렇게 묻는가? 그는 이성의 권리를 옹호하지 않는가? 노발리스는 그의 가슴 밑바닥에서 혹시 계몽주의자일까? 이미 여기서 계몽주의(레싱!)와 낭만주의(노발리스!)를 배타적인 대립으로 바라보는 것이 얼마나 그릇된 일인지 명백해진다"(엔스·큉, 『문학과 종교』, p. 212).

주의와 낭만주의는 데카르트와 파스칼이 대비될 정도로 대비될 뿐이며 인간성의 해방이라는 측면에서 완전히 하나였다. 절대영주와 성직자 중심주의에 대항함에 있어서 같은 길을 걸었고, 시기적으로 약간 뒤에 낭만주의는 계몽주의를 비판적으로 지속, 승화시켰다고도 할 수 있다. 왜냐하면 보다 큰 틀에서 계몽주의는 역사를 형성해가는 큰 줄기이고 낭만주의는 그것을 세련화하는 역할을 했다는 평가도 있을 수 있기 때문이다. 말하자면 계몽주의는 낭만주의 앞에 있었고 낭만주의는 뒤에 그것을 승화시켰지만, 그 전체가 더 큰 계몽의 길이었다는 식이다.[15] 이렇게 볼 때 슐레겔의 이중성은 낭만주의를 껴안고 더 큰 계몽주의를 향하는 길에 큰 역할을 한 것으로 보이며, 계몽주의는 중요한 문제성을 잉태하게 된 것이다. 슐레겔의 레싱론은 이 지점에서 많은 시사점을 지닌다. 앞의 인용에서 지적되었듯이 레싱 문학이 내포한 시예술-낭만성의 발견은 그 핵심이다. 특히 "진짜 거지는 유일무이한 진짜 왕"이라는 주인공 나탄의 말은 금언이 아닐 수 없다고 『현자 나탄』에 감탄하는 슐레겔의 말은[16] 레싱의 파라독스에서 이미 낭만적 반어의 싹을 느끼는 그의 비평적 감성을 보여준다고 할 수 있다.

2. 노발리스의 계몽주의 이해와 '계몽'의 개념

노발리스 자신은 계몽주의와 관련하여 다음과 같은 진술을 한 바 있

---

15) Peter Pütz, *Die deutsche Aufklärung*, Darmstadt, 1987, p. 24 참조.

16) F. Schlegel, "Über Lessing", p. 44. "Der wahre Bettler ist doch einzig und allein der wahre König"라는 극중 대사는 이 글에서 재인용했다.

다. 1798년의 일이다.

> 종교적으로 그렇듯이 최소한 정치적으로도 관대하게 된다. 우리와 달리 이성적 본질에 기울 수 있는 가능성이 있는 것이다. 내 생각으로는 관용이 모든 긍정적 형태의 상대성으로부터 고상한 확신으로 나아간다고 본다. 그리하여 모든 개별적 형태의 독립된 진짜 정신의 성숙에 이르게 된다.[17]

여기서 주목되는 부분은 당연히 "이성적 본질"이다. 계몽주의의 핵심적 요체가 되는 이 용어가 노발리스의 진술 가운데 발화될 때, 그의 문학 전체의 분위기나 그 지향성에 비추어 볼 때 낯선 것이 사실이다. 그러나 총체적인 이해를 위해서는 그와 가까웠던 프리드리히 슐레겔과의 관계, 특히 계몽성에 대한 상호이해가 중요해 보인다. 슐레겔은 언젠가 볼테르가 계몽주의의 주요한 이미지라고 할 수 있는 이른바 "자유로운 자립성freie Selbstständigkeit"을 구현하고자 한 사실에 경탄하면서 거기서 낭만적 시의 단서를 포착하였다. 슐레겔은 유명한 「아테네움 단상Athenäumsfragment」에 이렇게 적었다.

> 낭만적 시는 그것만으로 무한하다. 그것만으로 자유롭고 그것이 최초의 법칙으로 인정된다. 그리하여 시인의 자의성은 그 스스로에 대해서 어떤 법칙도 용납하지 않는다.[18]

---

17) Wolfdietrich Rasch, "Zum Verhältnis der Romantik zur Aufklärung", *Romantik*, ed. Ernst Ribbat, Königstein, 1979, p. 10에서 재인용.

18) F. Schlegel, "Athenäum Fragment 116", p. 80.

계몽주의 사상가 볼테르가 토로한 "자유로운 자립성"이란 용어에서 낭만적 시의 단초를 슐레겔은 발견했던 것이다. 이 용어에만 국한해서 말한다면 사실 계몽주의와 낭만주의는 상통의 수준을 넘어 거의 일치한다고 할 것이다. 물론 환상의 절대적 자유라는 낭만주의 공리는 개인의 세계가 총체적으로 인식되는 계몽주의의 그것과 사뭇 다르다는 점이 뒤따르는 것은 당연하다. 작가의 자의성은 자유와는 다르기 때문이다. 그럼에도 불구하고 노발리스는 "누구나 자기 고유의 법칙을 행하는 자라는 사실은 이성이 요구하는 바 아닌가. 인간은 자신의 고유한 법칙에만 복종해야 한다"[19]고 주장했다. 계몽주의와 낭만주의가 교묘하게 만나는 지점도, 아울러 갈라지는 지점도 모두 여기에 있다. 자유와 자립이라는 공통성에도 불구하고 계몽주의와 낭만주의는 과연 어디쯤에서 결정적으로 분리되는 것일까.

처음으로 주목해볼 견해는 거의 평생을 '계몽'을 화두로 자신의 사상과 이론을 전개해온, 그리하여 대표작 『계몽의 변증법*Dialektik der Aufklärung*』을 상재한 테오도어 아도르노의 지론이다. 그는 이 책의 모두에서부터 '계몽의 개념'으로 시작하고 있으나 이는 사실상 계몽에 대한 비판적 설명이다. 특히 "계몽은 〔……〕 지배적 학문에 의해 오도된 자연이, 즉 그 근원의 자연이 기억될 때 완성되고 지양된다"[20]고 함으로써 비판적 안목의 결론을 맞는다. 결론이 의미하는 바는 두 가지다. 하나는 학문이 잘못되었다는 것이고, 다른 하나는 자연이 잘못되었다는

19) Rasch, "Zum Verhältnis der Romantik zur Aufklärung", p. 10에서 재인용.

20) Max Horkheimer and Theodor W. Adorno, *Dialektik der Aufklärung*, Frankfurt, 1969, p. 49.

것이다. 이때 학문은 물론 과학을 가리키는 것이지만, 이를 옹립하고 호위하는 근대학문 일반일 수 있다. 그 학문은 특히 형이상학을 내쫓고 실증과 객관을 우상시하는 19세기 이후의 학문이다. 그것이 바로 "지배적 학문"이다. 다음으로는 자연인데, 그 자연은 지배적 학문의 근원이 된, 오도된 자연이다. 즉 니체 이후 자연이냐 반자연이냐의 대립을 둘러싼 논란이 아니라 지배적 학문에 의해 이상한 모습이 되어버린 자연이다. 이처럼 잘못된 학문과 자연에 힘입어 완성된 계몽의 개념은 스스로 지양되기 마련이며, 결국 "그러한 가능성에 직면하여 계몽은 현재에 봉사함에 있어서 대중에 대한 총체적 기만으로 바뀌었다."[21] 계몽의 순수성이 사라진 것이다. 그렇다면 역사의 전면에 대두되었을 때, 그리고 낭만주의와 자웅을 겨루던 18세기의 모습이 미상불 관심의 대상이 된다. 낭만주의와의 관계를 아도르노는 어떻게 인식하였던 것일까. 주목되는 점은, 노발리스가 자유와 자립을 기분 좋게 받아들이면서 함께 수락하고 동의하였던 '이성'이 아도르노의 계몽론에서 여지없이 정면으로 비판되고 있다는 사실이다. 그는 말한다.

> 의미가 충만한 호메로스 세계의 존경할 만한 우주는 질서를 잡아가는 이성의 성취임이 밝혀졌으나, 그 이성은 신화를 반영하는 합리적 질서의 힘으로 바로 그 신화를 파괴했다.[22]

말하자면 아도르노는 계몽의 개념을 비판적으로 분석하면서, 계몽

---

21) 같은 곳.
22) 같은 책, p. 50.

주의 이전의 신화의 세계와 그 신화에 긍정적 시선을 갖고 세계를 낭만화하고자 하는 낭만주의 전반을 총체적으로 전복시키는 입장을 보여준다. 계몽주의와 낭만주의는 아도르노 앞에서 그라운드 제로의 출발점에 서는 것이다.

그러나 계몽에 대한 전통적인 통념은 아도르노의 그것과는 물론 다르다. 아도르노의 비판적 견해와 달리 계몽 혹은 계몽주의에 대한 여러 견해들은 서로 다른 약간의 차이에도 불구하고 공통성을 갖고 있는데, 그것은 무지와 미몽이라는 어두움으로부터의 벗어남을 가장 기본적인 의미로 하고 있다는 점이다. 그러나 인류 보편의 이러한 가치를 논외로 한 18세기 독일 내지 유럽의 정신사로 국한할 경우, 가장 두드러지게 부각되는 상황은 '계몽'이라는 미메시스, 계몽의 약화라는 문제와 함께 대두되는 인식일 것이다. 특히 낭만주의와의 관계에서는 계몽으로부터의 해소, 이완이라는 관점이 주목되지 않을 수 없다.[23] 그러나 보편적인 관점에서는 해방으로서의 계몽, 그리고 이성으로서의 계몽과 자립적 실용으로서의 계몽 등등이 거론된다. 무엇보다 간과해서 안 될 사항은 여러 논자들이 지적하고 있듯이 전통의 보존과 비판의 과정으로서 계몽을 바라다보는 관점이다. 이러한 관점은 필경 미래에 대해서도 열린 태도를 견지할 수밖에 없지만 우선은 이미 역사적으로 형성된 부분에 주목한다. 레싱, 칸트, 그리고 18세기 계몽주의로부터 한참 뒤의 헤겔까지 이 경우 자주 거론된다.

23) 여기서 다시 헬무트 샨체의 견해가 주목된다. Helmut Schanze, *Romantik und Aufklärung*, Nürnberg, 1976, pp. 11~32 참조.

이른바 이론과 실제를 매개한, 뒤에 나타난 단기간의 작업과 달리 레싱, 칸트, 그리고 헤겔의 계몽철학은 인간성, 계급, 민중 등등의 이름 안에서 계몽과 역사를 끝내고자 한 행동의 주체들에게 어떤 이념적 정당성도 부여하지 않았다. (……) 레싱, 칸트와 헤겔의 계몽주의 개념에 나타난 역사와 전통의 개념은 이러한 지점에서 밝혀진 학문의 평면에서 사고, 경험, 그리고 기대의 수평이라는 역사화 과정 가운데 중간적 위치를 취한다. 이 일로 오늘날까지 레싱, 칸트와 헤겔은 학문적 논의를 끊이지 않게 한다.[24)]

그러나 이와 달리 계몽주의의 중심개념이 되는 '이성'을 다각도로 고찰하여 근대의 그것은 물론, 그리스 문화 속에서의 이성까지 발굴, 비교하는 노력도 있다. 그런가 하면 계몽주의의 구조를 밝히고자 하는 입장(뤼시앵 골드만Lucien Goldmann)과 함께 계몽주의의 위대성을 높이 평가하는 견해도 있다. 잘 알려진 대로 이러한 생각은 게오르크 루카치의 것으로서, 물론 그 한계도 지적했으나 그는 계몽의 역사적 의미를 대체로 높이 평가한다.

오늘의 독자에게 모든 위대한 문학시대 가운데 계몽주의는 특히 낯설다. 그도 그럴 것이 독일 발전의 미덕과 그 제한이 그 어느 때보다 여기서 유감없이 드러나기 때문이다. 독일 발전의 행로가 지닌 모순에 가득 찬 분류가 물론 계몽주의에서 나타난다. (……) 독일 계몽주의의 범세계적

24) Willi Oelmüller, "Aufklärung als Prozeß von Traditionskritik und Traditionsbewahrung", *Erforschung der deutschen Aufklärung*, ed. Peter Pütz, Königstein, 1980, pp. 61, 71.

인 현상은 독일 사회의 일반적인 지체에 의해 조건 지어졌다. 독일의 사상과 문학이 선진국가들의 이념에 지속적으로 의지하면서도 근본적으로 얼마나 신속하게 독자적인 길을 갔는지 놀랍다.[25)]

그러나 이 가운데에서도 가장 놀라운 견해는 계몽주의에도 낭만주의의 본질을 이루는 요소인 '신기성Wunderbares'이 있다는 생각이다. '요정 메르헨Feenmärchen' 문제를 탐색한 하인츠 힐만Heinz Hillmann의 연구는 그런 의미에서 독보적이며 매우 소중하다. 전래동화에 나오는 다음과 같은 문장을 앞세운 그의 연구는 도덕적 요정, 에로틱 요정, 우화와 모럴 등으로 테마를 세분하면서 계몽주의에서도 메르헨이 가능했음을 보여주는 충격을 던지고 있다.

그저 저 아래 영혼의 능력에 속하는 예쁜 아가씨처럼 있다가, 단번에 집에 살고 있는 아저씨 앞에 아주 자주 나타나는 환상, 이성理性 말이야.[26)]

환상과 이성의 연락 가능성을 묻고 있는 위의 인용문은 매우 함축적이다. 일반적으로 "아름다운 집과 화려한 잔치가 말 한마디로 차려진다"는 오래된 관습, 즉 전래동화 속의 풍경이 그 속에 들어 있는데 과연 그 풍경의 주인공 아가씨가 현실에서도 어느 정도의 영향력을 가질

---

25) Georg Lukács, "Größe und Grenzen der deutschen Aufklärung", *Erforschung der deutschen Aufklärung*, ed. Pütz, pp. 114, 116.

26) Johann Karl August Musäus, *Volksmärchen der Deutschen*, München, 1961, p. 7; Heinz Hillmann, "Wunderbares in der Dichtung der Aufklärung", *Erforschung der deutschen Aufklärung*, ed. Pütz, p. 246에서 재인용.

수 있겠는가 이 연구는 묻고 있다. 이 글 속에는 「이론으로 본 기적과 모럴」이라는 소제목의 글도 들어 있는데 이런 진술이 나온다.

> 요정이 실재한다는 것을 받아들이는 세상의 이성적인 견해는 모순이다. 따라서 문학작품에서는 원래 등장해선 안 된다. 비평은 교훈을 위해서 인도되는 조건 아래에서만 실존의 정당성을 인정한다. 그 뒤에는 요정이 단지 도덕적 기구로서만 확실히 규정될 때 리얼리티를 지닌 성격으로 지양된다는 생각이 묵묵히 숨어 있다.[27]

요정이라는 낭만주의적 요소와 도덕이라는 계몽주의적 요소가 만나는 현장은 이러한 조건 아래에서 성립하는데 그 조건은 의외로 어려운 것이 아니다. "교훈을 위해서"라는 조건은 반드시 전제되는 것이 아니며, 요정을 동반한 모든 환상은 결과적으로 교훈이 되기 때문이다. 말하자면 알레고리의 사회적 기능이다. 이 글의 필자 힐만은 특히 계몽주의가 먼저 전개된 프랑스의 요정동화를 독일이 받아들여 특유의 메르헨으로 발전시켰음을 환기시킨다. 18세기 중반 번역을 통한 소개가 활발하게 이루어졌는데 특히 계몽주의자 빌란트의 많은 소개 작업이 주목된다. 그중에서도 세 권으로 된 『치니스탄*Dschinnistan*』(1786~1789)은 노발리스의 메르헨에도 직접 영향을 준 것으로 보이는바, 계몽주의 후기와 낭만주의 전기는 이렇듯 상호작용으로 독일 문학의 18세기를 풍성하게 만들었다. 그 후반기 정점에 노발리스가 굳건하게 서 있다.

---

27) 같은 글, p. 263.

3. 루카치의 노발리스 평가와 계몽주의

노발리스가 낭만주의의 대표적 작가라는 사실에 대해서는 어떤 평론가나 문학사가도 별 이론이 없다. 낭만주의의 문학사적 위치나 그 의의에 대한 비판적 노선의 대표 격인 루카치도 "노발리스는 낭만파의 유일한 진짜 작가이며 오직 그에게서만 낭만주의의 온전한 영혼이 노래가 되었고 또한 오직 그에게서만 그것은 독보적이다"[28]라며 찬사를 아끼지 않았다. 말하자면 노발리스가 낭만주의의 대표성을 지녔다는 점은 이제 객관적인 사실로서 인정된다고 할 수 있다. 이 평가와 더불어 루카치는 다른 낭만주의 작가들을 "그냥 낭만주의 작가bloß romantische Dichter"라고 구별하였는데, 그들에게 낭만주의란 그저 새로운 모티프에 지나지 않았다는 것이다. 낭만주의는 그 작가들의 방향을 바꾸어주고 작품의 양을 풍성하게 해주었을 뿐, 원래 그저 그런 작가들이었다고 폄하하였다. 반면에 노발리스의 삶과 문학은 하나의 통일체로서 전체 낭만주의의 상징을 형성하고 있다고 루카치는 보았다. 그리하여 그는 삶 속에 버려지고 길이 잘못 든 낭만주의 시가 노발리스의 삶을 통해 구원받고 진정한 시가 되는 것 같아 보인다고 했다. 여기서 루카치는 "그렇다"고 하지 않고 "그런 것 같아 보인다"고 인색한 표현을 했지만 노발리스에 대한 칭송을 거두지는 않았다. 그에 의하면 노발리스는 그럴싸해 보이는 멋진 쓰레기 더미를 작품이라고 남기지 않은 유일한 낭만주의 작가라는 것인데, 이러한 말 속에는 노발리스에 대한 칭찬과 함께 낭만주의, 그리고 동세대의 낭만주의 작가들에 대한 일말의 경멸이 담겨 있

28) Georg Lukács, "Novalis", *Novalis*, ed. Gerhard Schulz, Darmstadt, 1970, p. 34.

다.[29] 반면에 현실과 합리성, 그리고 실천을 중시하는 루카치에게 노발리스는 뜻밖에도 "유일한 실용적 삶의 예술가"로도 인식되었다.[30] 이러한 인식은 노발리스의 낭만주의 작가로서의 정통성과 그 넓은 폭에 대한 확인으로 주목되는데, 그 까닭은 루카치라는 이론가가 지닌 사회주의 리얼리스트로서의 위치로부터 기인된다. 노발리스의 이러한 폭넓은 세계는 한쪽 끝에서 다른 쪽 끝에 이르는 영역의 넓이를 말해주는 것일 수도 있으나, 사실은 무엇보다 그가 서로 다른 세계를 통합하고자 하는 합일에의 의지가 워낙 강력했다는 점을 시사한다. 가톨릭과 프로테스탄티즘, 더 나아가 기독교라는 헤브라이즘적 세계와 그리스 신화를 내세우는 헬레니즘적 세계의 합일, 그리하여 마침내 에로스의 상징인 소피와 예수까지 합일의 대상으로 이끌어낸 의욕이 그것이다. 그 치열한 의지는 마침내 낭만주의를 못마땅하게 생각했던 루카치의 긍정적 평가까지 이끌어내기에 이른다. 이 시기 루카치의 눈에 비친 낭만주의자들의 모습은 근본적으로 생활로부터 유리된, 비역사적인 것이었다.

무엇보다 낭만주의자들의 에고이즘은 강한 사회적 색채를 띠고 있다고 그는 본다. 그들은 인간성의 가장 격렬한 전개가 결국 사람들을 서로 현실적으로 가깝게 해주리라고 믿었다. 그들 자신은 그럼으로써 고독과 혼돈에서 구원을 찾을 수 있다고 생각했다. 그들은 절충될 수 없는 글쓰기라는 독자적 방법이 작가와 독자의 정당하고도 필연적인 공동체를 가져오고 그 대중성을 불러오리라고 생각하였다. 대중성은 그들 모두가 강력하게 강조하는 목적이었다고 루카치는 믿었다. 루카치는

29) 같은 글, p. 35.
30) 같은 곳.

이러한 공동체의 결핍이 그들 시대의 멋진 힘의 전개가 문화행위로 성숙하지 못한 원인이었다고 생각하였다. 그들은 이러한 공동체를 그들의 작고 폐쇄적인 범위로부터 발전시키고자 했다. 그들 범위 안에서 얼마 안 되는 기간만이라도—각기 다른 방향에서 모여들어 아주 다른 방향으로 갔던(그럼에도 큰 길을 걸어가는 데 있어서는 같은 길을 갔던)—그들의 다른 점들은 그저 유사성으로 여겨졌고, 그리하여 공통성만이 중요할 뿐이었다. 공동체와 현실, 그리고 삶이라는 개념을 절대적으로 중시한 루카치에게 낭만주의자들의 이러한 생각과 노력은 가상한 것이었지만, 근본적으로 가당치도 않고 충분한 것도 못 되었다. 삶에 기여하는 "삶의 예술"이라는 말을 즐겨 사용하는 루카치의 입장에서 볼 때 낭만주의가 품고 있는 삶의 현실성은 피상적인 것에 지나지 않았다.[31] 따라서 낭만주의자들에게는 삶의 본질이나 그 깊은 관계에 대한 인식이 부족하며 따라서 삶을 구원하는 힘이 결여되었다는 것이 루카치의 낭만주의 비판의 핵심이다. 삶의 실제적인 리얼리티가 사라진 채, 순수한 영적·시적 리얼리티만이 그 자리에 대체되어 있다는 탄식이다. 이 가운데에서 노발리스가 "유일한 실용적 삶의 예술가"로 그에 의해 지칭되고 있다는 사실은 매우 흥미롭다.

대체 루카치는 노발리스의 어떠한 점을 자신의 문학관과 세계관 속에서 긍정적으로 받아들인 것일까. 그 이유로 루카치는 "그의 길들은 모든 이들을 목적으로 안내했으며, 그의 질문들은 모든 이들에게 답이 되었다"[32]고 말한다. 낭만주의의 온갖 유령과 신기루는 굳건한 몸을 노

31) 루카치는 "삶의 예술Lebenskunst" "삶의 예술가Lebenskünstler"라는 표현을 좋아하였다. 같은 글, pp. 30, 35 참조.

32) 같은 글, p. 35.

발리스에게서 얻는다는 것이다. 말하자면 더 이상 몸뚱이가 없는 망상이 아니라는 것이다. 어떤 오류도 노발리스에게서는 바닥없는 수렁에 빠지지 않는다는 것이다. 노발리스는 형안과 날개를 지닌 낭만주의자일 뿐 아니라 "끔찍한 운명과 만났으나 오직 그만이 이 전쟁에서 성장할 수 있었던 인물"[33]이라는 것이 루카치의 평이다. 이것을 그는 다시 삶의 통치를 추구함에 있어서 노발리스가 유일한 실용적 삶의 예술가라고 규정한다. 요컨대 낭만주의자 노발리스에게는 그 기반에 튼튼한 계몽주의의 토대가 있다는 귀중한 언질이 함축되어 있다. 그러나 계몽주의와 관련해서 루카치는 노발리스를 쉽게 엮어놓지 않는다. 그보다는 오히려 낭만주의적인 방법으로 노발리스의 미묘한 성격과 위상에 대해서 발언한다.

> 그도 그의 질문에 대해 그의 답을 내놓지 않았다. 그는 삶을 질문했고 죽음이 대답을 가져왔다. 아마도 더 많이 더 크게 삶보다 죽음을 노래했으리라. 하지만 그런 노래를 찾으려고 그들이 떠나가지는 않았다.[34]

루카치의 초점은 노발리스의 삶이 문학이 될 수 있다는 낭만주의의 비극성을 향한다. 낭만파에 대한 사형선고를 승리로 생각하는 믿음을 그는 어리석다고 본다. 삶을 극복하고자 하는 모든 것은 필경 아름다운 죽음에 이른다고 보는 것이다. 노발리스를 인정하면서도 낭만주의를 비판하고 양자의 접점에서 그를 아슬아슬하게 바라보는 루카치의 입장이

33) 같은 곳.
34) 같은 곳.

다. 삶의 철학이 죽음의 철학이 되는 것을 루카치는 인정하지 못하기 때문이다. 그러나 노발리스는 좀 다르다. 그 이유를 루카치는 다음과 같이 말하고 있는데, 낭만주의자 노발리스가 한쪽 끝에서 비낭만주의자로서 보일 수 있는 기묘한 언급이다.

> 노발리스는 정복할 수 없는 지배자의 노예가 되었다는 오직 그 이유로 말미암아 위대하게 보일 수 있다.[35]

사실 노발리스에 대한 루카치의 관대한 이해와 인정이 아니더라도 계몽주의와 낭만주의를 매우 밀접한 관계에서 바라보는 견해는 상당하다. 물론 "낭만주의는 계몽주의의 자연스러운 적수"[36]라는 역사진행의 필연성을 보여주는 발언이나 "모든 분야에 걸쳐 계몽주의에 대항하는 공동전선에서 낭만주의의 포괄적 통일성"[37]이 주조를 이루는 것은 사실이지만, 그 관계가 전반적으로 적대적인 것만은 아니다. 가령 1795년에서 1796년의 피히테 연구에서 노발리스는 양자의 마주 봄의 관계에 대해서 이렇게 말한 일이 있다. "마주 봄은 엄격하다—하나가 된다……"[38] 이런 진술들은 양자의 경직된 대립은 역사에서 명멸하는 많은 별자리들을 주목하는 가운데 살아 있는 상호관계로 새롭게 규정될 필요가 있다는 견해를 불러오기도 한다. 계몽주의와 낭만주의 사이의

---

35) 같은 곳.

36) Nicolai Hartmann, *Die Philosophie des deutschen Idealismus*, Bd. 1, Berlin, 1923, p. 188; Schanze, *Romantik und Aufklärung*, p. 1에서 재인용.

37) Paul Kluckhohn, *Das Ideengut der deutschen Romantik*, Tübingen, 1953, p. 186; Schanze, *Romantik und Aufklärung*, p. 1에서 재인용.

38) *NS* 2, p. 200; Schanze, *Romantik und Aufklärung*, p. 1에서 재인용.

이행점과 연결점, 특히 초기 낭만파에서 깊이 모색될 만한 문제라는 것이다.[39] 이행점은 표면상 우선 낭만주의에 해당되며, 계몽주의의 영리한 흔적이 낭만주의의 시발점이 되는 것이다. 물론 그 흔적은 낭만주의의 발전 과정에서 사라진다.

그러나 헬무트 샨체는 노발리스의 초기작에 계몽주의의 정신과 삶의 태도가 흔적으로 남아 있다고 보고 있는바, 이는 루카치의 노발리스 이해와 궤를 같이한다. 특히 고대 수사학과 규범적인 문체의 전통을 중시한다는 점에서 그러한 것으로 평가된다.[40] 18세기 말 문학사의 변화 시기에 노발리스의 수사와 문체는 급격한 변화를 따라간다기보다 비교적 고답적인 고풍의 느낌을 준다는 것으로 이해된다. 역사적인 현실이 예민하게 반영되어 있지 않은 노발리스의 초기 문학에서는 계몽주의 현상이 차분하게 관찰된다. 계몽주의라는 단어 자체가 역사적인 모멘트로서 당시에는 하나의 과정일 따름이었다. 이 시기에 노발리스나 프리드리히 슐레겔 같은 작가가 문학이론 면에서나 실제 창작 면에서 고풍의 카테고리에 머물러 있었다는 사실은 그리 놀랄 일은 아닌 것으로 보인다. 실제로 노발리스는 피히테 연구에서 비로소 계몽주의와 사뭇 다른 "반대되는 것들Gegensätze"(슐레겔의 용어로는 "본질적으로 다양한 이론wesentlich-verschiedenen Theorien")을 만나게 되었고, 옛것과 새것을 합일하고자 하는 시도를 해보았다.[41] 이처럼 낭만주의 사고의 기본구조에는 앞선 세대의 '계몽'적 자취가 겹쳐 있는데, 이에 대해서는 관심과 언급

---

39) Schanze, *Romantik und Aufklärung*, p. 1 참조.

40) 같은 책, pp. 1~2 참조.

41) 프리드리히 슐레겔은 그의 아버지 요한 아돌프 슐레겔Johann Adolf Schlegel과 나중에 계부가 된 모제스 멘델스존Moses Mendelssohn의 이론과 자신의 독자적인 이론을 접합시켰다. 같은 책, p. 2.

이 별로 행해지지 않은 감이 있다.

낭만적 혹은 낭만주의 사고의 출발은 아무래도 피히테로부터 비롯되는 것이 정당해 보인다. 노발리스는 그의 「피히테 연구Fichte-Studien」에서 피히테 사상체계의 근본을 비판적으로 바라보았지만 동시에 '허구Fiktion'라는 개념을 그에게서 찾아내었다. 철학 체계 안에서 예술성을 발견해내는 순간이었다. 또한 피히테 철학의 계몽주의의 최종 결론에 대한 가열한 비판, 그리고 문학예술의 자율성을 향한 개인의 갈구에 대한 비판은 상당 부분 계몽주의를 중요한 모멘트로 재수용하는 모습이었다. 슐레겔은 체계비판을 체계적으로 하고자 했는데, 그 방법적 원리에는 노발리스의 '허구'론이 들어 있었다. 유명한 "보편적 시의 원리Theorie der Universalpoesie"는 이러한 "체계상실의 체계System der Systemlosigkeit"에서 태동되었다.[42] 여기서 '낭만'이라는 부드러운 현상은 굳건한 역사적 개념이 된다. 노발리스가 그것을 눈물로 견인한다.

---

42) 같은 책, pp. 2~3.

찾아보기

ㄱ

ㅅ

ㅇ

ㅈ

ㅊ